LA BLONDE AU
« CHANT D'ARÔMES »

LA BLONDE AU « CHANT D'ARÔMES »

(Les Trois Âges – Volume 3)

J.P Taurel

ISBN : 978-2-37011-192-0
Éditions Hélène Jacob – 13 Impasse Victor Gesta – 31200 Toulouse
Imprimé par Create Space – États-Unis
16,90 €
Dépôt Légal Septembre 2014

Photographie et design couverture : Jérémy Calli

Dédicacer un roman à un parfum, c'est en faire un objet futile, évanescent et par essence éphémère. Le livre, comme le liquide jaune emprisonné dans son flacon, flottera dans votre souvenir de lecteur et un jour vous parlera, avant de s'enfoncer définitivement dans l'oubli.

*
* *

Une pensée et mes remerciements à tous les intervenants des Éditions Hélène Jacob, avec une mention particulière pour Hélène, dont la patience et la détermination m'ont été précieuses dans la construction de cet ouvrage.

Chapitre 1 – *Avant-propos*

Un parfum chaque jour appliqué sur la peau d'une femme, et c'est la naissance d'une nouvelle identité.

Sera-t-elle élégante, superficielle ou sera-t-elle stupide ? Son parfum nous le dira, car elle ne l'aura jamais choisi par hasard.

Cette senteur espérée dans son cou et sur ses doigts aura bientôt valeur de signature, une griffe retrouvée dans l'intimité des draps de l'absente ou la béance obscure d'une enveloppe vous apportant de ses nouvelles.

Dans les années soixante, un jeune parfumeur doté d'une âme romantique inventa une ode olfactive à la gloire de celle qu'il aimait. Cette ode, il l'appela « Chant d'Arômes »…

Vous allez lire ici le parcours léger et insistant d'un parfum… ce parfum il n'existera vraiment que si vous gardez la mémoire d'une peau blonde et veloutée… celle de la fille qui l'aura porté pour vous.

Chapitre 2 – *Préface*

Le temps passait si vite ! On était en septembre et May, après une tentative infructueuse, venait de réussir son doctorat en droit civil. À la Sorbonne, le calme semblait rétabli et elle avait à nouveau plaisir à y dispenser ses cours d'enseignement dirigé... les TD, comme ils disaient. En réalité, elle avait un autre projet hors de la fac qu'elle n'avouait pas aisément à ses collègues : elle s'apprêtait à ouvrir un cabinet en ville.

Marcelin, lui aussi, avait réussi : il avait brillamment passé son concours hospitalier et portait sur sa blouse le titre prestigieux « Interne des hôpitaux de Paris ». Cette nouvelle situation en faisait un jeune homme occupé nuit et jour. Les gardes, les malades en salle et la préparation de ses publications avaient transformé le garçon un peu poupon de ses 20 ans en un jeune homme conscient de ses responsabilités... Il se sentait médecin avant l'heure.

Dans le petit appartement de la rue Mazarine, les deux amoureux se serraient, mais étaient heureux : ces 45 mètres carrés, c'était la minuscule principauté de leur indépendance.

May était à l'apogée de sa beauté, elle était splendide dans la simplicité sans artifice des femmes intelligentes. Une carnation dorée de blonde, une taille élancée et d'épais cheveux naturellement bouclés en faisaient une icône de la Parisienne telle qu'elle était consacrée par les magazines féminins.

La jeune autorité professionnelle de Marcelin lui servait de passeport, il était jeune, sympathique et on l'appelait « Docteur »... Tout cela lui conférait un charme certain auprès des femmes, charme dont il était parfaitement conscient.

Ce soir, il dansait un slow sur la terrasse de cet appartement cossu du rond-point des Champs-Élysées. Ce lieu était le pied-à-terre de son ami David, interne comme lui à l'hôpital Saint-Antoine.

David était le fils d'un riche galeriste du quai Voltaire que les parents de May connaissaient bien.

Cette fille d'un soir qu'il tenait dans ses bras, il l'avait connue devant le bar ; elle se fondait le long de son corps comme un serpent alangui et exhalait un parfum qui lui semblait familier, mais qu'il ne put d'emblée reconnaître.

Elle se serra un peu plus contre lui et il se pencha pour mieux sentir la peau de son cou semée d'un fin duvet. Marcelin, bientôt vaincu par l'effleurement rythmé des petits seins parfumés par cette fragrance printanière, se laissa aller. Les trois coupes de champagne dégustées en début de soirée expliquaient assurément cette attitude résignée et il ne résista pas plus lorsque, discrètement, elle introduit sa main dans son pantalon et l'entraîna dans un coin reculé du salon.

— Ton parfum ? Comment s'appelle-t-il ?

— « Chant d'arômes » de Guerlain, tu connais ?

Oui, il connaissait « Chant d'arômes », comment ne l'avait-il pas identifié ? C'était depuis longtemps le parfum de May, mais bizarrement il réalisa que depuis quelques jours sa femme ne portait plus cette senteur. Ce soir, l'odeur était si violente et pourtant si délicate… il ouvrit les yeux et fut presque surpris de ne pas sentir May dans ses bras. Il déposa alors un délicat baiser sur l'oreille de sa cavalière, mais comprit très vite qu'elle n'en était plus à ces délicatesses.

Sa langue fouillait sa bouche avec sauvagerie. Lui qui était habitué à la douceur et à la sagesse de sa fiancée n'avait jamais connu une telle force amoureuse ; cette femelle le dominait avec une fureur invincible et neutralisait chez lui toute résistance.

Insensiblement et presque naturellement, elle l'entraîna en dansant dans un bureau contigu où ils se cachèrent derrière un rideau de velours. Elle se glissa le long de son pantalon et l'embrassa doucement. Il la releva, la prit debout en la coinçant contre le mur et il lui fit alors lentement et méthodiquement l'amour jusqu'à ce qu'elle laisse échapper une succession de petits cris apeurés qui le laissèrent en sueur et pantelant.

David, à la recherche d'un ouvre-bouteille, entrait dans le bureau lorsqu'il entendit du bruit dans la pièce ; il écarta le rideau et vit son collègue en piteuse situation qui ajustait son pantalon.

— Marcelin, mais tu es fou ! Es-tu bien conscient de ce que tu fais ?

La fille s'était esquivée après avoir remis de l'ordre dans sa coiffure et le don Juan d'un soir, les yeux écarquillés, semblait sortir d'un rêve aux tonalités cauchemardesques. David enfonça le clou.

— Comment se fait-il que tu ne sois pas avec May, vous êtes fâchés ?

— Elle donne un cours à la faculté, et doit me rejoindre dans une heure.

— Putain, Marcelin, je dois te dire que tu m'étonnes ! Ton amie te laisse seul pendant trois heures et tu en profites pour enfiler la première petite garce du 16e arrondissement en chasse d'épousailles ! Tu parles comme elle doit t'aimer, celle-là ! Je ne donne pas longtemps pour qu'elle parle à ses parents d'un jeune homme plein d'avenir ! Tu es con, tu es bourré, ou quoi ?

— Elle m'a fait boire, la salope, et elle m'a pratiquement violé.

— Alors toi, maintenant, tu te fais violer par les filles ? Il va falloir consulter directement un psychiatre pour séducteur fragile. Sois rassuré, je serai discret avec May, c'est toi qui jugeras si tu la mets au courant, mais moi je te le dis tout court, je ne suis pas d'accord avec ton attitude, tu te conduis comme un salaud et tu me déçois !

Une demi-heure plus tard, May sonnait à la porte de l'appartement. Malgré la fatigue de la journée, elle était belle et distinguée. Elle salua David et quelques invités et embrassa Marcelin.

— Je n'ai pas été trop longue ?

— Non, pas du tout, mais cette soirée m'emmerde.

— Pourquoi ? Les lieux sont magnifiques et tu aimes bien David, franchement je ne te comprends pas. Tu es fatigué ?

— Oui, c'est ça, je suis fatigué, la garde d'hier soir m'a tué.

— Tu es bizarre, ce soir, Marcelin, veux-tu qu'on rentre ?

— Oui, rentrons, je vais dormir et demain je serai moins casse-pieds.

— Demain, tu seras à l'hôpital et je ne serai pas là pour le voir !

Ils saluèrent l'assistance et, lâchement, Marcelin laissa sa compagne expliquer qu'elle était un peu souffrante et souhaitait gagner son lit au plus tôt.

Dans la voiture, il la regarda furtivement et mesura l'importance de son ignominie.

— May, il faut que je te dise…

La phrase était sortie de sa bouche sans qu'il l'ait souhaité et, intérieurement, il était soudain affolé des conséquences qu'elle pourrait entraîner.

— Oui, que veux-tu me dire ? Tu as l'air très sérieux.

— Non rien, en tout cas rien d'important.

— Si, vas-y raconte, même si ce n'est pas important.

Il bredouilla une sombre histoire de lait pris le matin chez l'épicier et dont la date de péremption était très proche. May, fatiguée, s'était assoupie, et elle se réveilla lorsqu'il gara la voiture le long du petit square en bas de la rue de Seine.

— Nous avons à peine menti à nos hôtes, c'est vrai que tu as l'air fatigué.

— Oui, peut-être. Si on écoute chacun de ses petits bobos de santé, on ne vit plus.

Cette nuit-là, il dormit très peu. La gravité de sa faute lui semblait une montagne dressée devant sa probité. May, c'était sa camarade de jeu lorsqu'il était enfant, c'était la grande sœur qui l'aidait à progresser en classe, c'était son amie et enfin c'était son amante et la compagne de sa vie. Comment avait-il pu la trahir ? Elle qui était si calme, si équilibrée… si parfaite. Peut-être finalement était-ce cette perfection, cette façon de se comporter dans la vie en première de la classe qui ne lui convenait pas. Peut-être, ou peut-être aussi parce qu'il ne la méritait pas !

Il se retourna et vit son corps éclairé par la lune. May dormait paisiblement et son visage apaisé laissait filer un léger sourire où se lisait son bonheur de vivre. Il se dit alors que, même s'il devait en crever de remords, il garderait cette fange pour lui seul et, les lèvres serrées, il murmura dans le noir :

— Jamais je ne lui dirai, je lui ferais trop mal.

Chapitre 3 – *On a perdu Georgio*

1951 : le 24 novembre, le navire de découverte du commandant Cousteau, « la Calypso », part en mer pour sa première mission.

**

Le téléphone fit sursauter Giovanna. Pressentant une mauvaise nouvelle, elle courut vers la commode, intriguée par cet appel matinal.

— Allô, bonjour, Madame, je suis bien chez madame Leonardi ? Le commissariat de la place Masséna au téléphone, ne vous inquiétez pas, rien de bien grave, mais il faut que je vous prévienne… nous avons récupéré votre mari.

Elle sentit ses genoux se dérober et murmura d'une voix chevrotante.

— Mon mari, oh mon Dieu, il a été accidenté ?

— Non, pas du tout, pas d'accident, mais il y a un problème.

— Un problème, mais de quoi s'agit-il, il a fait un malaise ?

Le commissaire, un peu gêné, dut lâcher le morceau.

— Pas de malaise non plus, mais il ne se souvient plus de son adresse et ne sait plus rentrer chez lui !

— Mais comment avez-vous fait pour me contacter ?

— Heureusement, ici on vous connaît et j'ai facilement retrouvé votre numéro dans mon carnet.

— Mon Dieu, oh Dieu Jésus ! Je viens.

Georgio avait été trouvé aux frontières de la ville, dans le quartier Vauban. Une jeune femme, en rentrant de ses courses, avait été gênée par le vieil homme assis sur le seuil de son immeuble. Intriguée par le discours incompréhensible de l'étrange personnage, elle avait fini par solliciter la concierge pour appeler le commissariat, car le locataire de son pas-de-porte ne connaissait plus son adresse et avait bien du mal à décliner son nom.

Cinq minutes plus tard, un véhicule de police avait récupéré Georgio en douceur.

Au volant de la petite 4 CV Renault qu'elle conduisait depuis l'année précédente, Giovanna rejoignit en vitesse la place Masséna et se gara devant le commissariat, malgré les protestations du planton qui cuisait dans sa guitoune au toit goudronné. Il sortit son sifflet et, rouge de colère, prévint l'automobiliste.

— Madame, on ne stationne pas devant le commissariat, dégagez ce véhicule ou je vous verbalise.

— Me mettre un procès ! Il ne manquerait plus que ça, je viens d'être appelée au téléphone par le commissaire Zaganelli.

— Bon d'accord, si c'est monsieur le commissaire qui vous a convoquée, je vous accorde dix minutes, mais pas plus !

Zaganelli terminait péniblement sa dernière année d'exercice avant de profiter d'une retraite dont il redoutait la monotonie.

Le couple Leonardi connaissait bien le bonhomme et celui-ci, un jour où il était en veine de confidences, leur avait confié sa terreur à l'idée de se trouver journellement face à face avec sa femme, une femme qu'il ne reconnaissait plus depuis longtemps comme la sienne.

Giovanna frappa à la porte de son bureau. Elle était attendue et le fonctionnaire se leva de son siège pour l'accueillir.

— Bonjour, Commissaire, il va bien ? J'ai hâte de le voir. Veuillez s'il vous plaît me faire conduire à lui.

— Apparemment oui, il va très bien, mais est toujours incapable de décliner son adresse. Par contre, il a su dire son nom à la jeune femme qui l'a trouvé assis devant sa porte.

Elle ne fit pas de commentaires, mais en réalité, elle n'était pas tellement surprise, car depuis plusieurs mois son mari l'inquiétait. Elle constatait qu'il montait dix fois par matinée à l'étage pour une raison qui lui échappait au milieu de l'escalier, et il y avait cette nouvelle habitude qui était la sienne de demander quatre fois à sa femme ou au personnel si on était lundi ou vendredi.

— Merci de m'avoir fait appeler commissaire, je montrerai mon mari à notre docteur dès demain. Mais où est-il, je ne l'ai pas vu dans la salle d'attente ?

— Suivez-moi, je vais vous conduire à lui, il est là.

— Où ça là ? Moi je ne le vois pas.

Georgio n'était pas assis à l'endroit prévu et Zaganelli, intrigué, demanda aux agents dans quelle pièce ils avaient fait attendre le vieux monsieur. Il ne reçut aucune réponse jusqu'au moment où un fonctionnaire peut-être plus déluré que les autres lui apprit qu'un homme âgé et élégant avait demandé la porte des toilettes pour aller, avait-il dit, soulager sa vessie.

— Aux toilettes, il y a longtemps ? Allez me le chercher au lieu de bayer aux corneilles !

Cinq minutes plus tard, les deux agents de police mandatés pour la recherche sortirent des W.-C., dépités ; ils avaient intégralement fouillé les toilettes et les pièces de service, mais tout ceci en vain. Georgio restait introuvable.

Zaganelli, le front en sueur, dut se soumettre à l'évidence : son client avait « filé ».

— Nous allons le retrouver, Madame Leonardi, nous y mettrons les moyens, mais croyez-moi, nous le ramènerons.

— Vous ne l'avez pas maltraité, au moins ?

— Pas du tout ! Et pourquoi aurions-nous utilisé la force ? Ce qui me semble incompréhensible, c'est qu'il ait fui alors que nous ne l'avons pas contraint à venir ici. Que lui est-il passé par la tête ? Vous savez, Madame, à son arrivée j'ai été très choqué par son attitude, car il semblait ne pas me reconnaître !

*
* *

Le soir tombait. Le commissaire, se sentant responsable de la fuite de son client, n'était pas rentré chez lui ; il fumait ses abominables cigarillos les uns après les autres en guettant l'appel téléphonique qui lui apporterait des nouvelles du fuyard.

*

Lui, il marchait toujours dans la ville et, curieusement, considérait qu'il n'avait que trop marché. Il marcha et marcha encore en marmonnant et maugréant contre tout et n'importe quoi, alors que montait la fatigue.

Il avait beau faire et chercher dans sa tête, il passait et repassait dans des rues qui lui semblaient familières, mais jamais ne reconnaissait sa maison. Comment la reconnaître, cette maison, puisque tous les jours il la côtoyait par habitude et sans la voir ? Trois fois en même pas une heure, il était certain de l'avoir démasquée et puis il avait réfléchi tout en marchant et s'était retrouvé ailleurs, dans une autre rue qui lui était étrangère… trop tard pour rebrousser chemin.

Abandonnant sa recherche, il se posa sur un banc et, se tenant la tête entre les mains, il réfléchit.

Il pensa qu'il avait faim. C'était le soir et, devant lui à cinquante mètres, une enseigne lumineuse telle une oasis plantée dans le désert annonçait aux promeneurs les douceurs d'un restaurant oriental. Il fut attiré vers la vitrine, comme aspiré par un aimant, et, sans trop savoir pourquoi, il en poussa la porte.

— Je vous en prie, Monsieur, donnez-vous la peine d'entrer.

La salle était éclairée par une lumière douce et un fond musical égrainait les notes nostalgiques d'une chanson d'autrefois que Georgio ne fut pas long à reconnaître… il était le premier client.

Le patron, un Marocain peut-être, s'inclina sur son passage.

— Ce sera pour dîner, combien de couverts ?

Il se dit que, décidément, cet homme était stupide et décida de ne pas lui répondre. On le conduisit à une petite table près de la vitrine d'où il scruta la rue.

— Je vous propose un apéritif ?

Quelques minutes plus tard, il buvait la première gorgée d'une coupe de champagne qu'il jugea quelconque.

Il avait commandé un tajine d'agneau sans aucune considération pour le fait que ce soit le soir et qu'à cette heure il se contentait d'un bol de soupe. Il mangea et but plus qu'il n'eût fallu.

Lorsqu'il fut rassasié, déterminé il s'empara de sa canne et se dirigea vers la sortie. Le restaurateur, inquiet, bondit de son tabouret sans perdre son sourire commercial.

— Monsieur, voulez-vous l'addition ? Je vous l'apporte tout de suite.

Malgré une recherche brouillonne, Georgio ne trouva pas son portefeuille et, désemparé, se posa sur la moleskine d'un fauteuil rouge.

— Vous avez perdu quelque chose ?

Oui, à n'en pas douter, il avait égaré ses papiers et surtout était incapable de retrouver son adresse.

Jugeant qu'il avait perdu trop de temps, le client impécunieux se leva à nouveau et profita du fait que le patron était au téléphone pour s'enfuir. Il fut vite rattrapé dans la rue par le restaurateur qui le prit par le bras fermement et le ramena dans la salle. Sentant que se préparait un problème insoluble, le Marocain se décida alors à téléphoner au commissariat.

L'homme, l'appareil encore collé à l'oreille, s'empressa de rassurer son client qui menaçait à nouveau de quitter l'établissement.

— Patientez quelques instants, on vient vous chercher. Puis-je vous offrir un café ?

Zaganelli pestait dans le silence de son bureau en froissant le carton vide de son paquet de Ninas, et il sursauta en entendant la sonnerie du téléphone. L'homme au bout du fil semblait inquiet ; il avait servi une vieille personne qui menaçait de ne pas le payer. Le commissaire le rassura, on allait le libérer rapidement de son imprévisible client.

— On arrive !

— Vous arrivez, très bien, mais mon addition, c'est vous qui allez la payer ?

— On arrive, je vous dis. L'addition, vous verrez ça avec sa femme.

Un quart d'heure plus tard, la voiture bleue de la police se rangeait le long du trottoir et le commissaire en descendait, après avoir laissé passer avec un certain cérémonial madame Leonardi. Cette femme lui en imposait, car elle avait cette autorité élégante qui avait toujours manqué à madame Zaganelli. Certes, elle était plus âgée, mais son parfum, sa coiffure et ses vêtements signaient une femme du monde, un monde qui ne serait jamais le sien.

Dans le restaurant au fond de la salle, le client copieusement repu commençait à s'endormir.

— Monsieur Leonardi, vous me reconnaissez ?

— Oui, bien sûr que je vous reconnais, mais je ne sais plus où je vous ai vu, c'est à Tende ? Oui, c'est à Tende, je me souviens de cette journée où vous avez mis Simonot en prison.

— En prison ? Oui, presque !

Après avoir réglé la note du restaurant, Giovanna s'approcha de son mari.

— Alors, mon Georgio, peux-tu me dire pourquoi tu n'es pas rentré à la maison ?

— C'est trop loin, j'ai essayé, mais c'est beaucoup trop loin et puis j'étais fatigué.

Le commissaire prit Giovanna à part et lui proposa de les raccompagner à leur domicile. Ils conclurent ensemble que la situation était suffisamment sérieuse pour nécessiter une consultation chez un neurologue le lendemain même.

Pendant le voyage de retour, le fuyard se confina dans un mutisme boudeur qui ne permit à personne de mieux le comprendre. Les yeux fermés, il resta immobile tel un bouddha et ne lâcha pas un mot.

Il n'était plus là, il était parti se cacher dans un nouveau pays connu de lui seul et, dans ce monde secret, lui, il se complaisait.

Là, il le savait, il pouvait accéder à ce grand trou dans la cloison blanche de ses souvenirs et par ce pertuis dont il avait seul la pratique, ce passage aux bords flous entre lui et les humains, il apercevrait les personnages qu'il avait connus et ceux qu'il aurait souhaité aimer. Et puis il y avait les autres, et ceux-là étaient très nombreux ; le faciès déformé par le souvenir, ils sortaient des pages nécrologiques de son journal dans le but de lui glisser quelques mots.

Ceux qu'il connaissait depuis peu étaient les plus terribles, ils lui faisaient des farces intolérables, par exemple en changeant de visage ou en ne répondant plus à leur nom.

À d'autres moments encore, et ceux-là beaucoup plus joyeux, les fantômes de sa vie le retrouvaient comme s'il les avait quittés la veille et la joyeuse compagnie pouvait boire un verre au café et fumer du tabac à rouler en parlant du bon vieux temps.

Lorsque la voiture fut stationnée devant le porche de chêne de sa maison, il parut tout à coup se détendre, remercia le policier de l'avoir raccompagné et, directif, se tourna vers sa femme.

— On ne va pas passer la nuit dans la rue alors que nous sommes devant chez nous ! On entre, oui ou non !?

Le fourgon, accompagné d'un panache de fumée bleutée, disparaissait au bout de la rue. Le vieux couple se regarda et pénétra sous l'arche de pierre du hall.

Georgio souriait à une improbable image plantée dans son cerveau.

Giovanna, épuisée, pleurait en silence.

Chapitre 4 – *Inséparables*

1952 : le paquebot « United States » arrache le ruban bleu ; il obtient cette distinction après avoir traversé l'Atlantique en trois jours, dix heures et quarante minutes...

<center> *</center>

Ouf, c'était fait et bien fait ! Giaco pouvait ce soir tourner la clef dans la serrure de leur nouvel appartement.

Porte à double battant, paillasson siglé au nom des Leonardi, ascenseur, tout ici respirait l'aisance des propriétaires.

Continuer à habiter dans le trois-pièces de leur début pesait à Anne-Marie, et puis il y avait les enfants qui grandissaient. On ne pouvait plus raisonnablement envisager de les faire coucher longtemps dans la même chambre !

L'occasion s'était présentée à lui après une réunion de conseil syndical et la nouvelle était tombée comme un couperet.

Madame Bourguer, la femme du pasteur décédé il y avait trois ans, ne pouvait plus assumer les charges de son cinq-pièces et le mettait en vente.

Un soir, Giaco rendit visite à la veuve et lui fit savoir qu'il serait intéressé par l'achat de son logement, mais qu'il devrait préalablement vendre le sien.

Madame Bourguer lui fit alors une proposition.

— Vous vendez votre trois-pièces et moi mon cinq-pièces, voyons si nous pouvons nous arranger et faire un échange, charge à vous de régler une somme au prorata des mètres carrés supplémentaires ?

Continuer à habiter dans cette petite rue calme de Neuilly était le souhait des deux familles ; le notaire organisa la transaction et, quelques mois plus tard, le changement d'étage vit passer d'innombrables déménageurs entre le 3e et le 5e... Tout le monde était ravi.

Chez les Leonardi, ceux qui sentirent un réel changement, ce furent May et Marcelin ! Les deux jeunes gens n'avaient pas imaginé un jour vivre et dormir dans des chambres séparées...

Comment auraient-ils pu le comprendre, alors que depuis leur prime enfance ils s'entendaient à merveille et menaient leur vie en quasi-symbiose ?

Cette modification territoriale n'atténua en rien leur attachement respectif ; bien au contraire, elle sembla le renforcer.

May avait 13 ans et abordait fièrement son entrée en 4e, et Marcelin, du haut de ses presque 11 ans, faisait le grand bond de l'entrée en 6e. Le garçon suivait hardiment sa sœur, mais était conscient que ces deux ans d'écart se traduisaient maintenant chez elle par des changements qu'il ne comprenait pas toujours.

Certes, ils aimaient toujours jouer ensemble à des jeux de société, mais Marcelin constatait assez souvent chez sa complice des langueurs dont elle n'était auparavant pas coutumière. Bien qu'elle changeât, May adorait toujours son compagnon et le protégeait du mieux qu'elle le pouvait des petits combats que proposait la vie en société.

On approchait de la fin de l'année scolaire et, comme tous les ans, l'atmosphère était détendue au collège, les conseils de classe ayant rendu leurs verdicts... on savait qui redoublait et qui passait dans la classe supérieure.

Un matin, le facteur déposa une lettre quelque peu bariolée dans la boîte des Leonardi ; elle était adressée à May.

À midi, Anne-Marie mit la mystérieuse missive sur le couvert de l'adolescente qui devait rentrer du collège pour déjeuner.

À l'ouverture de l'enveloppe, ce fut une explosion de joie.

— Maman, maman, je suis invitée à la « surprise-partie » de Michel Castaing, un camarade de classe !

— Invitée à une « surprise-partie », toi ! Mais ça se passera où ?

— Il habite sur le boulevard, à dix minutes de chez nous.

— Nous en parlerons ce soir avec papa. May, tu n'as que treize ans !

— Oui maman, j'ai 13 ans, mais ce n'est pas à 40 ans que l'on est invité à une « surboum ». Papa, si tu lui demandes, comme d'habitude il va dire non. Papa dit toujours non à ce que je lui demande !

Anne-Marie ne répondit pas, elle venait de se voir confirmer ce qu'elle savait déjà trop bien : sa fille entrait dans la période délicate de l'adolescence et elle devrait d'urgence apprendre à négocier au plus fin pour éviter les conflits.

Elle tenta maladroitement de renouer la conversation en lui posant une question dont elle comprit vite le ridicule.

— Ses parents… Peux-tu me dire ce qu'ils font, les parents de ce Michel Castaing ?

— Ses parents, je n'en sais rien ! C'est le fils qui est au collège avec moi, pas les parents.

Ainsi commença un long conciliabule auquel May finit par se plier avec calme.

La maman se renseigna d'abord sur la date. Ce serait dans une semaine, un après-midi. Et puis elle voulut connaître l'adresse exacte et le téléphone de ces Castaing qu'elle ne connaissait décidément pas.

Elle finit par donner son accord de principe à trois conditions.

La première, bien entendu, ce serait l'accord de papa, car il devrait donner son feu vert pour cette sortie. Anne-Marie se voulut rassurante et se porta garante qu'il accorderait la permission, au regard des bons résultats scolaires de sa fille.

La deuxième condition, ce serait de la savoir rentrée à la maison à 20 heures et pas après.

Enfin la troisième, même si ça devait lui déplaire : elle devrait emmener Marcelin avec elle.

— Pourquoi veux-tu que sa présence me déplaise ? Au contraire, j'allais te demander de lui accorder la même permission. Par contre, il faudra lui demander à lui s'il veut venir, et c'est loin d'être sûr.

Cette réponse de May laissa Anne-Marie sans voix. Ainsi la présence du jeune garçon à cette réunion d'adolescents ne la gênerait pas et lui serait même agréable… étonnant et plutôt sympathique, mais étonnant tout de même.

La semaine suivante, les deux inséparables, habillés de neuf, rejoignirent le lieu de la réunion. Ils n'eurent pas de difficulté à repérer l'appartement en fête grâce aux accords de Sydney Bechet dont la clarinette traversait les murs de l'immeuble.

— Tu entends, Marcelin, *Les oignons* de Sydney Bechet ? Tu verras, on s'entraînera à danser sur cette musique, elle s'arrête et elle repart.

Ces deux-là ne pouvaient décidément pas se quitter d'une semelle !

Chapitre 5 – *La cruelle attente du regain*

1953 : le 2 juin, retransmission par la télévision de la cérémonie officielle du couronnement d'Élisabeth II d'Angleterre.

***

L e temps sans bruit avait filé depuis la déplorable aventure du promeneur de Nice. Georgio allait mieux et, plusieurs fois par semaine, accompagné de sa femme, il semblait avoir repris confiance et se promenait hors de chez lui sans appréhension. Que lui était-il arrivé ? Quel terrible égarement l'avait conduit à ne plus retrouver son chemin ? Il ne savait pas expliquer le phénomène et d'ailleurs il ne se posait plus la question, se contentant de couler des jours heureux dans son jardin de la rue Sainte-Réparate.

Pourtant, le retraité le constatait, rien n'était comme avant. Aujourd'hui, il ne vivait plus, il regardait la vie ! Éternel coquin tout au long de son existence, il avait maintenant perdu l'habitude d'admirer le corsage des filles et passait son temps à maugréer devant une jupe trop courte ou une coiffure jugée trop hardie.

Et puis il y avait la marche. Dans la rue, autrefois, il se faisait fort de se déplacer plus rapidement que quiconque et maintenant, ralenti par la fatigue, il traînait sa canne, une canne qu'il accusait de tous ses maux !

Georgio n'était plus le même… il était vieux.

Il gardait aussi comme un secret une inquiétude qu'il n'était pas prêt à partager avec sa femme. Il avait constaté une curieuse propension de son cerveau à déformer l'image d'une personne à laquelle il pensait, puis le souvenir plus précis prenait lentement le dessus et lui restituait l'identité qu'il attendait.

Il était vieux et le sentait surtout lors des réunions de famille, où avant il jouait un rôle central. Maintenant, on n'écoutait plus guère son avis ou ses commentaires... il devenait transparent.

Il était vieux et le sentait encore davantage dans le bus qui le transportait en ville. Ici, des personnes à peine plus jeunes que lui se levaient pour lui céder leur siège avec ce regard mielleux et compatissant qu'on réserve habituellement aux plus faibles.

À défaut de le comprendre, saurait-il un jour l'admettre ? Il était jugé maintenant par la société comme un homme sans intérêt, aussi se retournait-il avec plaisir sur ses souvenirs, surtout ceux de la période de Tende, lorsqu'il était jeune et qu'on lui obéissait.

Un jour, il fut inquiet. C'était après une sieste d'été dans sa chambre à Nice, un sommeil dont il sortit éreinté parce qu'il faisait chaud et qu'il avait transpiré sous les draps. Peut-être aussi parce qu'il avait abusé au déjeuner de cet insignifiant petit rosé de Provence dont le souvenir au réveil n'était que bouche pâteuse et absence de projets.

Ce jour-là, en ouvrant l'œil, il ne reconnut plus les lieux... Lorsqu'il eut recouvré ses esprits, il fonça dans la salle de bains pour s'asperger le visage, puis retourna dans la pièce où tout lui sembla à nouveau en ordre. Enfin rassuré, il descendit au salon.

Giovanna lisait devant un café ; elle accueillit son mari avec un petit bisou qui ne l'éloigna pas de son roman.

— Tu t'es bien reposé ?

— Très bien, merci, et toi ? Ce bouquin à tiroirs est-il toujours à ta convenance ?

— Tu parles d'un roman à tiroirs, c'est plutôt un bouquin à épisodes. Mais moi, je suis une bien mauvaise analyste de cet auteur, j'adore les écrits d'Henri Troyat et *Les semailles et les moissons*, en particulier. Il me repose, ce Troyat, et je suis stupéfaite de constater combien ce Russe arrive à si bien décrire les subtilités de la société française.

— Oui, mais il vit en France depuis longtemps.

— Oui, c'est vrai. C'est idiot, mais ce qui commence à m'angoisser c'est l'idée qu'un jour j'arriverai au bout de cette saga et me retrouverai seule et sans eux.

— Qui ça, eux ?

— Eh bien eux, les personnages, « la Grive » et les autres…

— Tu m'auras toujours à tes côtés et, à défaut de grive, je serai ton coq de bruyère. Tu verras, je les remplacerai.

— Merci, mon chéri, veux-tu que nous allions nous promener au jardin Albert 1er ? Là-bas nous serons à l'ombre et, si tu es sage, nous prendrons une de ces glaces que tu aimes tant.

Quelques instants plus tard, ils sortaient de la maison, au bras l'un de l'autre. Giovanna paraissait préoccupée.

— Mais où allons-nous, mon chéri ?

— Tu as déjà oublié ? Au jardin, bien entendu.

Elle ne démentit pas et continua à marcher au bras de son mari. Au bout de dix minutes, ils se trouvèrent face aux bateaux qui se dandinaient dans le port de plaisance et ne purent aller plus loin. Georgio, visiblement égaré, accusa Giovanna de l'avoir sciemment amené dans cette impasse. Elle jugea utile de ne pas répondre et avança une explication.

— J'ai cru que tu avais quelque chose à voir ici, voilà pourquoi je ne t'ai pas dissuadé d'aller au port.

Ils rebroussèrent chemin sans un mot et Georgio ne retrouva la parole que lorsqu'ils furent assis sous l'ombre d'un palmier, dont la ramure agitée par la brise crépitait dans les hauteurs. Il sourit.

— Je ne me lasserai jamais de cette glace vanille-chocolat. Il les fait lui-même dans son laboratoire et sa serveuse m'a dit qu'il utilisait de la vanille de Madagascar.

Les yeux tournés vers la mer, elle réfléchissait. Avait-il oublié son trouble de l'orientation ou jugeait-il préférable de ne pas en parler ?

Chapitre 6 – *Hôpital Tenon*

1954 : le 1er novembre eut lieu la « Toussaint rouge », considérée par les historiens comme le tout début de la guerre d'Algérie.

**

Rue Casimir-Pinel, la vie s'organisait dans le grand appartement. Deux chambres supplémentaires, soit quarante mètres carrés de plus… pour loger quatre personnes ; ils étaient vraiment au large.

Les murs du salon étaient égayés de toiles de peintres ou, pour être plus précis, par les toiles d'un peintre ; six œuvres d'inspiration expressionniste signées Vassily Kandinsky.

Les enfants avaient chacun leur chambre, mais passaient toujours de longues heures à bavarder ou à lire ensemble. May était une adolescente très appliquée, elle aidait souvent Marcelin, plus jeune de deux années. Le garçon était encore en « délicatesse » avec certaines données mathématiques que sa sœur n'hésitait pas à lui faire réviser avec application.

Giaco était suivi en consultation à l'hôpital Tenon par le professeur Brocard dont on lui avait dit grand bien.

Ce pneumologue de renom lui avait récemment déclaré qu'il ne voulait plus le revoir, ce qui l'avait ravi, mais aussi un peu attristé. Il avait en effet tissé des liens de confiance avec son consultant, ce qui l'avait amené à lui faire des confidences concernant le nourrisson recueilli après la rafle du Vel d'Hiv et la fausse tuberculose qui avait été attribuée à l'enfant.

À la fin de la consultation, Brocard, le sourire crispé, serra la main de son patient.

— Vous êtes guéri, Monsieur Leonardi, la streptomycine vous a définitivement libéré de cette maladie !

Le jeune médecin qui assistait le professeur sortit derrière Giaco et, quelque peu essoufflé, le rattrapa dans la cour.

— Soyez à l'avenir plus prudent dans vos propos, Monsieur Leonardi. La guerre n'est pas si loin et de nombreux Français à la solde des nazis sont cachés un peu partout dans la société. Partout veut dire partout, et aussi à l'hôpital !

Il fut frappé par le ton sérieux du jeune pneumologue, mais n'en comprit pas immédiatement le sens. Il se promit cependant d'écouter son conseil et d'être moins bavard à l'avenir.

Enfin, amusé par les facéties d'un clown qui faisait des pirouettes sur la place Gambetta, il accéléra le pas et rejoignit la station de métro. Dans le wagon, il repensa à ce que lui avait annoncé le professeur Brocard.

Guéri, c'est trop beau pour être vrai, un jour ou l'autre je la reverrai peut-être pointer son nez, cette tuberculose. Enfin, pour l'instant, ces antibiotiques m'ont sauvé la vie, peut-être finalement ai-je eu cette maladie au bon moment.

Le grincement douloureux des roues métalliques sur les rails berçait Giaco, la rame s'éloignait lourdement de la station Père-Lachaise et il rêvait.

Il faut bien que je sois naïf pour penser qu'un pays peut se reconstruire après une aussi terrible guerre sans la contribution de tous ses citoyens, y compris celle des anciens collaborateurs avec le régime nazi et même celle des plus virulents, les anciens « croix de feu ». C'est toujours comme ça, la paix, c'est un compromis ! Compromis indispensable si on veut éteindre la tentation d'une guerre civile… Il faut composer.

Chapitre 7 – *Revoir Odile*

1955 : présentation à la presse et début de fabrication de la révolutionnaire Citroën DS 19 qui força l'admiration des Français.

* *

Depuis plusieurs semaines, il s'endormait de longues heures dans son fauteuil et traversait la cloison des souvenirs. Là, il s'enfonçait dans un univers qu'il était seul à connaître et qui le rassurait. Dans ce monde, pourtant, quelque chose avait changé, un détail insignifiant, un petit rien... dans la cloison, le trou qui lui permettait de voir les autres, ce trou était maintenant plus petit.

Au début il ne s'en inquiéta pas, et puis il se fit une raison ; cette lunette secrète lui servait-elle vraiment aujourd'hui ? Certes, il l'utilisait pour communiquer avec les siens, mais à quoi bon entretenir des relations avec des gens qu'il reconnaissait de plus en plus difficilement, des gens qui maintenant lui parlaient de banalités affligeantes, comme s'ils s'adressaient à un enfant ?

Il est vrai que le trou, lorsqu'il existait, avait cela de bon : il lui permettait de voir dans son sommeil sa maison et son jardin. Après réflexion, il décida qu'il souhaitait le conserver et entreprit même de l'agrandir. C'est alors qu'il s'inquiéta, car ce n'était décidément plus possible... Cette nouvelle solitude, Georgio la subissait aussi lorsqu'il était éveillé, car les personnes qui s'adressaient à lui n'avaient pas grand-chose à lui dire et il les jugea alors bien ordinaires.

Cet après-midi après le repas, on avait installé son fauteuil dans le beau jardin derrière la maison au milieu des buissons fleuris remplis de senteurs... Il était à l'ombre et n'avait pas très chaud.

Bientôt il ferma les yeux et s'entendit murmurer.

— Je veux revoir Odile…

La jeune femme lui apparut aussitôt dans la grâce de ses trente ans. C'était l'été et elle était vêtue d'un imprimé parsemé de fleurs bleues accordées au saphir de ses yeux. Georgio abordait la quarantaine et convoitait la fille comme si elle était une friandise. Cette douceur blonde aux senteurs intimes, il se promit de la consommer sans attendre.

Il tourna la tête et le vit juste derrière son dos. Lui, c'était Paulo, et ce salaud le narguait de son sourire.

Paulo Chatelard était insaisissable, toujours galopant par monts et par vaux, on disait qu'il se cachait dans une cabane en frontière avec l'Italie.

Paulo, c'était le mari d'Odile, et c'est pour cela que depuis toujours Georgio le haïssait.

Il tendit affectueusement la main vers Odile qui lui tournait le dos, mais le terrible Paulo, armé d'une règle de maître d'école, lui tapa sur les doigts. Sans se départir de son sourire, le mari lui fit alors signe du bout de sa baguette de s'éloigner.

Le couple se dirigea vers sa belle maison établie sur les hauts de Tende ; Paulo tenait Odile amoureusement par la taille et, avant qu'ils ne pénètrent sous le porche, Georgio reçut un nouveau coup de règle qui le fit grimacer. Il eut à peine le temps de discerner le sourire et la rangée de dents éclatantes de son tortionnaire, ces dents qui semblaient le dévisager comme une morsure.

**
*

L'infirmière venait de déposer sur la petite table métallique une tasse de thé et des médicaments ; elle le réveilla en lui tapotant l'épaule.

— Monsieur Leonardi, c'est l'heure de vos pilules, réveillez-vous.

Il ouvrit péniblement un œil et fit une grimace.

— Elle a bien vieilli, mon Odile, je la reconnais à peine…

La femme, affectueusement, lui couvrit les jambes et l'enveloppa avec un châle, ce qui l'irrita au plus haut point.

— Odile, fous-moi la paix avec ton châle, je n'ai pas froid !

Comme si elle n'avait rien entendu, l'infirmière lui fit avaler les trois comprimés de 17 heures et retourna vers le salon. En posant un verre sur le guéridon, elle dit à Giovanna :

— C'est nouveau, aujourd'hui il m'appelle Odile !

Chapitre 8 – *Mention assez bien*

1956 : le 19 avril, mariage sur le « Rocher » du prince Rainier de Monaco avec l'actrice américaine Grace Kelly.

*

Dans la vie, le bonheur conserve – bien enfouie au fond de sa besace à secrets – une arme redoutable que les humains ne lui connaissent pas. Cette arme se nomme le temps et la capacité qu'a celui-ci de faire varier sa durée selon l'intérêt qu'on lui accorde. Si un jour vous êtes heureux, il vous paraîtra banal de constater que l'aiguille tourne trop vite...

Trop vite, en effet, puisque nous voici en 1956 et, bien que l'on n'y ait attaché aucune importance, deux ans avaient passé depuis la « Toussaint rouge », le premier soulèvement insurrectionnel en Algérie. On en retint surtout un fait-divers, celui de ce jeune instituteur français, Guy Monnerot, exécuté par un commando algérien.

Il semblait pourtant plein de bonnes intentions, ce Monnerot, et sa présence de l'autre côté de la Méditerranée avec sa jeune épouse au regard naïf n'avait rien de militaire. Ils avaient fait le voyage pour alphabétiser les enfants arabes afin de les arracher à la médiocrité de leur condition.

L'instituteur extrait de son autocar à coups de crosse au fin fond du bled fut mitraillé – dit-on – par erreur et en mourut. Cela fit quelques images aux actualités et puis la France se rendormit... ou plutôt non ! On montra à nouveau après l'entracte les jeux dérisoires des changements de portefeuille dont la IVᵉ République était si friande, et on oublia définitivement Monnerot.

May, auréolée par sa réussite à l'examen du premier bac, se présentait cette année-là à la seconde partie, section Philosophie.

Lorsque sa mère parlait de la candidate au cercle de ses amies, elle sortait toujours la même tirade.

— Ma fille est une littéraire ! Comment pourrait-il en être autrement ? Elle dévore inlassablement, du matin au soir, romans, essais ou nouvelles, tous ouvrages qu'elle choisit elle-même en bibliothèque et renouvelle chaque semaine.

— Tu as bien de la chance, Anne-Marie, la mienne ne lit que des magazines et proclame qu'elle ne veut rien faire !

Invariablement, la mère faisait alors une moue où se reflétait son inquiétude et ajoutait :

— Pour être très honnête, cette insatiable soif de lecture n'a d'égale que sa médiocrité en mathématiques, ce qui, croyez-le, m'inquiète beaucoup.

Nous étions bien en 1956 et, en ce temps-là, le bac philo était encore respecté. May termina les épreuves avec une mention « assez bien », ce qui la laissa de fort méchante humeur, car elle était persuadée valoir beaucoup mieux. Son père la félicita et lui conseilla de se calmer.

— Sache-le, ma fille, la vie nous impose parfois des mises au point qui sont peut-être pénibles sur le coup, mais qui nous seront indispensables par la suite pour raffermir notre humilité et ceci, à tous les âges de la vie.

Chapitre 9 – *L'homme de la cabane*

1957 : le 4 octobre, les Soviétiques lancent leur Spoutnik, premier satellite artificiel.

*
* *

« Il fait chaud.
— Tourne-toi, mon chéri, je vais couper le chauffage. »
À peine avait-elle prononcé cette phrase que Georgio ronflait comme un soufflet de forge ; elle lui avait dit qu'elle allait couper le chauffage et cela suffisait pour qu'il ait moins chaud.

Comme bien souvent lorsqu'il s'endormait, il se retrouvait à Tende ou plutôt au fin fond de Saint-Dalmas-de-Tende, dans une forêt sombre et menaçante. Comme toujours, la cloison blanche lui faisait face, mais cette fois, malgré une recherche attentive, il n'en avait pas retrouvé le trou.

Il marchait, armé de son fusil, dans l'humidité de la forêt et deux lièvres encore chauds ballottaient mollement dans sa gibecière.

Le chasseur s'approcha du petit ruisseau de montagne apaisé en cette fin d'été et vit nettement une cabane nouvellement bâtie sur son terrain. Une lourde fumée bleue s'échappait avec peine de la cheminée et, comme il s'approchait, l'atmosphère s'emplit d'une odeur de viande grillée, ce qui lui rappela qu'il avait faim.

— Entrez, Maître Georgio, faites comme chez vous… d'ailleurs, n'êtes-vous pas chez vous ?

Il se tourna dans son lit puis se frappa la joue pour écraser un moustique et, enfin, se tourna à nouveau pour retrouver le sommeil. Sa respiration devint plus lente et il ne tarda pas à retrouver la cabane.

— Ne te gêne surtout pas, Paulo, tu construis sur mon terrain sans ma permission et tu vis tranquillement dans une cabane qui, sache-le, sera mienne à partir d'aujourd'hui !

— Asseyez-vous, Leonardi, et venez croquer avec moi dans ce pigeonneau bien parfumé.

— J'ai faim, d'accord pour le pigeon.

Paulo avait laissé ouverte la porte de sa chambre et le dormeur vit que son locataire, sans pudeur et méthodiquement, faisait l'amour à Odile sur un lit décoré d'étoiles.

Il se réveilla et caressa sa femme qui le calma afin de l'endormir. Dans un soupir, il lui murmura :

— Bonne nuit, Odile.

Elle pensa sans faire de commentaire qu'aujourd'hui, pour Georgio, toutes les femmes se nommeraient Odile.

*
* *

Dans son rêve, le dormeur était à nouveau revenu dans la baraque et il se rhabillait, satisfait ; maintenant, c'était lui qui avait fait l'amour à Odile.

La porte s'ouvrit alors sans précaution.

— Entrez les gars et servez-vous, je vous sors une bouteille.

Paulo installa autour de la table avec trois hommes noirs comme des pruneaux qui parlaient très fort avec un accent sicilien.

Il jugea dès lors que sa propriété servait de relais à des hommes du Sud qui traversaient la frontière vers la France. Ces gens appartenaient certainement au parti communiste italien. Une fois la frontière traversée, ils iraient alimenter les bataillons bolcheviques en guerre contre le national-fascisme italien.

Dans son sommeil, il murmura.

— Chez moi, des communistes, et je n'arrive pas à les attraper !

Avant de se réveiller, il vit nettement Francesco Cornaro, le président de la nouvelle Ligue lombarde, qui le saluait sévèrement derrière la glace de sa grosse voiture noire. Sentant un certain laisser-aller dans la gestion du patrimoine du patricien, le représentant d'extrême droite venait sûrement contrôler les comptes de maître Georgio…

Maintenant il était éveillé et se leva prestement, car il avait besoin d'uriner. Malheureusement, il se perdit dans la chambre et Giovanna, qui ne dormait que d'un œil, sursauta quand elle l'entendit crier.

— Je l'ai donné aux boches, c'est vrai, mais c'était mon devoir, il ne faudrait pas l'oublier, ce salaud de communiste était un traître à notre nation !

Il se frotta violemment le visage pour chasser l'image têtue plantée dans son cerveau.

Cette vision le torturait depuis deux jours et pendant tout ce temps sa conscience lui avait parlé avec cette voix d'outre-tombe qui résonnait dans ses oreilles. Aucun repos possible, la parole cruelle frappait ses arguments moralisateurs dans sa pauvre tête et aucune alternative ne lui était proposée ; il fallait l'entendre et la supporter.

— C'est toi, Leonardi, qui m'a donné aux Allemands. Leonardi tu es un salaud, un beau salopard…

L'image en noir et blanc, il la voyait toujours, toutes les nuits et tous les jours ; c'était le mur de la maison de Paulo et Odile Chatelard. On était à Tende. Sur cette façade de pierre taillée, une plaque de marbre était maintenant apposée.

« Ici vécut Paul Chatelard, résistant déporté sur dénonciation et exécuté au camp de Dachau en avril 1944 »

***

L'infirmière avait la clef de la maison et, après un bref coup de sonnette, elle entra dans le salon.

— Bonjour, Madame Leonardi, avez-vous bien dormi ?

Giovanna expliqua qu'elle n'avait pas fermé l'œil, son mari très agité s'étant levé plusieurs fois pour finir par se perdre dans la chambre.

Surtout, ce qui devenait insupportable pour elle, c'étaient ces cris et ces invectives incompréhensibles jetés dans la nuit comme si le pauvre homme était pourchassé par un terrible remords. L'infirmière tenta de la rassurer.

— Un remords, vous croyez ? Peut-être que si vous arriviez à comprendre… à ce propos, vous avez essayé de lui en parler ?

Bien entendu qu'elle l'avait cuisiné sur le sujet, mais à chacune de ses tentatives elle n'avait obtenu qu'un mutisme boudeur vite accompagné d'un sourire énigmatique.

— J'ai la sensation que sa maladie fait ressortir du fond de son cerveau un terrible secret. Enfin patience, nous verrons s'il nous appelle Odile encore aujourd'hui !

Chapitre 10 – *Nuit mauve rue Casimir-Pinel*

1958 : retour au pouvoir du Général de Gaulle, qui fonde la Ve République, caractérisée par un pouvoir présidentiel à sa mesure.

**

Depuis une heure déjà, la clarté du jour n'était plus qu'un pâle souvenir. Ce dernier soir de juin avait longtemps lutté en opposant à la nuit la flambée de ses rougeoiements puis, de guerre lasse et se considérant vaincu, il avait déposé les armes.

Dans l'appartement, ce n'était plus qu'une obscurité de ville, cette lumière mauve qui traverse les rideaux et confond les objets et les êtres en un seul moule fantomatique.

Dans le salon silencieux chichement éclairé par deux petites lampes d'appoint, Giaco et Anne-Marie lisaient.

Elle se passionnait pour la littérature excentrique à la mode en ces temps d'après-guerre et ce soir elle souriait par intermittence en redécouvrant le petit chef-d'œuvre de Boris Vian, *L'écume des jours*.

— Tu sais qu'il est très malade ?

— Qui ça, et malade de quoi ?

Elle lui tendit la couverture du roman où une sage photo de l'auteur semblait tirée pour une cérémonie nuptiale.

— Le cœur, paraît-il.

— Ce n'est pas en fumant cigarette sur cigarette et en soufflant toutes les nuits dans sa trompette qu'il va soulager son palpitant, ton Boris !

Irritée par la désinvolture de son mari, elle ne lui répondit pas, mais se dit qu'elle souhaitait une meilleure santé à l'auteur. Ce Boris qu'elle ne connaissait pas, elle l'aimait en secret ; elle partageait avec lui l'humour de ses écrits, et elle ressentait chez l'homme une fragilité presque infantile… elle eût tant aimé le protéger.

Giaco, plus martial, dévorait *L'armée des ombres* de Joseph Kessel, publié treize ans plus tôt.

Pendant la guerre, lui aussi aurait souhaité être un héros, mais le sort en avait décidé autrement. Cette tuberculose contractée dans les hôpitaux militaires en avait fait un malade pensionné par le ministère des anciens combattants, ce qui lui avait interdit les honneurs du combat.

Et maintenant il avait vieilli ; il est des âges, chez les hommes, qui vous disent qu'il est trop tard… trop tard pour être un personnage d'exception. Il ne serait jamais un héros. C'était un bon père de famille amoureux de sa femme et attentif au devenir de ses enfants, c'était tout ça et voilà tout.

Ses enfants, d'ailleurs, n'étaient plus des enfants. May avait 19 ans et préparait son entrée en fac de lettres à la Sorbonne et Marcelin, du haut de ses 17 ans et de son mètre quatre-vingts, impressionnait déjà la famille.

Il était assez lent dans ses études, mais aussi terriblement courageux, et commençait à se faire une idée de sa future profession. Il promenait à longueur de journée une nostalgie existentielle donnant à croire qu'il portait sur ses épaules tout le poids du monde.

Ce soir, dans le silence bleuté du couloir, Marcelin frappait comme un voleur à la chambre de May pour lui demander un renseignement littéraire. Assise à son bureau, elle lâcha son bouquin lorsqu'elle l'entendit et, en se levant, accueillit son jeune protégé.

Tout au long de l'année passée, il avait terriblement grandi et arborait une fine moustache qui affirmait à son entourage qu'il était un homme. Un homme, on s'en doutait aussi lorsque résonnait sa voix grave et lorsqu'il portait sur vous son regard sombre. Ce regard, pourtant, s'adoucissait lorsqu'il le tournait vers May, son amie et son modèle de toujours.

— Entre, tu ne vas pas rester toute la nuit appuyé contre cette porte !

Il s'assit sur une chaise et lui raconta ses soucis.

— Je ne comprends rien à ce Lorenzaccio de Musset, parfois il nous est présenté comme un héros romantique et, quelques pages plus loin, on retrouve le personnage que l'on ne pouvait s'empêcher d'aimer totalement métamorphosé. Ici on le déteste, car il est devenu vil et corrompu !

Elle s'assit en face de lui, posa la main sur son bras et lui expliqua qu'il s'agissait là d'une situation habituelle de la vie pour chacun de nous. Nous sommes fiers à certains moments de notre attitude devant tel ou tel problème et, plus tard, nous constatons à quel point nous nous sommes comportés lâchement dans une autre situation.

— La vraie vie n'est pas faite de personnages stéréotypés gravés dans le marbre. Nous aussi, comme nos héros, avons nos bravoures et nos fragilités !

En lui parlant, elle admirait ses yeux noisette et ne pouvait s'empêcher de penser qu'il devenait très beau. Elle caressa une mèche de cheveux noirs échappée de sa tempe et ne fut pas surprise lorsqu'il s'abandonna sur son épaule.

Dans un souffle, elle s'entendit lui murmurer.

— Marcelin, il ne faut pas, nous n'avons pas le droit, nous ne devons pas !

Il était près d'elle, ensorcelé par sa peau qui exhalait doucement le parfum fleuri qu'elle portait depuis peu. Par pudeur, il voulut se cacher pour l'embrasser dans le cou et, loin de le calmer, cette chaude proximité lui permit un contact plus intime avec cette odeur féminine qui était sienne. Terriblement émue, elle lui prit la tête à deux mains et rechercha sa bouche.

— Mon chéri, je t'aime, peu m'importe que nous soyons frère et sœur. Je t'ai toujours aimé et ne veux pas te perdre.

— Mais que racontes-tu là ? Nous ne sommes pas frère et sœur, et tu le sais aussi bien que moi !

— Pour nos parents, nous le sommes bel et bien, et ils n'ont jamais voulu faire de différence entre nous.

— Nos parents sont les premiers à connaître la vérité, bien qu'ils ne nous aient jamais parlé librement de cette situation. Je te rappelle aussi que, cette vérité, nous aussi nous la connaissons.

— Oui, mais…

— Il n'y a pas de « mais ». Souviens-toi, nous avons surpris il y a trois ans une discussion dans leur chambre et cette discussion était claire.

— Pourquoi ne nous ont-ils pas parlé ? C'est fou, ce culte du secret !

— Oui, complètement fou et ça ne leur ressemble pas. Il doit exister une logique que nous ignorons, pour expliquer cette attitude.

Ainsi se poursuivit la vie. Pour les deux jeunes, la connivence était maintenant très forte ; ils s'aimaient et ne cherchaient plus trop à le cacher.

Chapitre 11 – *L'incroyable histoire*

1959 : sortie dans les salles de Hiroshima mon amour, *réalisé par Alain Resnais.*

*****

Ce soir-là, May et Marcelin se promenaient avenue de Madrid en direction du bois où ils souhaitaient marcher et bavarder pendant une heure. Le temps était un peu incertain, mais ils étaient équipés d'imperméables, de grosses chaussures et de parapluies. Marcelin se mit à courir en marche arrière face à May et lui dit en rigolant :

— Tu te souviens de ma petite enfance ? La première image de moi qui te vient à l'esprit, par exemple.

— Cesse de faire l'idiot, tu vas te casser la figure. La première image, j'avais à peine trois ans et je t'avoue que ce n'est pas très clair. Oui peut-être… ce dont je me souviens, c'est de l'arrivée d'une voiture noire sous le porche des grands-parents, papa est au volant et il sourit.

— C'est certainement le jour du retour du sanatorium de Giaco. Il est réputé guéri et toute la famille déborde de joie. Et c'est tout ?

— Non, dans la voiture, à l'arrière, je vois maman qui tente de calmer un bébé qui hurle dans ses bras.

— C'était moi ?

— Toi, Marcelin ? Je n'en sais trop rien, mais ça correspondrait parfaitement avec ce que nous avons entendu de la conversation secrète entre papa et maman dans leur chambre à coucher. Souviens-toi de l'histoire : le directeur-adjoint du sanatorium aurait confié à son malade guéri un nourrisson juif sans parents qui était trop jeune pour être passé en Suisse.

May poursuivi son récit avec les mots qu'elle avait reçus de sa mère. À cette époque, Anne-Marie et Giaco avaient pris en charge l'enfant et l'avaient caché derrière les hauts murs de l'hôtel particulier des grands-parents.

— Mais pourquoi ne l'ont-ils pas confié ou plutôt, ne m'ont-ils pas confié à une organisation d'aide à l'enfance ?

— Tu es malade, Marcelin ! Parler de toi aux autorités de l'époque, c'était te condamner à être pris par les nazis et à être interné en camp.

— Alors, pendant toute la guerre, j'ai été un enfant sans identité et sans nom de famille ?

— Oui, très certainement, tu étais caché et sans identité. Après le conflit, les parents se sont renseignés et sont devenus tes tuteurs.

— Pourquoi, alors, ne pas m'avoir adopté, ils ne m'aimaient pas ?

— Je ne sais pas et j'aimerais bien en connaître la raison, car il y a une raison à cela, je n'en doute pas.

Le garçon fit la grimace en contemplant son image dans la devanture d'un magasin. May reprit.

— Ils t'ont trop aimé par la suite pour penser qu'ils ne t'aimaient pas au départ.

— On leur demandera !

Cette discussion sur l'identité de Marcelin avait entraîné une profonde émotion partagée par les deux jeunes. Le jeune homme s'arrêta, il ne plaisantait plus. Il prit May dans ses bras, la serra très fort et l'embrassa dans le cou. Au bout d'un long moment, il murmura :

— Veux-tu que je te dise, aujourd'hui je me moque de tout ce passé, et je t'enlèverais si quelqu'un se mettait en travers de notre destin.

— Tu es trop mignon !

La nuit tombait ; ils rebroussèrent chemin pour regagner la rue Casimir-Pinel et, arrivés à l'appartement, ils entrèrent dans la chambre de May.

Ils s'assirent sur le lit et éteignirent la lumière, un autre baiser accompagné de caresses plus intimes les unit dans le silence de la nuit. La faible coloration venue de la rue permit au jeune homme d'entrevoir une goutte brillante pendue à la paupière de May. Il assimila ce liquide intime au parfum qui l'enivrait. Sa bouche le frôlait et c'est avec regret qu'elle lui glissa à l'oreille :

— Séparons-nous, mon chéri, retourne dans ta chambre et efforçons-nous d'oublier cette soirée.

Comme piqué par une aiguille, il se dressa et lui dit d'une voix forte.

— Oublier, tu es folle ! Plutôt mourir.

L'ombre du jeune homme se glissa alors dans l'encadrement de la porte, il lui lança un baiser et murmura :

— May, mon amour, ni maintenant ni plus tard, je ne veux jamais te quitter.

Le parfum de son amour l'accompagna pour le consoler. Il en rechercha quelques instants le nom.

— « Chant d'arômes » ou quelque chose comme ça, je ne sais plus, c'est le nom me semble-t-il qu'elle m'a soufflé à l'oreille.

Chapitre 12 – *Dans le rétroviseur*

1960 : le 29 février, un tremblement de terre de magnitude 6,7 détruit la ville d'Agadir, au Maroc, et fait 12 000 victimes.

**

« **L**es enfants, venez me voir, s'il vous plaît. Vous allez m'aider à descendre les bagages au garage. Ne traînons pas, j'aimerais que nous déjeunions à Lyon à midi. »

Au sous-sol, dans le parking, trônait la nouvelle voiture de la famille ; sa couleur ivoire tranchait avec le noir de la précédente et sa ligne fuyante la classait parmi les objets résolument en avance sur leur temps. Malgré l'heure matinale, les portefaix familiaux ne s'étaient pas fait prier pour alimenter la DS 19 en valises et sacs en tout genre. Giaco, lorsqu'il parlait de ses départs en voyage à ses collègues, avait coutume de proclamer cette phrase devenue rituelle :

— Ma femme a pour habitude de ne pas voyager léger ! Elle transporte tous les vêtements d'été et aussi ceux du mois de janvier, au cas où…

Enfin on gagna la nationale 7 ; il était très tôt, mais c'était déjà trop tard, et on dut ralentir devant un premier embouteillage.

Elle était confortable, cette DS, trop confortable peut-être, car les passagers à l'arrière se disaient victimes de roulis et de tangage… Au bout de quatre-vingts kilomètres, Marcelin réclama un arrêt d'urgence pour évacuer dans le fossé le trop-plein de ses nausées.

Giaco et Anne-Marie s'en étonnèrent.

— Tu es vraiment sensible, mon grand. Nous, on est très bien et puis, tu en conviendras, je ne roule pas vite.

Enfin à jeun, le garçon s'assoupit un long moment, la main posée sur la cuisse de sa voisine.

Giaco conduisait en effet prudemment, faisant fi des annonces mirobolantes qui couraient dans les journaux au sujet de la Citroën. Il usait fréquemment du confortable rétroviseur au sujet duquel il avait l'habitude de déclarer :

— En voiture, un œil devant, un œil derrière et le troisième sur le côté gauche !

L'œil dédié à l'arrière lui apprit que les enfants dormaient, ce qui le rassura, et c'est ce même œil qui lui dévoila que Marcelin avait cavalièrement posé la main sur la jambe de May.

Sur l'instant, il resta discret et tenta de penser à autre chose. Étonné, l'œil balaya à nouveau le rétroviseur et constata qu'il ne s'était pas trompé ; la main était encore sur la cuisse de la jeune fille. Cette fois déterminé, il se concentra sur la conduite mais se promit d'en parler le soir même à sa femme.

Comme toujours, la traversée de Lyon ne fut pas aisée, mais on en connaissait la difficulté et personne n'en fut surpris.

Après un arrêt dans un petit restaurant fréquenté par les professionnels de la route, Giaco reprit la conduite, mais constata au bout de cinquante kilomètres qu'il avait terriblement sommeil. Il dut passer le volant à son épouse, en manifestant quelques réticences.

— Enfin, mon chéri, tu as oublié que cette route, je la connais. C'est grâce à la nationale 7 que j'ai rejoint Nice avec May au début de la guerre !

— Oui, mais je n'étais pas là.

— Tu vas dormir un peu, ça te fera le plus grand bien.

Marcelin avait retrouvé de bonnes couleurs et ne vomissait plus, Anne-Marie l'entendit nettement lui demander :

— Et moi, où j'étais, le jour de cet exode ?

Elle était habituée à ces provocations et lui répondit sans hésiter :

— Toi, tu n'étais pas là.

Chapitre 13 – *Vade retro, Zaganelli !*

1960 : le 11 mai, mise à flot du paquebot « France » à Saint-Nazaire ; la France, admirative, est rassemblée devant ses écrans de télévision, le cœur vibrant de fierté.

*

Il était 22 heures lorsque la voiture se gara le long du quai des États-Unis. La pleine lune éclairait la mer et Nice, doucement, s'endormait.

Anne-Marie poussa la grille. Emmanuel, à l'affût et alerté par le grincement du portail, apparut sur la terrasse.

— Je descends, ne traînez pas les valises jusqu'ici, attendez-moi. Vous devez être crevés !

On s'organisa pour la soirée, puis on sortit prendre l'air sur la terrasse. De cet endroit stratégique, on embrassait la longue courbe de la baie des Anges et on discernait même, dans le lointain, les avions qui inlassablement décollaient de l'aéroport.

Pas de vent au programme de cette belle nuit méditerranéenne, seule une délicate brise estivale caressait les visages sans parvenir à agiter la douce mer qui ressemblait ce soir à un lac helvétique.

Emmanuel s'était accoudé à la rambarde métallique comme un capitaine en attente de son quart. L'air soucieux, il se tourna vers le salon.

— Je me dois de vous dire, mes enfants, que depuis plusieurs mois je suis très inquiet. L'état de Georgio s'est aggravé et il me paraît désormais difficile que Giovanna continue à le garder à domicile.

Giaco se doutait bien qu'il faudrait un jour ou l'autre prendre une décision, mais pas si vite. Il releva des yeux fatigués sur Emmanuel, qui poursuivit.

— Notre cher malade a totalement perdu la mémoire et pas seulement la mémoire… ses repères de vie en société ont fondu ! Pour vous donner une idée, je ne suis pas certain qu'il reconnaisse toujours sa femme et, ce qui est plus grave encore, c'est qu'il est devenu agressif avec l'infirmière chargée de sa garde.

À Neuilly, ils avaient des nouvelles du malade en téléphonant à Giovanna trois fois par semaine, mais ils se rendaient compte en écoutant Emmanuel que la pauvre femme minimisait les troubles de son mari pour des raisons de dignité. Il reprit.

— Le problème, c'est qu'il est encore doté d'une certaine force et peut en faire usage de façon imprévisible. Je crains en particulier qu'il ne frappe un jour son épouse.

Anne-Marie ne pouvait le croire. Son beau-père, c'était connu, adorait Giovanna et elle n'imaginait pas qu'il puisse devenir violent à son égard.

— Papa, tu n'exagères pas un peu ?

— Non malheureusement, je n'exagère pas et la situation est très préoccupante.

Il raconta que le pauvre homme le confondait avec l'ancien commissaire de police aujourd'hui à la retraite !

Cette erreur lui avait semblé si grossière qu'il avait jugé bon d'essayer de le confondre. Pour cela, il avait monté un petit scénario afin de lui clarifier les idées. Pour convaincre Anne-Marie, il lui raconta son stratagème.

— J'ai voulu l'aider et, pour cela, je me suis rendu chez lui avec Zaganelli. Le policier connaît bien la famille et il s'est volontiers plié à mon expérience. Je suis d'abord entré seul dans le salon où était assis le malade, il m'a accueilli avec plaisir, m'a proposé de boire un verre et m'a donné du commissaire. C'est alors qu'est apparu Zaganelli, ce qui a entraîné chez lui un terrible changement de comportement. « Arrêtez-le, arrêtez-le ! Commissaire, foutez-moi ce voleur en taule, c'est un communiste et il est entré pour me voler ! » Le pauvre Zaganelli a cru alors bien faire en battant en retraite, mais je suis parvenu à le rattraper alors qu'il ouvrait le porche. « Pardonnez-moi, Commissaire, je pensais rétablir les choses en le confrontant avec le vrai Zaganelli, celui qu'il a connu, mais je n'ai fait que brouiller un peu plus son esprit. » « Je ne sais pas si c'est vous ou quelqu'un d'autre qui l'a brouillé, mais il l'est, il est complètement dingue, le Georgio ! ».

Giaco, songeur, se leva et se retourna un long moment pour regarder la mer.

— Ma chérie, je partage la façon de penser d'Emmanuel. Il faut que nous profitions de ce séjour pour convaincre Giovanna de faire hospitaliser mon père, et ce ne sera pas facile.

En effet, l'épouse de Georgio était dotée d'un fort caractère et n'entendrait certainement pas se faire dicter sa conduite. Ils rejoignirent leur chambre sans tarder, car les Parisiens étaient écrasés de fatigue.

Chapitre 14 – *La doublure*

1961 : sortie en salle, le 25 mai, de L'année dernière à Marienbad, *un film énigmatique d'Alain Resnais dont le grand mérite fut de justifier les nombreuses soirées de débats enfumés et le plus souvent fumeux entre étudiants et étudiantes du Quartier latin.*

**

Le pays continuait à se contorsionner bêtement dans les multiples crises gouvernementales dont il était coutumier, sans recueillir l'attention des Français depuis longtemps lassés de ces pitoyables pantalonnades. Les politiques jouaient la comédie du pouvoir et la population, de son côté, reconstruisait le pays.

May poursuivait brillamment ses études de droit et Marcelin pouvait prétendre entrer en médecine. Comme tous les étudiants, il avait fait une préparation militaire au fort de Vincennes et était maintenant étudiant-sursitaire. L'attachement mutuel des deux jeunes gens n'avait pas faibli et, se sachant adultes, ils cachaient de moins en moins leur liaison. Un samedi, à la fin d'un dîner familial, le père de famille essaya d'évoquer la situation ambiguë de ses enfants.

Pour lui, ce n'était pas facile et il se savait marchant sur des œufs, d'autant que ses interlocuteurs étaient dotés d'une forte personnalité.

May avait quitté la maison. Elle habitait un petit appartement rue Mazarine et on ne voyait plus guère le mystérieux Marcelin à Neuilly.

— Les enfants, nous tenions à vous dire que votre mère et moi sommes très fiers de vous.

Ce préambule inquiéta les deux jeunes et May manifesta immédiatement son étonnement.

— Hou là ! Plus clairement, que veux-tu nous dire ?

— Euh, rien ou plutôt si, maman et moi on voudrait dire…

— Eh bien, c'est le moment, dis-le.

— On a remarqué que Marcelin et toi…

Il fit un geste de rapprochement de ses deux index, le signal était assez clair. May rougit légèrement, mais reprit le dessus.

— Tu veux dire que Marcelin et moi…

Elle fit deux boucles entre ses index et ses pouces qu'elle enlaça.

Giaco fit alors savoir qu'il avait compris en renouvelant le geste, et elle confirma sans sourire.

— Oui tout à fait, c'est ça.

Un peu libéré quoiqu'ému, le père leur livra ce qu'il avait sur le cœur. Il affirma en particulier que beaucoup de personnes ne comprendraient pas cette liaison, qui serait jugée honteuse.

— Pour tout le monde, vous êtes frère et sœur et seulement frère et sœur. Une histoire amoureuse dans ces circonstances est impossible dans notre société, et elle est même interdite par la loi.

— Entre frères et sœurs, sûrement, mais nous ne le sommes pas ! Nous avons intercepté une discussion à travers la cloison de votre chambre et nous savons, May et moi, que je suis un enfant abandonné recueilli pendant la guerre. Il me semble que la moindre des choses serait que vous nous expliquiez clairement ce que vous savez, nous n'avons plus 10 ans !

Giaco était rouge cramoisi. Il se promettait depuis longtemps de tout leur raconter, mais il venait de se faire doubler par ses enfants. Il leur fit part de ce qu'il savait.

— Pendant la guerre, j'ai séjourné huit mois dans un sanatorium situé au-dessus de La-Chapelle-en-Vercors, où j'ai été traité pour une tuberculose pulmonaire. Nous étions alors en plein conflit et le directeur-adjoint de l'établissement était un résistant très actif qui luttait comme il le pouvait contre l'occupation allemande. Paul, c'était son nom, était responsable d'un réseau qui faisait passer des enfants juifs en Suisse à leur sortie du sanatorium. Le passage n'était pas sans risque à la belle saison, mais l'hiver, dans la neige et le verglas, l'opération eût été fatale pour un nourrisson. Quand j'ai été guéri et quelques jours avant de rentrer chez moi, il m'a proposé d'emmener et de cacher un bébé de quelques mois dont il ne savait que faire.

Il se tourna vers Marcelin et lui tapa sur l'épaule.

— Le bébé, c'est lui !

Il raconta alors en détail le voyage du retour en direction de Nice et l'arrivée chez les grands-parents au palais Leonardi, où tous les trois avaient été accueillis les bras ouverts.

May, soudain sérieuse, intervint.

— Pourquoi avoir gardé le secret tout ce temps et nous avoir laissés dans l'ignorance de cette belle histoire ?

Giaco s'attendait à cette question et il reprit immédiatement.

— Le pays était en guerre, on n'était sûr de personne et surtout pas des autorités françaises, toute la famille a jugé préférable de cacher l'enfant et d'en dire le moins possible. Lorsqu'ils étaient questionnés, les Leonardi racontaient invariablement l'histoire suivante que tout le monde avait apprise par cœur : « Sur la route de l'exode, Anne-Marie serait arrivée quelques minutes après une attaque de Stukas et aurait trouvé un bébé pleurant au milieu des corps déchiquetés des adultes. Écœurée par l'horreur du spectacle, elle aurait vomi dans le fossé et, après s'être ressaisie et n'écoutant que son courage, elle aurait enfourné l'enfant dans sa voiture avant de s'enfuir. »

Anne-Marie ajouta :

— Cette version de l'attaque par un avion de la Luftwaffe était fausse, mais elle avait l'avantage d'être plausible. Un an plus tard ou un peu plus, peut-être, l'envie m'a prise de revoir les vêtements que portait Marcelin le jour où nous l'avons vu pour la première fois à la sortie du sana. Parmi ceux-ci, il y avait une modeste petite veste bâtie avec un tissu de récupération dont je me suis dit qu'elle ne pouvait avoir été cousue que par sa maman.

Ils étaient tous tétanisés par une charge émotionnelle intense. Anne-Marie continua, la voix brisée.

— En examinant le vêtement, j'ai eu la sensation d'un contact anormal sous la doublure et en hâte je l'ai démontée. Bien vite, j'ai trouvé un rectangle de papier Kraft qui contenait une lettre et cette lettre, la voici.

Elle ouvrit le petit tiroir secret de son bureau et déplia un papier marron avant de lire une missive bourrée de fautes d'orthographe.

Madame ou Monsieur

Vous trouvé mon anfant, je remerci vous et vous remerci beaucou. Je supplie d'en prendre soin.

Je m'appellai Gilda Hollestein et je suis de Pologne, comme mon mari Isaac, nous pas papiers français et on dit nous chasser de ce pays. C'est pourquoi, nous, au moindre danger cacher notre trésor. Pour lui, petit anfant pas prison.

À Paris nous travail ménage toute la nuit dans grande usine armement allemande et petit anfant dormir, lui habitude de pas voir nous pendant lontenp.

Pour l'amour du dieu à nous tous, vous être responsable de bébé et attendre retour moi.

Je suis baucou travail et quan moi revient, moi travail toute ma vie entière pour payer vous dédommagé.

Ce enfant est fils de Isaac et de Gilda Hollestein et pour qu'il soit bien content en France dans population, je vous prie, vous donner un prénom qui dira lui est d'ici ; Pierre ou Marcel ou René.

Longue vie et bonheur à vous et à petit bébé que nous revoir un jour.

Gilda et Isaac, le 14 juillet 1942

Anne-Marie termina cette lecture, tremblante et les yeux rougis par l'émotion.

Elle expliqua aux enfants qu'elle s'était persuadée avec le temps que Marcelin n'avait plus de parents or cette lettre changeait tout, car sa mère pourrait se manifester un jour et, en attendant, l'enfant n'était pas adoptable.

— Rends-toi compte, Marcelin, pour nous qui t'avions élevé la situation était devenue particulièrement difficile et l'éventualité de ne plus te revoir un jour nous était insupportable !

— Pourquoi ne plus me revoir ? Je souffrirais terriblement moi-même si j'étais contraint de ne plus vous fréquenter et de ne plus vous aimer. Cette lettre découverte dans la doublure d'un vêtement est bien entendu émouvante, mais elle ne change pas grand-chose, tout au plus nous impose-t-elle de faire les recherches nécessaires pour retrouver mon père et ma mère.

— Tu me rassures, mon chéri. À force de te cacher et de mentir à la société, je suis un peu déformée et je me vois des ennemis partout.

Le jeune homme, bien qu'il fût doté d'un solide tempérament, était abasourdi par toutes ces révélations et May, en constatant les mains tremblantes du garçon, crut bon d'intervenir pour obtenir plus de précisions.

— Je comprends mieux pourquoi vous n'avez pas adopté Marcelin, en fait il n'était pas adoptable !

— C'est tout à fait ça, et nous nous sommes conformés à la volonté de ses parents qui souhaitaient que nous soyons les tuteurs de leur fils. Grâce à deux amis en poste à la préfecture de Paris après la guerre, la procédure de tutorat a été facilitée et, parallèlement, nous avons poursuivi les recherches pour retrouver Gilda et Isaac, mais jusqu'ici sans résultats.

Ils se regardèrent tous en s'interrogeant du regard, et c'est Giaco qui prit la parole.

— Depuis peu, nous avons compris que les documents concernant cette guerre et en particulier les archives internationales s'organisent de façon plus cohérente, et peut-être pourrons-nous un jour accéder aux parents de Marcelin. Il faut savoir que les nazis avaient une qualité et pas deux, et cette qualité, c'était l'organisation. La classification, c'était leur fort, ainsi connaît-on presque le sort réservé à chaque interné… tout est consigné dans des registres soigneusement tamponnés et classés !

Le jeune homme se leva, ses yeux étaient emplis de larmes.

Il prit délicatement la lettre écrite par sa mère et l'embrassa.

— J'aimerais tant qu'on la retrouve ! Je sens que j'ai suffisamment d'amour en moi pour en donner aux deux familles.

— Nous n'en doutons pas, mon chéri, car nous te connaissons bien et, après ce que tu viens de dire, je n'ai pas peur de retrouver tes parents. Pour nous tous, c'est d'ailleurs un devoir, ne désespérons pas et continuons à chercher.

Giaco, pensant qu'il avait tout dit, se leva, mais Marcelin voulut en savoir plus.

— Tu as d'autres éléments ?

— Plus ou moins, car je ne suis pas sûr de ces informations. Il semblerait que ta mère, après un passage au camp de Drancy, aurait été déportée à Auschwitz où, grâce à sa connaissance des langues, elle aurait été interprète.

— Interprète, c'était certainement une position enviable dans la situation qui était la sienne !

— Enviable, je ne sais pas si c'est le bon terme ! Ton père lui aussi aurait été raflé le 16 juillet 1942, on l'aurait amené au Vel d'Hiv dans un bus de la RATP et puis plus rien, il semble qu'il ait disparu. S'est-il échappé ? Personne pour le moment n'en sait rien.

May embrassa ses parents. Elle souriait, car la perspective de poursuivre une relation amoureuse avec Marcelin était officiellement possible ; ils n'étaient plus frère et sœur ! Il était tard. Les deux jeunes jetèrent un regard à leurs parents et s'embrassèrent ostensiblement sur la joue, puis se retirèrent sans un mot.

Ce soir ils dormaient dans l'appartement familial et ils se glissèrent dans l'étroit couloir qui desservait leurs chambres. Le garçon était très affecté, il marchait le dos voûté, une démarche inhabituelle pour lui, et surtout il n'échangeait aucun mot avec son infatigable confidente.

Alors qu'il allait refermer la porte de sa chambre, elle s'aperçut qu'il pleurait. Le spectacle de ce grand gaillard blessé émut la jeune fille et elle décida de ne pas le quitter.

— On voulait des éclaircissements… on en a eu ! On apprend dans la même soirée que nous ne sommes pas frère et sœur, et que tu as des parents peut-être vivants, quelque part. Je comprends ton émotion, mais je me dis qu'il ne faut pas être triste, tout ceci est à considérer comme de l'espoir.

Ils s'embrassèrent à nouveau longuement et Marcelin se sentit rasséréné par le parfum de sa compagne… Il assimilait maintenant son amie à cette odeur. Il la regarda avec un pauvre sourire.

— La seule chose qui compte à mes yeux, c'est toi. Tu es ma vie, mon présent et mon espoir, et pour toi je vais me donner tout entier à la conquête de mes concours hospitaliers. À propos, j'ai encore oublié… il s'appelle comment, ton parfum ?

— On ne demande pas à une femme le nom de son parfum… on le découvre !

— Suis-je bien autorisé à entrer dans tes secrets intimes ?

— Tu as porte ouverte pour tous mes secrets. Pour toi, pas d'autorisation.

— Je ne peux pas résister à une si belle invitation, mais pour le parfum, je dois te dire que je n'ai pas pu résister, je me suis renseigné !

— Ah bon, tu t'es renseigné ? Mais je me demande comment tu t'y es pris, toi qui n'es peut-être jamais entré dans une parfumerie ! Enfin, je te crois et je vois que tu es toujours aussi chou. Mais soyons sérieux ! On t'apprend que tu as un père et une mère quelque part en Europe, et tu ne peux pas me dire que le fait soit moins important que l'odeur de mon parfum !

Il embrassa à nouveau son amoureuse et s'attarda dans la douceur de son cou où flottait doucement la mystérieuse odeur de fleurs.

Il reprit ses esprits et réfléchit… Bien sûr que si, le récit d'Anne-Marie et cette lettre cachée dans la doublure de ce vêtement d'enfant, c'était pour lui une révélation capitale et il participerait activement aux recherches, mais ce soir il était complètement déboussolé. Il avait la crainte d'avoir un peu perdu ses parents de toujours, et était loin d'avoir retrouvé son père et sa mère biologiques. La seule évidence solide, plantée dans son cerveau comme une flamme légère et parfumée, c'était l'image de son amour de May.

Chapitre 15 – *La fuite*

1962 : entre le 14 et le 18 octobre, la découverte par les services secrets américains de missiles nucléaires soviétiques implantés à Cuba et pointés sur les États-Unis a représenté la période la plus critique de la guerre froide, chacun étant tenté de déclencher un conflit atomique.

**

Il faisait encore nuit sur la nationale 10 et Marcelin, malgré les nouveaux phares longue portée de sa R 8 Major, écarquillait les yeux pour discerner le contour des virages. Ils avaient décidé ce départ dans la nuit, ni l'un ni l'autre ne pouvant dormir. Bien sûr, ils étaient libres et pouvaient décider de partir quand bon leur semblait, mais un fort sentiment de culpabilité les torturait… Ils étaient partis sans en parler à leurs parents.

Après deux heures de conduite, ils entendirent sonner 7 heures à la cathédrale Sainte-Croix d'Orléans et, un peu affamés, ils décidèrent de faire une pause.

Une petite brasserie dont le patron remontait le rideau métallique leur tendait les bras.

— Deux chocolats chauds avec des croissants pour chacun de nous, s'il vous plaît !

Du doigt, l'homme montra la boutique du boulanger qui venait de s'éclairer.

— Il vient de monter les croissants tous chauds du fournil, vous serez bien servis.

Ils étaient seuls, assis face à face devant le plateau de marbre cerclé de cuivre. Ils se regardèrent en souriant et eurent brusquement conscience de leur liberté, tout en ne sachant pas vraiment quoi en faire.

Elle se serra contre lui, il l'embrassa dans le cou et nota à cette occasion qu'elle sentait son parfum habituel ; cette odeur familière était une véritable identité aérienne qui lui aurait permis de reconnaître May dans la nuit la plus noire.

— Vite, termine ton chocolat, nous avons de la route à faire.

— Au fait, peux-tu me dire où nous allons ?

— Au pays de la liberté, au pays où ceux qui s'aiment n'ont de comptes à rendre à personne.

L'explication lui suffit, il ne posa plus de questions et termina à la hâte sa tasse de chocolat. *Décidément*, pensa-t-il, *cette petite May a le caractère bien trempé.* Le constat ne lui déplut pas le moins du monde. Ils se levèrent et rejoignirent leur belle Renault blanche.

Le soir, ils dînèrent dans un petit établissement à la sortie d'Angoulême et dormirent sous la tente. Elle était nerveuse et avait beaucoup de difficulté à trouver le sommeil. Elle confia à son amoureux que ce type d'hébergement champêtre l'effrayait un peu.

— Tu te souviens de cette famille d'Anglais assassinés alors qu'ils dormaient sous la tente ?

— Tu n'es pas anglaise, que je sache ! Niche-toi contre moi et dors.

Elle s'accrocha à son sac en duvet et se pelotonna contre lui. Certainement alangui par la chaleur de ce corps parfumé, il s'endormit sans tarder. May continua trop longtemps, à son goût, à sursauter aux bruits de la nuit.

Le lendemain, en fin de matinée, ils entraient dans un petit village du Sud-Ouest et s'arrêtaient sur la place. La R 8 dégageait à l'arrière un épais nuage de vapeur indiquant clairement qu'elle ne souhaitait pas aller plus loin. Le garagiste, reconnaissable à ses mains noires de cambouis, sortait précisément du café ; il avait vu la scène et, sans retirer le mégot de ses lèvres, porta un diagnostic sans appel.

— Vous avez pété le joint de culasse, les jeunes ! Il va falloir le changer !

Aidés de quelques vieux qui faisaient des commentaires en patois, ils poussèrent la Renault dans la fraîcheur du garage et, lorsqu'elle fut immobilisée par des cales, ils s'épongèrent le front et demandèrent à leurs aides où trouver le gîte et le couvert.

— Pour ce soir, je ne vois guère que l'Hôtel du Périgord. Par contre, si vous souhaitez séjourner quelques jours de plus à Cadouin, vous pourriez demander à l'ancienne coiffeuse, je sais qu'elle loue une partie de son magasin aux touristes. C'est tout près, à deux maisons après le garage, sur « main droite ».

— Merci pour tous ces renseignements. La réparation, ce sera long ? Vous pensez en avoir pour combien de temps ?

— J'ai la pièce en stock et, si je n'ai pas de surprise, après-demain votre voiture sera prête.

Ils dînèrent à l'Hôtel du Périgord où ils réservèrent une chambre ; la maison était tenue par un certain Jeannot, un plantureux aubergiste tutoyé par des clients qu'il appelait ses amis.

Ce qui frappa May dans cet établissement, c'était l'uniformité physique de ses occupants... le patron et ses pratiques étaient tous bâtis de la même pâte ; cent vingt kilos, le faciès rubicond et la faconde gasconne. Très vite, elle s'inquiéta pour Marcelin dont le gabarit imposant ne demandait qu'à s'étoffer encore.

— Nous coucherons ici ce soir, mais je t'en conjure, ne va pas ingurgiter tout ce qui est inscrit sur la carte !

— Promis, ma chérie, je ferai attention.

— Tu feras attention ? Je ne crois pas que ce sera suffisant, je te connais !

Le restaurateur se présenta à leur table en exhibant une bouteille dotée d'un bouchon verseur.

— Vous allez me goûter cet apéritif à l'alcool de noix, c'est très doux et peu alcoolisé. C'est un cadeau de la maison.

— Ah bon, peu alcoolisé... Alors dans ce cas, juste un demi-verre.

Malgré le pied constamment sur le frein pour réduire la consommation alimentaire proposée par l'inépuisable restaurateur, ils sortirent du dîner lourds et somnolents, et tentèrent de digérer en marchant dans les ruelles du village.

Ils avaient prévu pour le lendemain une visite de l'abbaye cistercienne et de son cloître roman que l'on disait récemment restauré.

— Ce petit coin de Périgord est magnifique, mais pourquoi l'avoir choisi pour notre séjour ?

— Tu sais parfaitement que nous ne l'avons pas choisi nous-mêmes, c'est la voiture et son joint de culasse.

— Oui, mais je te connais et j'ai bien remarqué que tu semblais assez satisfait de ce pépin mécanique.

— Satisfait ? Pas du tout, je me demandais surtout où nous allions nous arrêter, car je te rappelle que nous n'avons jamais parlé de destination.

L'un et l'autre se rendaient bien compte, après avoir réfléchi dans la voiture, que ce voyage était une fuite et un refus. Ils n'acceptaient plus les conventions rigides que la société leur imposait et toléraient difficilement que Giaco et Anne-Marie aient mis tant de temps à comprendre qu'ils s'aimaient. Ils poussèrent la porte du restaurant qui bruissait encore des discussions d'une vingtaine de convives.

— Merci, patron, pour ce dîner. Nous allons monter dans notre chambre.

— Si tôt ? Vous vous couchez comme les poules !

— Oui, comme des poules qui ont fait six cents kilomètres de voiture.

— Ah, vous êtes parisiens ! Je vais vous conduire à votre chambre.

On accédait aux chambre à coucher de l'Hôtel du Périgord par un escalier étroit au parcours incertain : le chemin conduisait jusqu'à un palier puis on descendait de quelques marches jusqu'à trouver un virage et un long couloir qui vous menait dans une pièce dotée de six portes de chambres. Là se trouverait certainement la leur, mais laquelle ? L'hôtelier les avait quittés : il s'était engouffré dans un appendice obscur après avoir délivré à ses clients des indications aussi nombreuses qu'incompréhensibles…

Heureusement, un petit pendentif joint à la clef les renseignerait certainement sur le numéro de ce logement de rêve… malheureusement, le dessin en était effacé.

— Le quatre, nous sommes à la chambre n° 4, j'en suis pratiquement sûr.

Il tourna la clef dans une serrure qui parut l'accepter, puis il s'effaça pour laisser passer sa compagne. Épuisés, ils refermèrent la porte en gloussant.

— La grande classe, cet hôtel ! Dans dix ans, on en rira encore.

Marcelin jeta sa grande carcasse sur le lit qui émit un gémissement inquiétant, et le jeune homme se trouva involontairement projeté au centre du matelas. Il comprit alors que ne pas tomber dans cette vallée profonde serait le dur combat de sa future nuit.

À 22 heures ils étaient couchés et, comme ils ne pouvaient pas dormir, blottis l'un contre l'autre au fond de la cuvette, ils parlèrent de leur avenir.

— Tu crois qu'ils nous ont compris ?

— Compris, oui, mais je suis moins sûre qu'ils nous approuvent.

— Tu veux dire que le nourrisson juif abandonné dans un carton et sans fortune n'est pas à la hauteur de la petite-fille de Georgio Leonardi ?

— Marcelin, tu tiens des propos épouvantables, personne chez les Leonardi, comme tu nous appelles, ne t'a fait sentir un tel ostracisme !

— Oui, c'est vrai, mais personne ne savait que j'étais juif.

— Et alors ? Juifs, nous le sommes tous un peu, Jésus-Christ lui-même était juif !

— Oui, mais ce n'est pas Jésus-Christ, c'est moi qui te demande en mariage !

— Marcelin, ce soir tu es d'une humeur épouvantable et je ne répondrai plus à tes bêtises.

Elle se tourna et éteignit sa lampe de chevet.

— May, ne fais pas la tête, tu sais bien que je suis très malheureux quand tu boudes.

Sans se retourner, elle lui répondit d'une voix forte qui sortait des draps.

— Quand tu racontes de telles âneries, moi aussi je suis malheureuse, vois-tu !

— Je voulais te demander simplement si le fait que je m'appelle Hollestein ne te gênait pas.

— Apparemment pas, je te signale que je suis dans ton lit !

— May, sois sérieuse…

Elle ne répondit pas et lui fit croire qu'elle dormait.

Au rez-de-chaussée, le restaurateur était en pleine scène de ménage avec sa compagne, Marcelin se dit que, finalement, il y avait beaucoup de bruit à la campagne et qu'on dormait mieux à Paris.

Dans la nuit, elle se tourna vers lui et l'embrassa.

— Alors, Hollestein, tu ne dors pas ?

— Non, je ne dors pas, je pense.

— Excellent exercice, mon chéri, surtout si tu penses à moi.

L'un et l'autre conclurent que la récréation avait assez duré : ils prendraient le chemin du retour dès que la voiture serait réparée.

Chapitre 16 – *Le locataire imprévisible*

1963 : le 22 janvier, signature du traité de l'Élysée entre le Général de Gaulle et Konrad Adenauer ; ce traité, par sa valeur symbolique, pose la première pierre de l'amitié franco-allemande.

*

La situation de Giovanna et Georgio était toujours très instable et cette instabilité nécessitait de fréquents déplacements à Nice de leur fils. Giaco avait enfin compris que, pour un aussi long voyage, il était indispensable de partager la conduite avec Anne-Marie. De plus, la route était toujours la même et sa répétition, voyage après voyage, la faisait paraître moins longue au couple.

Ce soir-là, ils s'étaient couchés tôt dans leur chambre du quai des États-Unis, après un dîner léger cuisiné par Emmanuel.

Anne-Marie se tortillait dans son lit sans trouver le repos. Son mari à ses côtés dormait comme une pierre et agrémentait son sommeil de vigoureux ronflements lorsqu'il était sur le dos.

Elle sourit en pensant que le vaste mouvement de libération de la femme qui agitait l'Europe de l'Ouest ne pourrait pas grand-chose contre ce phénomène. Changer de chambre, peut-être ? Pas sûr, il faudrait aussi changer d'étage !

Cette fois-ci, elle n'en pouvait plus, c'en était trop et elle lui pinça le nez. Le ronfleur, sans s'étonner, se tourna puis finit par se lever pour se rendre aux toilettes.

De retour dans son lit, il prit conscience qu'elle ne dormait pas et, tel un animal, sentit l'odeur de sa femme. Il l'embrassa et la caressa dans la nuit. Bientôt, elle répondit à ses avances et, pour lui faire bien comprendre qu'elle aussi était éveillée, elle l'étreignit avec la force d'une liane.

Trois quarts d'heure plus tard, ils se réveillaient à nouveau après leur petit combat nocturne et se blottissaient l'un contre l'autre, les yeux fermés. Giaco, la main posée sur la jambe d'Anne-Marie, souriait dans la nuit.

— Je ne sais pas si je te l'ai dit, mais j'ai surpris plusieurs fois Marcelin à l'arrière de la voiture. Il en a fait une habitude, monsieur a toujours la main sur la cuisse de sa sœur.

— Non, tu ne me l'avais pas dit, mais je n'en suis pas étonnée, figure-toi que moi j'ai aperçu May pas plus tard qu'hier, embrassant son frère dans le cou lorsque tu payais le pompiste. C'est affectueux et mignon, mais cela ressemble surtout à un message qu'ils souhaitent nous envoyer !

— Un message ? Bizarre.

— Oui, un message. Ils nous font savoir au grand jour qu'ils sont un couple, un couple établi et qui ne se discute pas.

*
* *

Leur fille avait été une adolescente sage. Pour ce qu'ils en savaient, elle avait eu quelques prétendants au lycée, quelques petits flirts passagers, mais ces aventures étaient restées brèves et sans consistance.

À chacun de ces épisodes, ils avaient constaté un assombrissement du caractère de Marcelin, qui ne sortait plus de sa chambre et restait plongé des journées entières dans un mutisme déconcertant.

Giaco grogna dans le noir.

— Nous ne pouvons pas tolérer plus longtemps une telle aventure, tu te rends compte, pour tout le monde ils sont frère et sœur !

— Pour tout le monde peut-être, mais pas pour nous. Nous connaissons la vérité et nous nous en sommes expliqués avec eux. Nous n'allons pas passer notre vie entière à les tourmenter avec ces vieilles lunes ! Je m'étonne que tu me rabâches sans cesse cette même histoire, tu ne serais pas un peu jaloux que ta fille t'échappe ?

— Jaloux, moi, tu n'es pas bien ! Et jaloux de Marcelin, en plus…

— Hum, c'est bizarre cette manie qui est la tienne de toujours revenir sur le sujet. Si tu veux un conseil, n'ouvre pas à nouveau cette discussion en leur présence, tu connais le caractère de ta fille !

— Ma fille, comme tu dis, n'a pas mauvais caractère. Elle a, tout au plus... du caractère. Je te précise, avant de te laisser dormir, que c'est un trait de sa personnalité indispensable pour exercer son métier.

Les deux parents, faiblement éclairés par la lune qui jouait avec les nuages, s'embrassèrent et sourirent en pensant aux deux amoureux.

— Nous sommes à la tête d'une famille bizarre, mais plutôt sympathique.

— Oui, sympathique. Bonne nuit, ma chérie.

Dix minutes plus tard à la villa du quai des États-Unis, tous les occupants dormaient à poings fermés.

Le lendemain matin, un peu impressionnés, ils passaient tous les quatre sous le porche de la maison Leonardi. L'infirmière s'approcha, le pas lourd, pour les saluer et ils ne furent pas longs à constater que la pauvre femme était très fatiguée.

— Madame Leonardi dort encore, je pense qu'il a dû lui mener la vie dure une bonne partie de la nuit !

Allongé dans son lit, Georgio souriait. Il souriait au plafond qui lui projetait un souvenir agréable. C'était à Tende, il portait le pantalon de velours percé au genou qu'il affectionnait tant. Sylvio, son copain de classe, marchait à ses côtés et tous deux escaladaient la montagne.

Arrivés à la limite des alpages, là où la végétation devient rare et où les pins sont courbés par le vent, ils découvraient la cabane qu'ils s'étaient attribuée : c'était une vieille bâtisse en pierres sèches dont ils avaient remonté les murs, certainement un ancien abri utilisé par les montagnards afin de se protéger par temps d'orage. La cabane, dans son rêve, il la revoyait très bien et elle n'avait pas changé depuis son enfance.

Comme la pluie commençait à en battre les lauzes, il décida d'ouvrir la porte.

D'un seul coup, il s'agita dans son lit et renversa le petit-déjeuner qu'on venait de poser sur son chevet. Furieux, il arracha les couvertures qui le recouvraient et s'assit en criant.

— Paulo, le salaud, il est chez nous avec ses Siciliens ! Attrapez-le, ne le laissez pas s'enfuir, c'est un ennemi de notre Italie, c'est un communiste !

Il se leva, puis se précipita derrière les rideaux de la fenêtre et décida qu'il était aux toilettes : il urina alors longuement dans le pot d'hortensias.

— Monsieur Leonardi ! Retournez vous coucher, vous avez de la visite, vos enfants de Paris.

L'infirmière entrait dans la chambre, suivie des quatre Parisiens totalement abasourdis.

Giaco prit alors le bras de son père pour le reconduire à son lit et eut la surprise de se voir qualifié d'un grand sourire.

— Tu ressembles à ta mère, petit !

Sous la conduite de son fils, le malade avait perdu toute agressivité ; il avait quitté le monde des cauchemars pour celui des rêves.

— Comment vas-tu, papa ?

On l'entendit alors chanter avec une voix appliquée.

— *Papa, maman, la bonne et moi...*

Son fils le borda et lui demanda quelques nouvelles de Nice. Georgio réfléchit et réclama son journal. L'infirmière lui fit remarquer qu'il était trop tôt et que le facteur n'était pas encore passé. Giaco intervint alors.

— Mais si, il vient juste d'être livré.

Il porta cérémonieusement sur le lit l'exemplaire de la veille, ce qui fit parfaitement l'affaire. Le vieil homme se plongea dans sa lecture et s'endormit.

Giovanna entra alors dans la chambre et, avant d'embrasser ses enfants, expliqua :

— Le docteur lui donne un médicament qui le fait dormir.

Anne-Marie fut frappée par le rapide vieillissement de sa belle-mère. Elle embrassa le dormeur, les enfants firent de même, et ils se dirigèrent vers le bureau afin de ne pas le réveiller.

— Bonne-maman, je dois vous parler.

— Je m'en doute un peu, ma petite, tu me trouves fatiguée, mais il ne faut pas t'inquiéter. J'ai été très occupée ces derniers temps et n'ai pas eu le temps de me faire coiffer !

Anne-Marie comprit la difficulté qui les attendait. Giovanna occulterait toute discussion et il serait bien difficile de lui faire entendre raison.

Marcelin, à défaut d'être médecin, fréquentait la faculté et employait en famille un vocabulaire de spécialiste, ce qui lui donnait une certaine crédibilité. Il se jugea donc habilité à tenter de convaincre sa grand-mère.

— Nana, ma grand-mère adorée, je vais te dire ce que j'ai sur le cœur, il faut que tu m'écoutes, car je considère que c'est très important.

— Oh là, mais te voici bien sérieux, que se passe-t-il, Docteur, une épidémie de peste ?

— Nana, ce n'est pas une plaisanterie et ce n'est pas la peste non plus, mais ce pourrait bien devenir une épidémie !

— Que veux-tu dire ?

Il expliqua calmement que la situation médicale de Georgio lui semblait très préoccupante et elle ne pouvait pas ignorer qu'elle s'était beaucoup aggravée depuis six mois. Le traitement que lui préconisait son médecin était peut-être adapté, mais restait insuffisant.

— Il faut qu'il soit hospitalisé dans un service neurologique, afin que l'on soit à même de pratiquer les examens indispensables à son état. Ne pas le faire, serait le condamner à brève échéance, et moi, je trouverais cela scandaleux !

Giovanna proposa de faire venir un spécialiste afin de connaître son avis. Son petit-fils qui n'était pas disposé à abandonner la partie acquiesça, mais imposa une condition. Pas de spécialiste en dehors d'un responsable hospitalier !

— Et toi, Nana, tu me diras que c'est secondaire, mais ce n'est pas notre avis. Tu ne vas pas bien, la maladie de Georgio le ronge et te détruit ! Si une hospitalisation et des soins spécialisés l'améliorent, il reviendra à la maison et toi, tu ne pourras plus t'en occuper. Il faut donc que tu te soignes, car ton rôle est capital pour aider notre malade.

Ils se regardèrent et attendirent la réaction de Nana.

— Tu as certainement raison, mon chéri, je me croyais capable de le soigner à domicile, mais je vois bien que ce n'est plus possible !

Ils s'apprêtaient à quitter le bureau quand l'infirmière entra en trombe. Elle était ébouriffée, pâle et tremblante, Giovanna la prit dans ses bras pour essayer de la calmer.

— Racontez-moi, qu'a-t-il inventé pour vous mettre dans cet état ? Il a renversé encore une fois son bol de café ?

— Non, Madame, lorsque j'ai voulu recouvrir son lit… il m'a montré, oh pardon les enfants. Il a montré ce que je pense et m'a dit avec un sourire bizarre : « Viens, Odile, et n'aie plus aucune crainte, le Paulo ne viendra plus se mettre entre nous. » Il a couru pour m'attraper dans la chambre, a glissé sur le tapis et est tombé. Madame, je ne peux plus le relever.

Dans la chambre, Georgio était couché sur le côté et baragouinait un incompréhensible charabia. Ils essayèrent de le remettre debout, mais en vain, chaque tentative entraînait chez le blessé d'abominables cris de douleur.

— Il s'est probablement cassé quelque chose, peut-être le col du fémur ?

Transporté à l'hôpital, il fut opéré dans la nuit… c'était bien le col du fémur.

Chapitre 17 – *Maître Goldenberg*

1965 : début de l'offensive américaine au Viêtnam par le débarquement de 3 500 Marines.

***

Pour tout dire, Giaco était un peu perdu dans la cour de cet immeuble miteux de la rue du Temple. Avant d'entrer, il hésita et, pour se rassurer, il lut la plaque dorée appliquée devant le porche :

Maître Simon Goldenberg

Avocat

Il se disait en contournant les poubelles et des pots de peinture en cours d'usage que ce Goldenberg aurait pu se trouver un local professionnel un peu plus attrayant ; ici, les vitres aux fenêtres n'avaient pas connu le torchon depuis des années et les marches de l'escalier s'étaient tellement frottées aux chaussures crottées des visiteurs qu'elles en gardaient une usure inquiétante pour la stabilité du marcheur.

Il releva son col et s'aventura dans cet univers de crasse et de peintures écaillées. Au premier étage, un artisan joaillier avait protégé son commerce par une profusion de verrous, et il s'apprêta à se hisser au second comme le lui recommandait une flèche.

Ici, le visiteur comprit qu'il arrivait en première classe… on marchait sur un tapis.

Il sonna à la porte où trônait une nouvelle plaque au nom de Goldenberg-Avocat. Des escarpins nerveux lui annoncèrent l'arrivée d'une secrétaire à grosses lunettes ; elle le fit asseoir sans lui jeter un regard et glapit.

— Maître Goldenberg est en communication téléphonique, prenez un siège.

Quelques instants plus tard, Simon Goldenberg, semblant fatigué derrière ses lunettes de myope, le fit entrer dans son bureau.

— Alors, Monsieur Leonardi, dites-moi tout. Qu'est-ce qui vous amène à me consulter ?

— Maître, je suis adressé à vous par un de mes collègues de bureau à la SNCF, cet ami m'a convaincu que vous pourriez m'aider à retrouver quelqu'un.

— Il se nomme comment, votre collègue ?

— José Tolédano, c'est un grand chauve un peu voûté. Il recherchait depuis plusieurs années sa sœur raflée par la police sous Vichy et vous l'avez retrouvée ou plutôt, vous avez retrouvé sa trace. Il m'a dit qu'elle était morte d'anémie en camp de concentration.

Pendant qu'il parlait, Goldenberg consultait un vieux cahier aux bords écornés ; d'un coup, son regard s'éclaira.

— J'y suis, Ilda Tolédano.

Il referma son cahier et regarda Giaco.

— Et vous, Monsieur ? Leonardi c'est votre nom, mais ce n'est pas juif. Vous agissez pour retrouver quelqu'un qui aurait été emprisonné pendant la guerre ?

— Emprisonné, je ne sais pas, nous dirons que je recherche un couple âgé à l'époque d'environ 25 ans. J'avais de l'affection pour ces gens qui survivaient en faisant des ménages la nuit.

— Comment s'appellent-ils ou, peut-être, s'appelaient-ils ?

— Gilda et Isaac Hollestein, ils ont disparu à Paris aux alentours de la mi-juillet 1942, je n'en sais pas plus.

— C'est déjà ça. Hollestein, un couple de juifs Ashkénazes, disparus à Paris mi-juillet 1942. Vous ne savez pas où ils habitaient ?

— Non, pas du tout, ou plutôt si… À Paris, mais je n'en sais pas plus. Pensez-vous pouvoir les rechercher ?

— Les rechercher, bien entendu, les retrouver… c'est autre chose.

Goldenberg lui expliqua qu'il s'était spécialisé dans la recherche de personnes disparues pendant la seconde guerre mondiale. Dans la mesure où il était lui-même juif d'Europe centrale, ses réseaux en étaient plus efficaces et il se faisait fort de retrouver la trace de chacun de ces malheureux, juifs polonais, roumains, lituaniens ou autres…

— Je vais lancer la recherche et vous tiendrai rapidement au courant de mes travaux. Les registres des disparus sont maintenant plus accessibles. Sachez-le, cependant, le mois de juillet 1942 a été une importante période de rafles, d'emprisonnements et d'exécutions !

Après avoir réglé les honoraires du limier de la mort, Giaco dévala les escaliers et faillit se rompre les os sur une marche concave du premier étage.

— Putain de merde, je me suis fait mal au dos !

Dans la rue, il retrouva le petit peuple des artisans et des pousseurs de chariot, et se concentra pour ne pas se faire monter sur les pieds.

Cinq minutes plus tard, assis sur la banquette du métro qui quittait la station République, il revoyait l'immeuble de l'avocat et il pensait.

Avec Anne-Marie, il faudra nous y faire, malgré le capharnaüm de son cabinet, ce Goldenberg, je le sens, c'est un malin. Il est tout à fait capable de retrouver les parents de Marcelin.

Avant de traverser la Seine à Austerlitz, le métro grinça sa souffrance, la contrainte des roues dans ce virage serré lui imposant une acrobatie qu'il n'appréciait guère. Giaco, les yeux mi-clos, contempla une énorme péniche chargée de charbon qui luttait contre le courant juste au-dessous de lui.

Il pensa que cet enfant qui n'était pas sien par le sang l'était devenu par le cœur, et ces attaches bâties au cours des années avaient aujourd'hui la force d'un lien maintenu par un câble d'acier. Il n'imaginait pas qu'un jour proche ou lointain Marcelin puisse les quitter. Se quitter ? Entre eux, c'était impossible. Comment pourraient-ils, lui-même ou Anne-Marie, songer un jour à rompre avec ce garçon… ? Marcelin, c'était maintenant une partie d'eux-mêmes.

Chapitre 18 – *On est bien chez soi*

1966 : le 5 août, début de la construction à New York du Word Trade Center, dont les tours jumelles domineront la ville jusqu'au 11 septembre 2001, date du terrible attentat faisant près de 3 000 morts et entraînant la destruction de l'édifice.

⁎⁎

C e matin, il observait la fenêtre au travers des barreaux de son lit ; dehors, il pleuvait certainement, car comment expliquer ces gouttes hésitantes qui traînaient sur les carreaux ? Il se sentait bien. Certes ils l'avaient attaché, mais il le savait, c'était pour lui faire comprendre qu'il ne devait pas sortir par ce satané temps.

Beaucoup de monde le visitait, surtout des femmes, et il aimait les femmes. Les hommes, pour lui c'étaient des concurrents dont le projet inavoué consistait à lui voler l'affection des femmes.

— Bonjour, Monsieur, vous n'avez pas mal ?

Elles lui demandaient toutes la même chose et lui, il leur répondait invariablement :

— Non, je n'ai pas mal et puis, vous savez, je suis dur à la douleur !

La femme s'éloignait alors et quelque temps plus tard, une autre s'approchait de son lit.

Celle-ci semblait plus jeune. Elle lui posa encore la même question, sans trop le regarder, et souleva son drap.

Elle s'empara alors de son pauvre sexe et lui dit :

— Monsieur Leonardi, je vérifie la sonde.

Il n'aima pas cette Odile ; elle aurait pu lui demander la permission de toucher à son intimité et il lui aurait répondu : « Bien sûr, Odile, faites donc. Croyez-moi, c'est avec plaisir. » Odile, ce prénom le mit de bonne humeur, mais que venait-elle faire ici ? Il voulut lui demander, mais elle n'était plus là. Georgio s'assoupit quelques instants et fut réveillé par une autre femme.

— Purée-steak haché et une compote, ça ira, Monsieur Leonardi ?

Il n'avait pas très faim et, surtout, il ne s'était pas rendu compte qu'il était au restaurant. Un restaurant où l'on déjeunait allongé… Il sourit et pensa qu'il aurait tout vu. Ah si ! Peut-être était-il chez les Romains ?

Pendant trois jours, ce furent des femmes – et jamais les mêmes – qui le firent manger allongé dans son lit, et il finit par être convaincu qu'il était quelqu'un d'important… peut-être un empereur ? Il avalait chaque cuillerée sans rechigner, bien que la pitance fût d'un goût détestable.

— Demain on retirera la sonde urinaire, d'accord, Monsieur Leonardi ?

Cette bizarre habitude de terminer leurs phrases en disant un « d'accord, Monsieur Leonardi ? » lui plaisait. Ici, on lui demandait s'il était d'accord, et nulle part ailleurs on ne lui posait cette question.

Pourtant, un jour, il fut pris d'une grande fureur. Cette colère était due au fait qu'on n'attendait jamais sa réponse. Était-il d'accord ou pas, on ne lui laissait pas le temps de le dire. Il ruminait et répétait sans cesse :

— Oui, je suis d'accord, ou non, je ne suis pas d'accord, oui je suis d'accord, finalement non, je ne suis pas d'accord.

Les femmes poursuivaient leur travail comme si elles n'avaient rien entendu, bref, on se moquait de son avis, on se foutait de ce qu'il pensait et c'était intolérable ! Il se dit que dans ce nouveau pays où il était arrivé il ne savait pas comment, et malgré toutes ces femmes, il ne se sentait plus très bien et décida alors de partir.

⁂

Quelques jours s'étaient écoulés et, dans le nouvel univers de Georgio, la cérémonie du repas romain avait cédé la place à un fauteuil installé au pied de son lit. Il ne voyait plus la jeune femme à la sonde, un jour elle lui avait retiré ce tuyau et, sans un mot, était partie avec son trophée.

En lui-même il pestait devant le spectacle de son sexe atone que le corsage de la jeune infirmière penchée sur son lit n'était pas parvenu à réveiller. Il grognait sur son fauteuil et puis son esprit rêvait et il pensait à autre chose. Enfin, béatement et le sourire aux lèvres, il s'endormait.

Quelques instants plus tard, il ouvrait un œil et puis un autre… du fond de la salle, une dame avançait et s'approchait de son lit.

Cette femme, il lui semblait bien la connaître, mais comme il était un homme à l'éducation soignée, il décida d'attendre pour lui adresser la parole.

Elle l'embrassa sur le front et lui dit des mots gentils.

— Bonjour, Georgio, comment vas-tu, mon chéri, ce matin ?

Il se frotta les yeux et s'assit dans son lit. Il lui avait fallu quelques instants pour reconnaître Giovanna !

— Sans mes lunettes, je ne t'avais pas reconnue, je vois tellement de femmes ici.

— Ah, mon Georgio, tu les as tellement aimées, les femmes ! Il n'est pas étonnant qu'elles continuent à t'entourer.

Il lui raconta que, ce matin, deux donzelles l'avaient levé et lui avait fait faire quelques pas.

— Et ça s'est bien passé avec ces kinésithérapeutes ?

— Très bien, j'ai marché dans la salle, mais je me suis fâché parce que je voulais partir et elles n'ont pas accepté que je rentre chez moi.

— C'est normal, mon chéri, tu as été opéré et tu n'es pas encore guéri.

S'ensuivit une longue discussion au cours de laquelle Georgio déclara qu'il n'avait pas été opéré et qu'il se plaindrait au commissariat, car il considérait qu'il y avait trop longtemps qu'il attendait. D'ailleurs, il avait décidé de partir.

— S'ils ne veulent pas me donner mes habits, je m'en fiche, je sortirai comme je suis aujourd'hui, c'est en chemise que l'on reconnaît l'homme !

Giovanna, avant de sortir, jugea prudent d'alerter les infirmières. Elles étaient rassemblées dans leur box et buvaient un chocolat chaud. La mise en garde de la femme de leur patient ne les étonna guère.

— Nous faisons très attention à lui, car il nous répète sans cesse qu'il veut partir à Tende. C'est une ville qu'il connaît ?

— C'est le village de son enfance, où nous avons une maison.

— Au revoir, Madame Leonardi, on le surveille. Nous n'allons d'ailleurs pas le garder très longtemps en chirurgie, car sur le plan orthopédique il fait de très rapides progrès.

Chapitre 19 – *C'est pas chauffé, il fait froid ici !*

1967 : le 24 juillet, le général De Gaulle proclame au balcon de l'hôtel de ville de Montréal : « Vive le Québec libre ! »

*
* *

Ces couloirs n'en finissaient pas ! Depuis une demi-heure, il marchait appuyé sur sa canne anglaise, le visage seulement éclairé par les faibles lumières de secours… enfin il arriva tout au bout. Là, sur le côté du mur, il aperçut un bouton vert sur lequel il appuya. Quelques instants plus tard, une vaste porte s'ouvrit et il entra dans la cabine de l'ascenseur. Encore un bouton vert, c'était le -3.

Ici aussi, un vaste couloir s'étalait devant ses yeux ; une marche épuisante débuta dans une faible lumière aux ampoules bleutées. Au fond, il ouvrit une porte puis une autre… pas de chauffage, il faisait froid, il s'assit alors sur une chaise et ferma les yeux.

Reposé, il regarda autour de lui et se rendit compte qu'il n'était pas seul. Une femme allongée sur un brancard dormait paisiblement.

Elle semblait jeune, mais devait avoir très froid, car elle n'avait pour la couvrir qu'un simple drap remontant jusqu'au visage.

Scandalisé par le mauvais traitement infligé à la jeune alitée, il décida d'appeler le directeur et appuya sur tous les boutons qui se trouvaient à sa portée.

*
* *

Au poste de garde, le préposé endormi sur le journal du soir ouvrit un œil sur son tableau de garde.

— Merde ! Une alarme. Voyons, c'est où ? Les sous-sols. Je vais envoyer quelqu'un.

Roger Sarrut dévala les étages sans trouver la cause du trouble et, d'escalier en escalier, se retrouva au sous-sol.

— Il n'y a aucun problème, tout le monde dort ! Il a dû rêver, le Marcel. Quoique non, moi aussi j'ai bien vu le voyant éclairé au rouge. C'est peut-être l'alarme qui déconne...

Au troisième sous-sol régnait un silence glacial. Il était bien rare à cet étage que l'on entendît le moindre éclat de voix... on était au niveau des chambres mortuaires.

Sarrut ouvrit les pièces les unes après les autres avec son passe et eut la surprise de constater que la dernière n'était pas verrouillée.

— Ce n'est pas possible de voir ça ! Les mecs de jour ne sont pas capables de faire leur boulot correctement. Tourner une clef, c'est pas compliqué, que je sache.

Il poussa la porte et poussa un cri. Il y avait deux cadavres allongés côte à côte sur un brancard...

Une jeune femme blafarde et hiératique et un vieillard, tourné vers elle, qui semblait la contempler.

Brusquement Sarrut bondit dans le couloir, les yeux révulsés. Il courut comme un fou dans les escaliers et les couloirs, et s'affala enfin sur le fauteuil du poste de garde, incapable de dire un mot.

— Que t'arrive-t-il ? Tu as vu le diable !

Du doigt, il montrait le couloir, le souffle coupé, et c'est après avoir avalé un verre d'eau qu'il finit par sortir un son.

— Sur le brancard de la chambre mortuaire, la n° 4, il n'y a pas un cadavre, il y en a deux : une femme et un homme !

— Tu es sûr ?

— Oui, je te dis même que le vieux à un moment a dit à la femme morte à ses côtés : « Odile, je t'aime ».

— Le cadavre a parlé ? C'est qu'il n'est pas mort, ton gars. Mais tu es sûr ?

— Tu commences à m'emmerder avec tes « tu es sûr ? ». Me demande pas d'y retourner, moi je ne redescends pas dans ce bordel tout seul !

On réveilla le directeur qui apparut à la sortie de l'ascenseur, dans une robe de chambre ridicule. Il confirma le désordre et Georgio, car c'était bien lui, fut reconduit à son lit. Le lendemain, le responsable du personnel promit aux employés de terribles sanctions… Bref ! Personne n'entendit plus jamais parler de cette affaire.

Chapitre 20 – *Sous la jupe des filles*

1968 : les 20 et 27 janvier en France, premiers affrontements entre la police et les lycéens, Romain Goupil est exclu du lycée Condorcet, ce qui entraîne la mobilisation des CAL (comités d'actions lycéens). Quatre cents lycéens se battent alors avec la police pour exiger la réintégration de ce Romain Goupil.

*
* *

À Paris, le 3 mai 1968, les préoccupations étaient tout autres que celles de Georgio. Une manifestation étudiante de soutien aux six étudiants contestataires emprisonnés depuis le 22 mars s'organisait dans une Sorbonne en ébullition et le recteur, craignant des provocations venant de l'extrême droite, avait fait évacuer la faculté. Cette décision précipitée avait alors entraîné un vaste mouvement de contestation de rue, impossible à juguler.

À part ce fait qui n'empêchait personne de dormir, la France était calme et prospère et Georges Pompidou, devant les caméras de l'ORTF, souriait en prenant l'avion pour un voyage officiel en Afghanistan…

Tout allait bien et l'été s'annonçait agréable !

Mademoiselle Leonardi était chargée de cours à la faculté et elle sentait bien depuis le mois de mars qu'il se passait quelque chose. La Sorbonne n'était plus la même et les étudiants qui la fréquentaient, beaucoup moins nombreux.

Ceux qui se déplaçaient pour l'entendre étaient souvent là pour la critiquer ; ils l'interrompaient sans arrêt et lui posaient des questions politiques et sociétales. Surtout, ce qu'elle découvrait chaque jour dans les amphis, c'étaient ces centaines de barbus inconnus, jeunes ou moins jeunes, qui avaient envahi l'établissement en toute impunité.

**

Charles-Henri, lui, ne contestait pas le droit comme les autres crétins qui s'agitaient dans les amphis. À la fac, il était calme et appliqué.

En fait, Charles-Henri avait été inscrit dans cet établissement, mais il ne savait trop pourquoi, car il n'aimait pas cette discipline de coupeurs de cheveux en quatre. Il n'aimait pas, mais il se taisait, car son père était notaire…

Un soir, alors que la famille était réunie dans la salle à manger pour le dîner familial, maître Lentourne avait frappé la table du plat de la main, ce qui avait fait sursauter sa femme, et il avait tonné :

— Mon petit monsieur, j'ai fait mon droit à un moment où c'était bien plus difficile, et moi j'ai brillamment réussi. Toi aussi tu passeras ta licence, c'est un ordre !

C'est donc accompagné de sa mère qu'il s'était traîné à la fin du mois d'août 1967 au guichet des inscriptions et qu'il avait été ajouté sur les listes, sans tambour ni trompette.

Les parents du jeune homme avaient coutume de prévenir leurs amis lors de chaque dîner en ville : leur fils Charles-Henri était un enfant précoce. Que recouvrait cette qualification mystérieuse ? Personne ne le savait. On constatait en effet qu'il avait passé son bac sans difficulté et qu'il avait même décroché une mention.

On constatait aussi malheureusement que ce génie de la petite bourgeoisie était particulièrement ennuyeux, pour ne pas dire plus.

Cette mention, véritable sceau d'excellence, lui avait tenu lieu de passeport pour entrer à la Sorbonne. Il était étudiant dans cet établissement et en était satisfait essentiellement pour des raisons de circulation urbaine, car le trajet dans sa belle Dauphine métallisée était dégagé entre son domicile et cette faculté, ce qui lui permettait de faire des pointes de vitesse.

Charles-Henri n'aimait pas le droit, mais l'étudiant n'était pas malheureux et son intérêt pour la discipline s'était même ravivé depuis peu.

Imaginons-le un instant… Il s'installait dans l'amphi au premier rang, à trois mètres de mademoiselle Leonardi qui délivrait son enseignement, perchée sur son estrade.

Si maintenant Charles-Henri aimait le droit, c'est qu'il aimait mademoiselle Leonardi – ou plus précisément les jambes de son enseignante –, et s'il se plaçait au premier rang, c'est qu'il entrevoyait de cet observatoire un paradis caché, sous la jupe de celle qui lui faisait face.

Mardi après mardi, il en était certain, elle lui en laisserait voir un peu plus et il fut vite convaincu que cette offrande muette était le signe d'une approbation qu'il mettrait un jour à profit.

L'été approchait et les robes des femmes, chaque semaine, raccourcissaient. Charles-Henri continua d'alimenter sa flamme par une assiduité sans faille et un jour, dix minutes avant la fin du cours, il élabora un plan…

— Je peux sortir pour me rendre aux toilettes, Madame ?

— Je vous en prie, Monsieur Lentourne, faites donc.

Le couloir était désert. Il ouvrit la salle des profs, là où il avait repéré une armoire sans locataire, il se glissa dans le meuble, referma la porte et resta immobile.

Une demi-heure plus tard, la rumeur dans le couloir s'était calmée, les étudiants ayant quitté la fac. Dans son placard, il entendit le grincement de la porte d'entrée, et aussitôt deux voix de femmes emplirent l'espace.

Mademoiselle Leonardi n'était pas seule, la prof de droit constitutionnel l'accompagnait. Il se replia dans son réduit et rongea son frein en silence.

Libérées de leurs obligations et se pensant seules, les deux amies discutèrent un moment.

— Je me trompe ou tu as changé de parfum ?

— Au moins, ça fait plaisir ! Tu es la première à t'en rendre compte.

— Ton mari ne t'en a rien dit ? Il est gonflé.

— Lui, tu sais, il devient « papa l'habitude », je vais lui secouer les puces avant que son cas ne s'aggrave !

— Vraiment tu sens très bon, c'est quoi ?

— « Chamade » de Guerlain, il vient de sortir.

— Avant c'était quoi ?

— « Chant d'arômes », toujours de Guerlain.

Elles échangèrent encore quelques phrases banales et il entendit claquer des talons sur le carrelage.

— May, je te laisse, je suis terriblement en retard et mon mari va certainement me passer un savon. Les « autonomes » m'ont fait un de ces cinémas pendant le cours, je ne te fais pas de dessin, ils ont commencé par les Américains et la guerre au Viêtnam, puis ça a été les colonies et ceci et cela. J'y suis pour quelque chose, moi, dans tout ce bazar ?

Les deux amies s'embrassèrent et Cathy, encore échauffée par les péripéties de son travail, quitta la pièce.

L'heure avançait et May se souvint qu'elle avait rendez-vous avec Marcelin. Elle enfila ses vêtements de ville, se parfuma le cou et s'apprêta à sortir.

Machinalement, elle se retourna et poussa un cri. Un de ses étudiants de première année lui faisait face et lui montrait un sexe victorieux accompagné d'un sourire stupide.

— Charles-Henri, vous êtes malade, mais vous êtes complètement fou ! Disparaissez immédiatement ou j'appelle du monde.

Telles n'étaient pas les intentions de l'exhibitionniste, qui s'accrocha à elle et rechercha activement sa bouche. Elle se défendit énergiquement et, insensiblement, poussa l'improbable équipage vers la porte du couloir. Profitant d'un moment propice, elle l'ouvrit et cria comme une folle.

— Au secours, à l'aide !

Trois filles, probablement des étudiantes, sortirent d'un bureau et comprirent immédiatement la gravité de la situation.

Deux minutes plus tard, Charles-Henri – auquel on avait demandé de remiser son triste appendice – était maîtrisé par les trois femmes et pleurait, assis dans un coin près d'un pilier. Il mesurait, mais un peu tard, les conséquences terribles de sa folle équipée et, dompté par les filles, ne songeait pas à s'échapper.

Une des étudiantes le toisa et lui dit d'une voix forte.

— Monsieur, nous avons décidé en commun de vous appliquer la sanction suivante. Vous l'exécuterez scrupuleusement si vous ne souhaitez pas que nous allions raconter vos exploits au recteur. Dès la semaine prochaine, vous changerez de groupe de travail et n'assisterez plus aux exposés de mademoiselle Leonardi. Vous irez vous faire examiner par un psychiatre et vous nous tiendrez régulièrement au courant de ces consultations. Enfin, nous suivrons votre parcours à la faculté. Si nous apprenons la moindre incorrection concernant une femme… ce sera directement rapporté au recteur, auquel nous raconterons tout !

Il acquiesça d'un faible mouvement de tête, se releva et disparut au fond du couloir.

May ne fit aucun commentaire, mais on ne la revit jamais en jupe à la faculté.

Chapitre 21 – *Le pensionnaire du grand hôtel*

1969 : le 21 juillet, Neil Armstrong prononce cette courte phrase en posant le pied sur la Lune, « Un petit pas pour l'homme et un bond de géant pour l'humanité ».

**

Il avait radicalement changé depuis qu'il séjournait dans ce qu'il appelait sa nouvelle maison ; l'humeur était plus joviale et rares étaient les sujets de contrariété. Là aussi il était entouré de femmes, et chacune lui parlait d'une voix douce comme s'ils étaient intimes.

— Bien dormi, Monsieur Leonardi ? Voulez-vous un oreiller ?

Un hôtel 4 étoiles, ne cessait-il de répéter à sa femme qui le visitait tous les après-midi… il était installé dans un hôtel 4 étoiles !

Lorsqu'il s'endormait, invariablement il se trouvait face à la cloison blanche qui l'isolait du reste du monde. Derrière ce mur, ses rêves obéissaient à sa volonté et il se reconnaissait dans l'enfant courant avec ses copains sur les sentiers escarpés du mont Bégo. Malheureusement, le temps passant, les images devenaient moins douces et d'horribles tableaux sanguinaires le réveillaient en sueur… Ses rêves ne lui obéissaient plus, des cauchemars grotesques et violents les avaient remplacés.

— Bien dormi, Monsieur Leonardi ? Un petit oreiller ?

La répétition de ces phrases insignifiantes aujourd'hui ne le gênait plus. Dans le brouillard de sa vie, il était conscient qu'elles étaient un lien, un des seuls qui lui restaient avec les vivants.

La venue de Giovanna chaque après-midi aurait dû être un moment de joie, mais il n'en était rien, car l'attente de sa visite déclenchait de terribles poussées d'angoisse chez le pensionnaire, et certaines de ces crises se terminaient par une incontinence urinaire.

Le départ de son épouse à 17 heures était tout aussi mal vécu, Georgio interprétant cette séparation comme la manifestation d'un conflit dont il était seul à connaître la raison.

Giovanna elle-même n'allait pas bien, car elle souffrait d'une hanche usée, et la multiplication des visites à la maison de retraite ainsi que le piétinement dans son logement entraînaient chez elle un boitement et des douleurs qui la rendaient grimaçante.

Plus jeune, Georgio était très attentif à la santé de sa femme, mais aujourd'hui il n'en avait cure ; seules comptaient pour lui les heures des repas.

Le matin, une grosse matrone le réveillait et parfois, l'œil à demi ouvert, il se posait une question : s'agissait-il d'une femme ou d'un homme ?

— Monsieur Leonardi, le petit-déjeuner... ce sera comme d'habitude ?

Il ne répondait pas, car il était très occupé. La blouse d'Huguette était tendue à l'extrême par une énorme poitrine et il attendait le jour où le bouton sauterait, libérant comme un troupeau de bisons les deux mamelles dans le café au lait.

— Ce matin, Monsieur Leonardi, nous irons au fauteuil ! J'irai vous installer lorsque vous aurez terminé.

« Nous irons au fauteuil »... ainsi Huguette projetait de partager son fauteuil avec lui ? Pas question, son fauteuil c'était son fauteuil, et d'ailleurs il ne serait pas possible de le partager avec ce cul monumental !

Quelques instants plus tard, Huguette asseyait Georgio à proximité de son déambulateur – qu'il avait coutume d'appeler sa machine à gymnastique –, il chaussait ses lunettes et ouvrait son journal pour se délecter de la rubrique nécrologique.

— Monsieur Leonardi, ce matin on va marcher.

Un matin sur deux, il ne reconnaissait pas sa kinésithérapeute. À sa décharge, ce n'était que rarement la même : entre les arrêts maladie, les vacances et les intérimaires, le flot des jeunes femmes était inépuisable, et lui, il était perdu.

— Où on va, on rentre chez moi ? Sachez que je n'y tiens pas, car je suis très bien dans cet hôtel.

— Non, ce matin vous allez marcher avec votre déambulateur dans le couloir.

Quinze minutes plus tard, il était de retour au fauteuil où il retrouvait son cher journal et, comme toujours, perdait du temps à chercher ses lunettes.

Chapitre 22 – *Déclaration au « Balzar », les suites du grand bazar*

1969 : le 19 janvier, Jan Palach – étudiant à Prague – s'immole par le feu, place Venceslas, pour protester contre l'invasion de son pays par les troupes soviétiques.

*
* *

Quelque temps plus tard, le jeune couple déjeunait au Balzar, une brasserie animée de la rue des écoles. May avait rejoint son amoureux après le cours qu'elle venait de donner à la Sorbonne et elle paraissait encore marquée par l'épreuve. Il lui demanda si quelque chose la contrariait, alors qu'elle levait la main pour appeler le garçon.

— Je prendrai seulement une salade, je n'ai pas très faim. Tu me demandes si quelque chose me préoccupe ? Oui, je commence à en avoir marre de la Sorbonne, c'est devenu le bord… !

— C'est la première fois que je t'entends juger ta faculté avec autant de sévérité, pourquoi dis-tu cela ?

Elle lui expliqua que le comportement des étudiants, depuis mai 1968, avait changé. La grande majorité restait calme et concentrée sur les cours, mais une petite bande de meneurs contestait à voix haute la notion de droit des biens et parlait d'organisation bourgeoise de la société. C'était vrai, mais elle n'était pas là pour régler ces problèmes. Au milieu du cours on tapait des pieds et on demandait la constitution d'un comité de réflexion pour statuer sur l'opportunité de conserver la propriété individuelle. Et puis il fallait voter pour savoir si la majorité était en accord avec le comité… ça n'en finissait pas.

— Tu crois que le phénomène concerne uniquement la Sorbonne ?

— Non, pas du tout. La fac de Nanterre, m'a-t-on dit, est elle aussi très touchée, peut-être plus encore que la Sorbonne. Chez nous, ils ont le projet de transformer la fac en commune libre où on jetterait les bases d'une nouvelle société autonome et libertaire.

Marcelin sentit que le déjeuner allait se poursuivre dans ce climat de difficultés rencontrées au travail et siffla la fin de la partie.

— Stop, Mademoiselle ! Nous sommes ici pour passer un moment agréable en évitant de parler du boulot et vous n'êtes pas plus révolutionnaire que moi ! Une coupe de champagne vous serait-elle agréable pour vous changer les idées ?

— C'est trop facile mon chéri, tu sais très bien qu'aucune femme ne peut résister à une telle proposition.

— Garçon, deux coupes, s'il vous plaît.

Au milieu du repas, il demanda à s'absenter pour aller aux toilettes et, cinq minutes plus tard, il apparut à nouveau dans le restaurant, mais discrètement s'attarda au bar. C'est alors qu'une jeune femme s'approcha de May, s'inclina et lui posa dans les bras un bouquet de vingt-cinq roses thé au centre desquelles trônait une enveloppe.

— De la part d'un inconnu, Madame !

Embarrassée par le volumineux bouquet, elle essaya de se renseigner.

— Un inconnu, quel inconnu ? Soyez plus claire !

— Je n'en sais pas plus, consultez l'enveloppe sur le bouquet, vous aurez peut-être plus d'informations. Ah si, il m'a dit après avoir réglé : « Vous direz à la dame que c'est de la part du juif errant ! »

Elle ouvrit l'enveloppe et en dégagea une carte de visite.

Le docteur M. Hollestein, avec ses félicitations.
Le docteur Hollestein sollicite la main et le cœur de mademoiselle May Leonardi (Réponse immédiate, et seul un oui sera accepté !)

Elle éclata de rire et scruta la salle à la recherche de son « juif errant », il était introuvable… Au bout de dix minutes, le repas étant terminé, elle régla l'addition avec un peu d'agacement, se leva et ouvrit la porte de la brasserie pour sortir. Elle vit alors Marcelin, assis à une table en terrasse, qui la regardait avec un sourire un peu triste.

— Tu connais les juifs, toujours un peu radins… Je t'ai laissée régler la note !

— Tu m'énerves avec tes blagues stupides sur les juifs, et puis pourquoi cette mise en scène rocambolesque pour me faire une si belle déclaration ? Tu n'étais même pas près de moi pour que je t'embrasse et te dise oui.

— J'ai peur, mon amour, j'ai peur de ne pas être à ta hauteur. Je t'aime, mais je suis bourré de défauts et je crains tellement de te décevoir.

Elle le dévisagea avec un regard dur, poussa la lourde porte métallique et lui décocha un seul mot.

— Stupide !

Royale, elle se dirigea vers le boulevard Saint-Michel, suivie d'un Marcelin qui se jugeait un peu bête.

— Ma chérie, tu ne m'as pas répondu, tu acceptes ?

— Devine ? Bien entendu que j'accepte, mais ce que je n'accepte pas c'est cette habitude qui est la tienne de ne pas savoir profiter des moments heureux. J'aurais aimé que tu sois là pour voir ma tête !

Soudain, May, un peu pâle, fut prise d'un haut-le-cœur qui la fit se tourner vers le caniveau.

— Mais que t'arrive-t-il ? Tu n'as pas supporté quelque chose ?

— Moi aussi, mon chéri, je crois que j'ai une nouvelle…

Elle attendait ses règles depuis plus de dix jours et cette nausée la confortait dans l'idée qu'elle était peut-être enceinte.

— Tu veux dire que…

— Oui, Docteur Hollestein, je crois que votre bientôt-femme est une bientôt-mère.

Il était là, sur le trottoir, les bras ballants et la regardait bêtement.

— Toi, May, enceinte et enceinte de moi ?

Elle s'essuyait avec son mouchoir et, le regard effaré, lui jeta :

— Ah oui, il n'y a pas d'erreur possible, c'est bien de toi !

Il la serra dans ses bras au risque de l'étouffer et l'embrassa en riant devant les passants indifférents qui les contournaient en descendant du trottoir.

— Je consulterai demain dans ton service pour être certaine de ce début de grossesse. Un mari gynéco-obstétricien, voilà qui devrait me servir dans cette circonstance !

— Je te montrerai à Bourdin, en qui j'ai totalement confiance. Moi, je ne ferais que des bêtises, je suis totalement incapable de te suivre.

Ils marchaient sans parler, la tête bouillonnante d'images de bonheur. Dehors, tout leur semblait plus riant et, soudain, May sembla préoccupée.

— Tu te rends compte. Le mariage, ce ne pourra pas être dans six mois. À cette époque, je serai grosse et une jeune mariée grosse, ça fera jaser.

— Si on fait jaser, c'est que nous sommes dignes d'intérêt.

Il admit malgré tout qu'il était temps de fixer des dates et fit constater à son amoureuse que sa propre famille ne serait pas encombrante.

— Ne plaisante pas avec le souvenir de tes parents que nous n'avons connu ni toi ni moi, nous devons respecter leur mémoire.

Marcelin, le regard un peu plus sérieux, embrassa sa compagne et pensa : *plus tard, quand notre enfant sera en âge de comprendre, je lui parlerai du martyre enduré par ses grands-parents. Ce qui serait grave dans mon cas, ce serait d'oublier.*

Enfin détendus, ils discutèrent sur le boulevard de l'organisation de leur mariage et décidèrent de rejoindre leur appartement à pied.

— Dans ce quartier, au milieu des étudiants, on ne se voit pas vieillir. Qu'en penses-tu, Docteur Hollestein ?

— J'en pense que nous sommes encore bien jeunes pour parler de vieillissement, Mademoiselle Leonardi. À propos d'étudiants, tu as vu cette affiche sur le mur ?

Ils s'approchèrent. Sur l'affiche, un jeune riait en courant comme un dératé vers on ne sait où. Le texte était clair : « Cours, camarade, le vieux monde est derrière toi ! »

— Ils sont gonflés !

— Tu l'as dit, ils sont gonflés et crois-moi, depuis un an je m'en rends compte à la Sorbonne. En même temps il faut les comprendre. Notre société a besoin d'un sérieux coup de balai et je ne crois pas une seconde que de Gaulle soit l'homme de ce changement.

— Oui, trop vieux et en place depuis trop longtemps, pourtant je ne le sens pas prêt à lâcher le morceau !

— C'est peut-être ces jeunes qui lui feront rendre gorge. Ils n'ont aucun respect pour lui, la plupart ne savent même pas ce qu'est l'appel du 18 juin !

— Dommage, cet appel, ce n'était pas rien. C'est de Gaulle qui a redonné leur dignité aux Français !

— Oui, certainement, mais les jeunes de 1968 ne sont pas ceux de 1940, et même s'ils reconnaissent en de Gaulle un héros français, ils considèrent que cela ne lui donne pas un blanc-seing pour la diriger éternellement. Tu sais, Marcelin, je peux me tromper, mais je le sens bien à la Sorbonne, la société va beaucoup changer ! En plus, en France, les adultes et les jeunes ne se comprennent plus !

Ils s'engageaient rue de Seine, où le jeune homme jeta un regard intéressé sur la vitrine d'un pâtissier. May le tira par le bras.

— Moi, de Gaulle m'a fait bondir l'an dernier. Souviens-toi, au Canada, à la fin d'un discours devant le peuple de ce pays, il a lâché : « Vive le Québec libre ! ». Très bien, le Québec libre, on peut être pour, mais de là à intervenir dans une nation étrangère pour parler à ses ressortissants d'un problème de politique intérieure !

— Les gouvernants canadiens ont dû exploser de colère.

— Ils ont pensé qu'il était vieux !

En ce début d'après-midi, le carrefour Bucci avait perdu son animation du matin. Sur les terrasses traînaient encore quelques buveurs de café alanguis par un rayon de soleil, mais hormis ces flâneurs, tout était calme. May adorait son quartier, bien qu'elle pestât contre le nombre croissant des automobiles et qu'elle fustigeât dans le même temps sa propre difficulté à stationner la sienne.

Ils arrivaient au bas de la rue. Là, dans ce faible espace, était regroupé un nombre important de galeries de peinture. May colla son nez sur la devanture de la galerie Kandinsky.

— Maman est là, on s'arrête ?

— Oui, bien sûr, d'autant me semble-t-il qu'on a quelque chose à lui dire.

— Ne parle surtout pas de la grossesse, on n'en est pas sûrs.

Il poussa la porte. Anne-Marie était en pleine conversation avec un amateur et, pour ne pas la déranger, ils s'assirent dans les confortables fauteuils en cuir et firent mine de feuilleter une revue artistique.

Marcelin, un peu tassé par la garde de la veille, rêvassait quand son regard croisa la silhouette du client. *Extraordinaire*, se dit-il, *le bonhomme, c'est exactement le professeur Tournesol dans Tintin !*

En effet, ce petit monsieur sans âge, dégarni sur le haut du crâne avec des cheveux filasse débordant de son petit chapeau, ressemblait furieusement au personnage d'Hergé. Ce qui accentuait encore la ressemblance, c'était son manteau aux manches lustrées qu'il semblait porter été comme hiver.

— À vous revoir, Madame Leonardi, je file jusqu'au Louvre où j'ai rendez-vous avec un ami.

L'entretien était terminé et, lorsque le bonhomme eut regagné la rue, May et Marcelin se levèrent pour embrasser Anne-Marie.

— Comme c'est gentil, les enfants, de passer me voir, comment allez-vous ?

Assurément ils allaient bien et semblaient totalement détendus. May en particulier affichait sans maquillage une mine radieuse tempérée par quelques cernes. Anne-Marie pensa sans le dire qu'elle devrait limiter les soirées et se coucher plus tôt.

— Voilà, maman, on voudrait te dire… mais enfin ça m'agace, c'est toujours moi qui parle en premier. À toi, Marcelin, as-tu quelque chose à dire à maman ?

— Oui, bien sûr, May et moi.

— Oui, je sais, May et toi.

Elle joignit ses deux index selon le geste que ses enfants lui avaient appris.

— Vous nous aviez même dit que…

Cette fois, index et pouces formant une boucle se trouvèrent réunis.

— Ne vous trompez pas, mes enfants, je trouve cela très mignon et Giaco et moi, nous vous donnons notre bénédiction.

— Oui, mais on voudrait te dire… on veut te dire qu'on envisage de se marier.

Là, Anne-Marie fut prise au dépourvu et elle tomba plus qu'elle ne s'assit dans un fauteuil.

— Vous marier ? C'est drôle, mais je ne m'y attendais pas. En fait, c'est ma réaction qui n'est pas drôle, elle est idiote !

Elle se leva pour embrasser ceux qu'elle considérait comme ses deux enfants et comprit, là aussi, qu'elle ne brillait pas par la finesse de son analyse.

— Je vous vois encore enfants, mais le temps a fait son œuvre. Le mariage d'un frère et de sa sœur, ça va faire parler !

May parut agacée.

— Cette histoire de frère et sœur est maintenant franchement éculée, on pouvait la comprendre pendant la guerre, alors que Marcelin était caché, mais maintenant… On sait que vous l'avez recueilli et tuteuré pendant toute son enfance, il ne s'agit pas de Marcelin Leonardi, mais de Marcelin Hollestein.

— Oui, bien entendu… Marcelin.

Anne-Marie, dans ses pensées, était maintenant ailleurs. Elle se disait qu'un mariage à Nice, au palais Leonardi, aurait fière allure. Cette maison exceptionnelle et ce parc près de la baie des Anges… Elle comprit très vite que ce n'était plus d'actualité ; Georgio, dégradé par la maladie d'Alzheimer, était placé en maison de retraite médicalisée et Giovanna souffrait d'une arthrose de hanche maintenant invalidante. Un mariage dans ces conditions serait une véritable souffrance.

Elle refit surface et s'adressa aux jeunes avec un sourire énigmatique.

— Très bonne nouvelle, cette décision de mariage, Giaco va en être liquéfié de bonheur. Mais il faut que vous sachiez que moi aussi j'ai des informations à vous livrer.

May et Marcelin se regardèrent, interloqués, et attendirent la suite.

— Ce n'est pas très facile à dire et je crains que ce ne soit pas facile à entendre pour Marcelin.

— Dis toujours... Vous nous considérez toujours comme frère et sœur ?

— Non, nous avons été les premiers à savoir que vous n'êtes pas apparentés. C'est au sujet des recherches que nous avons confiées à un avocat concernant le devenir de ses parents.

Elle expliqua les démarches entreprises par Giaco auprès du ministère des Armées ainsi que le contrat de recherche souscrit chez maître Goldenberg, le curieux avocat de la rue du Temple. Depuis près de quatre ans, cet homme s'était démené, s'était déplacé et avait fouillé dans les archives pour retrouver la trace des parents Hollestein. Ses recherches avaient fini par payer et Goldenberg avait collationné beaucoup d'informations.

La trajectoire d'Issac Hollestein avait été difficile à reconstituer. Il avait été très probablement raflé avec sa femme et transporté dans un bus de la RATP au Vel d'Hiv, dans le 15e arrondissement, mais curieusement on ne le retrouvait pas dans la liste des juifs regroupés au camp de Drancy ou de Pithiviers. S'était-il évadé ? L'hypothèse était peu plausible, car le quartier était cerné par les forces de police. Le plus vraisemblable c'était qu'il avait voulu s'échapper et avait été repris et peut-être abattu par un policier. Ceci expliquerait que l'on n'ait aucune trace de lui sur les registres allemands... Contrairement aux occupants, les sbires de la police française ne laissaient jamais de trace de leurs exploits. Goldenberg avait eu connaissance par les vieux habitants de la rue Nélaton, près du Vel d'Hiv, de nouvelles peu encourageantes, le soir de la grande rafle de juillet. Des voitures bleues de la préfecture chargeaient des cadavres ramassés sur les trottoirs à longueur de journée. Combien et qui étaient ces pauvres gens ? Impossible à savoir, mais Hollestein était peut-être parmi eux.

Le parcours de la mère de Marcelin était plus simple, mais tout aussi dramatique. Elle figurait bien sur la liste des juifs regroupés à Drancy et on la retrouvait aussi dans l'effectif des travailleuses du camp de Birkenau. À côté de son nom, sur le registre jauni du camp, une mention lapidaire concluait son histoire : DCD Typhus.

Marcelin reçut ces informations en pleine figure et May, inquiète de sa réaction, le prit dans ses bras.

— J'imagine la peine qui doit t'envahir, mon chéri, nous ne reverrons jamais tes parents.

Marcelin ne bougea pas. Il resta un long moment, isolé, le visage niché dans le cou de sa compagne. En réalité, cette annonce pour lui n'en était pas une, car depuis longtemps il savait qu'il n'aurait jamais le plaisir de les connaître. La guerre était déjà loin et s'il avait existé une chance, aussi minime soit-elle, de les voir débarquer dans leur vie, ce serait déjà fait. Comment imaginer qu'une mère ayant abandonné son nourrisson sous la contrainte, pour le sauver, comment penser que cette même mère qui aurait recouvré la liberté n'aurait pas plus tôt cherché à retrouver son fils ? Si elle ne l'avait pas fait, c'est qu'elle en avait été empêchée, et la découverte de maître Goldenberg soutenait malheureusement cette hypothèse.

Les yeux rougis, il fit face à la situation et Anne-Marie se hissa jusqu'à son visage pour l'embrasser.

— Nous ne pourrons jamais prétendre les remplacer, mais tu sais combien nous t'aimons, et puis tu vas épouser May et devenir notre gendre, tu peux aisément imaginer la joie que me procure cette décision.

May se joignit au duo et les embrassa à tour de rôle. Anne-Marie, soudain sérieuse, reprit.

— Avant que vous me parliez de votre mariage, je voulais te parler du projet d'adoption que nous avons élaboré avec Giaco.

Marcelin posa la main sur le bras d'Anne-Marie et déposa un baiser sur sa joue. Il lui sourit.

— Administrativement, je crois que nous avons intérêt à différer cette démarche, car si je devenais votre fils, même adoptif, il me serait plus difficile d'épouser May… on n'épouse pas sa sœur !

— Oui, c'est vrai.

Tout le monde se posa à nouveau sur les fauteuils et on parla du mariage. Pour des raisons pratiques et parce que cette propriété représentait le futur de la famille, il fut convenu que la cérémonie se déroulerait dans la nouvelle acquisition du couple Leonardi, la vieille ferme de pays située sur la place du village de Saint-Saturnin.

— Que pensez-vous du printemps prochain, nous serions ainsi à l'aise pour nous organiser ?

— Marcelin et moi, nous avons hâte de nous savoir mariés et nous avions pensé à l'automne. Un mariage en toute simplicité, la famille et quelques amis…

— Si vite ? Pourquoi pas, mais pourquoi donc si vite ?

Il était maintenant difficile de cacher une réalité qui deviendrait sous peu une évidence. Marcelin tourna la tête en direction du ventre de May et Anne-Marie comprit immédiatement.

— Pas possible ! Quelle idiote je fais, bien entendu que si, c'est possible… Une grossesse de ma fille et me voilà bientôt grand-mère. Je ne m'y attendais pas si tôt, mais je vois bien qu'il faut que je me taise, j'accumule les réflexions idiotes aujourd'hui !

Le trio s'embrassa à nouveau chaleureusement et May dut répondre à une batterie de questions posées par sa mère. Allait-elle bien, avait-elle consulté un spécialiste, l'accouchement était prévu pour quand ?

Le futur père se sentit obligé de tempérer le flux des explications en rappelant que cette grossesse était supposée, mais pas encore avérée, et que May consulterait à Saint-Antoine la semaine suivante.

— Vas-tu poursuivre tes cours à la Sorbonne ? Il me semble avoir compris que cela devenait de plus en plus délicat, avec l'agitation étudiante.

— Pour le moment, ce n'est pas de tout repos, mais ce n'est tout de même pas le bagne ! Je suis doctorante contractuelle chargée de cours et je n'ai aucune prétention de faire carrière à la faculté, mais tant que je me sens à l'aise dans cette institution, je continue.

Anne-Marie se retira dans le petit office situé derrière la grande salle de la galerie, puis réapparut chargée d'un plateau avec des verres, des jus de fruits et une boîte de petits gâteaux secs. Elle profita de ce moment d'intimité avec ses enfants pour leur poser un certain nombre de questions.

— Tu nous dis que tu ne souhaites pas poursuivre ta carrière d'enseignante à la faculté, mais que comptes-tu faire ?

— Surtout, ne sois pas inquiète, je ne vais pas rester chez moi pour attendre l'arrivée de mon mari le soir. Tu as connu cette situation au début de ton mariage et je crois savoir que tu n'en conserves pas que des bons souvenirs. Comme Marcelin, j'ai des projets.

Elle expliqua qu'elle était en négociation pour intégrer un cabinet d'avocats rue du Faubourg-Saint-Honoré, à Paris.

— Belle adresse, la rue du Faubourg-Saint-Honoré !

— Oui et en plus un très bon cabinet, mais cette grossesse change un peu mes perspectives, j'avais prévu de débuter dans huit mois…

Anne-Marie servit son petit en-cas et murmura.

— Ah, les femmes… Jamais complètement libres, avec ces grossesses qui nous tombent dessus au moment le moins opportun ! On dit que bientôt, avec un simple comprimé pris chaque soir, on pourra éviter de tomber enceinte au mauvais moment et choisir quand on souhaitera avoir un enfant.

Marcelin et May éclatèrent de rire et la jeune femme, en embrassant sa mère, lui lança :

— Tu commences à dater, maman, ce traitement existe. Depuis peu, je te le concède, mais il est couramment prescrit. Un certain nombre de jeunes femmes le prennent et elles appellent ça la pilule. Tu n'as pas lu des articles sur le sujet dans le journal *Elle* ?

— Si, peut-être, je le feuillette toujours chez le coiffeur. Alors, qu'avez-vous convenu avec tes collègues avocats ?

Elle expliqua qu'ils avaient eu la gentillesse de lui proposer d'attendre qu'elle ait accouché avant de s'associer. Ensemble ils avaient convenu de reprendre le dossier dans dix-huit mois, ce qui lui laissait un an pour s'occuper du bébé.

— Et toi, Marcelin, que comptes-tu faire ?

Il expliqua ses projets. Poursuite d'une carrière dévolue à l'hôpital et à la faculté, dans le but de diriger un jour un service de gynécologie-obstétrique.

Giaco, en sortant de son travail, avait décidé de passer par la rue de Seine afin d'embrasser sa femme. Il poussa la porte de la galerie et constata la présence des enfants ; amusé, il releva la dernière phrase de Marcelin.

— Chef de service ? Tu y vas fort. Ce n'est généralement pas une situation réservée à un médecin de ton âge !

Marcelin expliqua à nouveau son désir de poursuivre l'aventure hospitalière et convint qu'il n'était pas pressé d'obtenir son bâton de maréchal, synonyme d'un état civil avancé. Giaco embrassa Anne-Marie et, avant qu'il en fasse de même avec May, sa femme lui conseilla de s'asseoir et d'écouter ce qui allait suivre.

— Pose-toi dans ce fauteuil et écoute les nouvelles du jour, tu vas voir, elles sont dignes d'intérêt !

Il prit le temps de retirer son imper mastic, accapara le verre de sa femme et attendit la suite.

— May et Marcelin se marient.

Il se retourna vers les jeunes et éclata de rire.

— C'est ça, la nouvelle ? Je dois dire que j'attendais cette annonce depuis pas mal de temps. Ces deux-là sont collés l'un à l'autre depuis toujours et qu'ils souhaitent se marier me semble la suite logique de leur histoire. C'est pour quand ?

— Très vite, ils veulent convoler très vite.

— S'ils sont pressés, c'est qu'il y a une raison et je pense que cette raison, c'est la deuxième annonce… Là, j'avoue que je ne m'y attendais pas.

Il se tourna vers sa fille et jeta un œil furtif à son ventre ; elle n'avait apparemment pas changé. Il se décida à lui poser une question et, à mesure que les mots sortaient de sa bouche, il mesurait l'idiotie de son propos.

— C'est pour quand, cette naissance ?

Marcelin calma l'assistance en précisant que cette grossesse, bien que probable, n'était pas confirmée et que la semaine suivante serait décisive pour y voir plus clair. May souriait dans les bras de son père, dont les yeux brillaient d'émotion.

— Le mariage, pas de problèmes, c'est bien confirmé ?

— Papa, quelle curieuse question ? Nous voulons former une famille, notre famille, la famille Hollestein !

Giaco s'assura que Marcelin était averti du résultat des recherches menées pour retrouver ses parents et, sans en demander davantage, il se dirigea vers l'office et sortit du petit réfrigérateur une bouteille de champagne réservée aux meilleurs clients de la galerie.

— Nous boirons ce champagne en pensant à Isaac et Gilda qui auraient été si heureux de voir leur grand fils s'engager dans la voie du bonheur. Nous ne les connaîtrons jamais, mais nous garderons une dette envers ces malheureux et, pour la régler, efforçons-nous de ne pas les oublier.

Chapitre 23 – *Helena*

1969 : le 28 avril, démission du président de la République, Charles de Gaulle, après qu'il se sentit désavoué par le « Non » au referendum.

⁎⁎

Ils se retournaient, se découvraient et se recouvraient dans la moiteur de leur lit, sans trouver le sommeil. Excédé, il se leva et gagna les toilettes.

— Tu dors ?

— Non, il fait trop chaud.

— Attends une seconde, je vais faire courant d'air.

Il ouvrit la fenêtre de la cuisine et de la chambre et revint se coucher.

— C'est une chance de ne pas donner sur le rond-point, il n'y a aucun bruit dans la cour.

Décidément, David n'avait pas sommeil et Laurence, à n'en pas douter, était dans le même état. Ils restèrent quelques minutes silencieux, puis il se cacha la tête sous l'oreiller et insensiblement fit progresser sa main vers son amie. Bien vite, il sentit le chaud contact de son corps et doucement lui caressa les fesses. Elle non plus ne dormait pas ; dans le noir, elle empoigna son sexe et il comprit bien vite qu'ils étaient, l'un et l'autre, loin des bras de Morphée…

— Mon chéri, j'ai envie de toi et j'ai pensé toute la journée à ce moment.

Ils allumèrent les lampes de chevet et se livrèrent un combat délicieux dont ils sortirent transpirants, mais heureux.

— Nous sommes ensemble depuis dix ans et je constate avec plaisir que nous avons toujours le même appétit l'un pour l'autre. Il faut dire que tu es un très bon amant, David, et si je m'en réjouis, parfois ce fait ne me rassure pas.

— Je te remercie du compliment, mais pourquoi me dis-tu que tu ne te sens pas en confiance... tu es folle ?

— Je sais ce que je dis. Toi, avec ta tête de premier de la classe, tes cheveux longs et tes boucles blondes, il me semble impossible que tu résistes à l'assaut des infirmières.

— N'importe quoi !

— Je vois tout, Monsieur le vertueux ! Tu crois peut-être que je n'ai pas remarqué cette fille, la panseuse du bloc.

— Laquelle ? Elles sont plusieurs.

— Ne cherche pas à m'enfumer, tu vois très bien qui je veux dire ! La brune avec une grande bouche. Quand elle te voit, mystérieusement sa blouse se déboutonne !

— C'est pas beau d'être jalouse.

Il chevaucha son amie, la caressa à nouveau et, dix minutes plus tard, la laissa pantelante sous son corps.

— Tu ne m'as pas répondu, tu couches avec ?

— Mais enfin arrête, tu me fatigues, je ne passe pas ma vie à culbuter les filles.

— Vous, les garçons, vous êtes tous pareils.

Il ne répondit pas immédiatement. En fait, il pensait à Marcelin qui n'avait pas hésité à sauter cette fille chez lui dans son bureau, en profitant d'une courte absence de sa fiancée.

— Tu penses à quoi ?

— À rien ou plutôt si, tu as peut-être raison.

— Te fous pas de moi, tu vois bien que tu penses à quelque chose !

— Oui, c'est vrai, je pense à une histoire qui m'avait choqué. Tu me souviens de la soirée que j'avais organisée ici avec nos amis ? Toi, tu étais de garde et tu n'en as pas vu grand-chose. May avait prévenu qu'elle arriverait plus tard, car elle avait un boulot à la fac.

— Oui et alors ?

— Ce soir-là, j'ai surpris le vertueux – comme tu dis – Marcelin, derrière un rideau de mon bureau, qui enfilait furieusement une fille rencontrée au bar. Je n'en croyais pas mes yeux !

Le regard de Laurence s'éclaira et c'est un peu énervée qu'elle lui répondit.

— Écoute-moi, David, et toi, tu verras… ce sont tes oreilles que tu ne croiras pas. Cet épisode peu glorieux pour notre ami, moi je le connaissais avant que tu m'en parles. La fille en question n'est pas une petite aventurière inconnue de nous, comme on aurait pu le penser. Cette fille, c'est Helena et Helena, c'est une de mes étudiantes de TD.

— Quoi tu plaisantes, une étudiante en médecine ?

Ils s'assirent sur le lit et devinrent soudain sérieux.

— Mais tu n'étais pas là, comment connaissais-tu le flirt de cette étudiante avec Marcelin et qui t'a dit ce qui s'était passé ?

— Attends, tu vas voir.

Elle expliqua l'étonnante confidence que lui avait servie Helena. Elle connaissait particulièrement bien cette étudiante qui sortait du lot par son sérieux et son implication dans la préparation des cours.

Un jour, la jeune fille l'avait arrêtée dans la cour de l'hôpital et lui avait proposé de prendre un café, car elle avait quelque chose d'important à lui dire. Intriguée, elle l'avait suivie jusqu'à la cafétéria et au milieu du brouhaha étudiant elle l'avait écoutée, les yeux écarquillés.

— Je vais te rapporter ce qu'elle m'a dit, tu verras, tu seras étonné. *« Ce que je vais vous dire vous semblera banal, les coucheries entre étudiants sont courantes, mais pour moi cette pratique n'est pas dans mes habitudes et je suis morte de honte. »* J'ai tenté de la rassurer en lui expliquant que si elle s'était laissée aller, ce n'était pas très grave, l'essentiel était de ne pas en faire une habitude. *« Je ne me suis pas laissé aller, je me suis donnée par conviction. Le docteur Marcelin Hollestein, qui est un de vos amis, a remplacé ma prof de TD malade pendant quinze jours et j'ai suivi son enseignement pendant cette période. Ce garçon, légèrement plus âgé que moi, m'a impressionné par sa rigueur, son sérieux et aussi, il faut bien le dire, par son physique… je le trouvais très beau.* » « Vous avez bon goût, c'est vrai qu'il est magnifique, mais attendez, vous essayez de me dire que vous et Marcelin Hollestein ? » Elle m'a alors raconté qu'elle avait intrigué auprès d'une camarade pour se faire inviter à ta soirée et qu'une fois dans la place elle s'était arrangée pour entrer en contact avec Marcelin, qui paraissait seul ce soir-là. « Mais dites-moi c'est incroyable, il ne vous a pas reconnue ? » Non il ne l'avait pas reconnue et comment aurait-il pu ? La jeune étudiante au fond d'un amphi, habillée à la va-vite et coiffée d'une bien peu élégante queue-de-cheval, il l'avait tout au plus aperçue deux fois ! La fille de la soirée était tout autre, elle était maquillée, parfumée et portait avec grâce un tailleur à la mode... non il ne l'avait pas reconnue. « Vous avez donc eu une relation sexuelle sans lendemain, je pense. » « *Sans lendemain pour lui en effet, mais pour moi il en va autrement.* » « Que voulez-vous dire, vous ne pensez tout de même pas qu'il va vous épouser ? » « *Je n'espère rien venant de lui, mais je suis enceinte !* » « Enceinte de lui, vous êtes sûre ? » « *Je vous le répète, je ne suis pas une fille légère, oui, je suis enceinte de lui.* »

David regarda son amie, les yeux écarquillés. Laurence reprit dans un silence glacial.

— La jeune étudiante était sérieuse et déterminée, et j'avoue qu'elle m'impressionnait. Je lui ai demandé ce qu'elle comptait faire, c'est alors qu'elle a tourné la tête vers sa tasse vide et m'a fait savoir qu'elle était catholique et qu'elle n'envisageait qu'une chose : élever son enfant et ne rien demander à personne. « Vous n'envisagez pas d'avoir un entretien avec le père ? » « *Certainement pas, cet enfant c'est le mien, et son père, je le lui montrerai en cachette tout au long de son enfance et, lorsqu'il sera en âge, je lui dirai la vérité. En attendant, monsieur Hollestein n'aura aucune inquiétude à se faire, je serai seulement la mauvaise conscience qui accompagnera sa vie...* » Helena s'était levée et elle m'a tendu la main. Elle a expliqué avant de s'éloigner que, dans sa famille, on n'avait pas pour habitude d'être des assistés. Ses parents étaient au courant de la situation et la soutenaient, elle ne changeait rien à ses projets, elle serait médecin et élèverait son enfant du mieux qu'elle le pourrait. Je suis restée assise quelques instants sur la chaise métallique de la cafétéria et ai essayé de rassembler mes idées. J'ai décidé de ne rien dire à Marcelin, ce qui m'avait d'ailleurs été demandé. Par contre, toi, c'est différent et je me suis promis qu'un jour je te parlerais de cette rencontre.

David, le front plissé, était visiblement marqué par la noblesse de comportement de cette Helena.

— Sombre histoire… Je suis, comme toi, totalement perplexe, mais cette fille a fait preuve d'imprudence, elle aurait dû prendre la pilule.

— Tu ne m'as pas bien compris, mon chéri. Cette jeune étudiante a été élevée de façon rigoureuse et ce n'est pas son genre de se mettre sous contraceptif. Comme tout être humain de cet âge, elle éprouve des désirs sexuels, mais c'est une femme et elle sait très bien qu'à ce titre elle risque de tomber enceinte, et que si ça arrive elle sera considérée comme une fille légère par la société.

— Tu as raison et c'est un peu injuste pour les femmes.

— Un peu ! Beaucoup, tu veux dire, heureusement tout ceci va changer dans les années à venir.

Ils n'avaient pas bougé et étaient toujours assis en tailleur, nus sur leur lit, mais leur ardeur sexuelle était maintenant éteinte. David posa une couverture sur les épaules de son amie et, sérieux, ils convinrent d'un pacte.

Dans la mesure où ils étaient tous les deux seuls à connaître ce secret, ils suivraient le parcours de vie d'Helena ainsi que celui de son enfant, et ils l'aideraient si cela s'avérait nécessaire.

— Il est 7 heures, le réveil va bientôt sonner. La douche, toi ou moi en premier ?

— Toi, ma chérie.

Chapitre 24 – *Saint-Saturnin*

1969 : le 1ᵉʳ septembre, le colonel Kadhafi, âgé de 27 ans, s'empare du pouvoir en Libye par un coup d'État.

***

« Quel temps de cochon ! Enfin nous voici arrivés. Je ne sais pas pourquoi je me plains, on a très bien roulé, il n'y avait personne sur la route.

— Tu sais, la sortie à l'est de Paris, pour beaucoup de gens, c'est la direction de l'Allemagne, la voie des invasions teutonnes !

— Tu crois que ça peut encore influencer les populations ?

— Si tu veux t'en convaincre, compare les prix de l'immobilier entre l'est et l'ouest. »

Giaco et Anne-Marie avaient ressenti, avec l'avancée de leur âge, le besoin de posséder une maison à la campagne, un endroit bien à eux où ils pourraient gratter la terre et faire de la chaise longue au soleil lorsque le temps le permettrait. Ce samedi, on était loin de ce tableau idyllique : il pleuvait, une pluie fine poussée par un vent de nord qui vous glaçait les os. C'était un temps à se lover dans le fauteuil de velours d'une salle de cinéma, en grignotant du pop-corn et en se disant au troisième visionnage de *La piscine* de Jacques Deray que cet Alain Delon était décidément très beau.

Ils étaient donc arrivés dans leur nouveau royaume et, dans ce pays, on ne connaissait pas le cinéma et encore moins les pop-corn ! Un peu transis de froid, ils avaient passé le porche de chêne donnant accès à la cour, autour de laquelle s'organisaient les bâtiments de cette ancienne ferme briarde.

Leur décision d'achat pour cet établissement agricole tenait en trois points :

Tout d'abord, on ne comptait que cinquante-trois kilomètres au compteur de leur appartement parisien à cet Eden de Seine-et-Marne.

Ensuite, ce corps de ferme était intact et n'avait pas été dénaturé par les travaux intempestifs d'un crémier enrichi.

Enfin, et c'était le plus important peut-être, la propriété ouvrait sur la place du petit village de Saint-Saturnin et un beau terrain de trois mille mètres entourait les bâtiments.

Après avoir garé la voiture dans l'ancienne étable qui sentait encore la paille, Giaco jeta un regard circulaire sur son domaine et murmura.

— Il va y avoir des travaux mon bonhomme, beaucoup de travaux ! Nous ne pourrons d'ailleurs pas dire que nous n'étions pas avertis, l'agriculteur qui nous a vendu cette merveille est parti d'ici pour cette raison. Il n'avait plus les moyens, disait-il, de rénover sa ferme.

Le paysan dont ils avaient fait la connaissance par l'intermédiaire de « l'Indicateur Bertrand » se disait désespéré de devoir vendre son bien et Giaco, interloqué, se souvint d'avoir interrogé le commercial et lui avoir demandé pourquoi son vendeur ne se séparait pas de quelques hectares de terres agricoles pour régler les artisans chargés des travaux. Il n'avait reçu pour toute réponse qu'un éclat de rire explosif qui avait fait échapper au brave homme son mégot de « Gitane-maïs ». Après avoir éteint l'incendie qui menaçait son pantalon, il avait déclaré d'une voix assourdie par la toux.

— Vous n'y pensez pas ? Vendre les terres, on voit bien que vous ne les connaissez pas. Céder une parcelle de leurs champs, c'est l'humiliation suprême et puis, ne croyez surtout pas le bonhomme. Comme tous ses semblables, il est riche, mais on ne le voit pas… les louis dans le manteau de la cheminée, les bons du trésor et je ne sais quoi encore.

Giaco avait alors hoché la tête et, dubitatif, avait demandé s'il serait envisageable de faire baisser le prix de cette affaire en proposant à l'agriculteur une partie de la somme « de la main à la main ».

— Vous pouvez tenter le coup si vous voulez. Un conseil, proposez-lui de lui régler cette somme avec des pièces d'or, il devrait y être sensible.

Ainsi avait été fait et maintenant, le nouveau propriétaire contemplait en urinant triomphalement la vaste friche qui devrait en quelques années se transformer en un parc arboré.

— Giaco, mais peux-tu me dire ce que tu fabriques ?

— J'arrive, j'ai rassemblé du bois pour allumer les cheminées.

La grande pièce commune noircie par la fumée sembla revivre lorsque les branches de chêne séché trouvées sous un appentis crépitèrent dans le foyer. Le paysan avait dû utiliser cet âtre jusqu'au jour de son départ, car la cheminée ne sembla pas surprise de se trouver sollicitée par le nouveau propriétaire.

— Elle tire bien, il faut malgré tout que je pense à la faire ramoner. Le vieux est tellement radin, il ne l'a certainement jamais fait faire.

Ils rejoignirent leur chambre, contiguë à la pièce commune. Ici, à défaut de modernité, tout était convenable. Giaco en avait fait refaire les peintures et le papier peint. Le sol, quant à lui, était pavé de vieilles tomettes, mais celles-ci avaient été vigoureusement lessivées et sentait la propreté. Il alluma la petite cheminée en marbre, qui n'avait certainement pas connu pareille expérience depuis la fin de la guerre et qui, pour marquer sa désapprobation, fuma quelque peu au début.

L'ameublement, bien qu'hétéroclite, était complet. Entre les rebuts extraits de la cave de la rue de Seine et quelques achats chez les commerçants de la sous-préfecture, on pouvait considérer qu'on était monté d'un cran par rapport à ce qui avait été trouvé lors de l'achat.

— Les enfants passeront le week-end avec nous ?

— Non, mon Giaco, il est de garde la nuit prochaine, mais ils viendront demain pour déjeuner.

— Tu sais, ma chérie, je ne suis pas totalement rassuré sur notre capacité à organiser ce mariage en si peu de temps, notre ferme est dans un état que je qualifierais de rustique pour ne pas dire plus !

— Évidemment, ce sera juste, mais nous ferons appel à un traiteur qui nous installera un « Tivoli » dans le jardin, et puis nous louerons des chambres dans les hôtels avoisinants. Rustique, en effet, mais si nous avons la chance de bénéficier d'un temps ensoleillé, ce sera sympathique.

— Tu seras toujours la même, toi, lorsque tu as quelque chose dans la tête, tu ne l'as pas ailleurs ! On aurait pu l'organiser à Paris, ce mariage. En parlant de Seine-et-Marne, sais-tu qu'ils ont l'intention de construire une autoroute vers l'est de la France ?

— Juste pour le mariage de May ?

— Vraiment, Anne-Marie, j'adore quand tu fais de l'humour !

Ce soir, c'était Giaco qui s'était chargé du dîner et, comme il n'avait aucune notion culinaire, Anne-Marie dut se contenter de l'annonce d'une omelette et d'un dessert composé de fruits au sirop extraits d'une boîte de conserve.

Dans la grande pièce commune, qui devait être livrée aux artisans la semaine suivante, ils disposèrent deux chaises face à face devant la table de ferme que leur vendeur leur avait cédée à un prix avantageux. *« Je n'en ai pas l'usage et, si elle vous intéresse, je pourrai vous faire un prix. »*

Giaco souriait en revoyant le visage du vieil avare.

La vente avait été arrêtée à un louis supplémentaire que l'homme avait enfoui dans la poche de son pantalon de velours. Pour cette somme, il avait été convenu qu'il joindrait une vieille bonnetière en noyer et quatre chaises paillées.

Le cuisinier improvisé se rendit à l'autre extrémité de la pièce, où trônait une monumentale cuisinière dont Giaco avait obtenu la propriété en marchandant âprement, bien qu'il ait fait remarquer au bonhomme qu'elle était intransportable. L'instrument était certainement un ancien piano de restaurant fonctionnant au charbon. Ce soir, il ronronnait de plaisir à l'idée de satisfaire les nouveaux commensaux, qui se rendirent vite compte de son autre intérêt... Il chauffait parfaitement la pièce.

Anne-Marie, plongée dans la lecture de *Rustica*, qui lui promettait de l'instruire sur la culture des rosiers, ne suivait pas les opérations du maître queux, quand elle fut attirée par un délicat fumet qui la fit se lever.

— Ton omelette, mon chéri… à l'odeur, c'est une merveille.

Il consentit à lui livrer son secret, qui flottait dans un petit bocal au liquide ambré.

— Peux-tu me dire où tu as trouvé ça ? Mais c'est une truffe ! Ne me dis pas que la région de Crécy-la-Chapelle est aussi réputée pour la culture de ce divin tubercule, je ne te croirais pas.

La veille, en se rendant à son bureau, il avait été retardé par un embouteillage occasionné par le marché établi le long d'une avenue commerçante. Un peu énervé, il avait décidé de garer sa voiture et, comme il avait un peu de temps, il s'était mis à flâner le long des étals.

— C'est là que tu t'es procuré ces deux truffes ?

— Oui, exactement, j'ai fait la connaissance d'un Périgourdin dont j'ai gardé le nom et l'adresse, il m'a vendu ces deux petits tubercules et m'a dit que si nous n'étions pas satisfaits, il serait prêt à nous rembourser.

— Tu ne le reverras plus !

— Pas du tout. Mon nouveau copain, Amédée Roucayrol, occupe son stand deux fois par semaine et je sens que nous allons devenir inséparables.

Elle semblait ravie du menu.

— Votre omelette, chef, un délice !

Elle embrassa le cuistot et la soirée se prolongea tard dans la nuit. À l'aide d'un crayon et de feuilles de papier, ils organisèrent l'intendance du mariage.

— J'ai sommeil. Si tu veux bien, nous irons nous coucher pas trop tard.

— C'est l'air de la campagne qui te fatigue ?

La chambre était maintenant doucement chauffée par la cheminée et, sans appréhension, ils se glissèrent dans le grand lit Napoléon III surmonté d'un édredon rempli de plumes.

— Oh là, patron ! Les draps sont humides.

— Cale-toi bien contre moi, on va se réchauffer.

Une demi-heure plus tard, en effet, ils n'avaient plus froid, mais Anne-Marie – sans l'avouer à son mari – avait peur. Loin dans la campagne, un bruit sinistre rythmait la nuit et la Parisienne n'était pas rassurée. Il faut dire qu'elle entendait ce bruit pour la première fois.

Giaco comprit sa détresse muette et, se tournant sur le côté, il lâcha à sa compagne :

— N'aie pas peur, c'est une hulotte, une petite chouette très sympathique, il y en a beaucoup dans les campagnes.

*
* *

Le lendemain, ils firent la connaissance du curé et lui parlèrent du projet de leurs enfants. En sortant de l'église, ils se rendirent à la mairie et prirent rendez-vous avec le premier magistrat pour le samedi suivant.

Le mariage Leonardi-Hollestein aurait donc lieu à la fin du mois de septembre et, en attendant, on se devrait de prier le Seigneur pour que le temps soit à la hauteur de l'événement.

Chapitre 25 – *Pas de doute, c'est lui, il bouge*

1969 : le 2 mars, le « Concorde » réussit avec succès son premier vol.

**

Elle marchait dans la ville, sans arriver à concentrer ses idées. Tous les dix mètres, elle était distraite par un gamin courant derrière son ballon et puis, un peu plus loin, c'était un clochard déguisé en clown qui s'escrimait à sourire pour attirer les passants. Et maintenant, la voici compatissante devant une mère de famille assise sur le trottoir, semblant écrasée par le poids d'un enfant dormant dans ses bras. Malgré elle, à chaque instant son esprit s'envolait et la ramenait à l'entretien qu'elle avait eu à la cafétéria de Saint-Antoine.

Mais pourquoi donc s'était-elle confiée il y avait deux mois à cette prof de TD ? N'était-elle pas assez grande pour mener sa vie elle-même, sans s'appuyer sur l'épaule d'une autre ?

Elle avait pensé « sa vie », mais réalisa qu'il lui faudrait désormais réviser son vocabulaire… « Leur vie », devrait-elle dire, car depuis huit jours, elle en était sûre, il était là : il bougeait dans son ventre lorsqu'elle avait faim et faisait la sieste quand elle-même avait sommeil.

Elle n'envisageait pas un instant quémander quoi que ce soit à celui qu'elle savait être le père… Mais à l'inverse, elle comptait bien dire à son enfant, lorsqu'il serait en âge de l'entendre, qui il était et peut-être même le lui montrer en secret.

Elle sembla soudain soucieuse et s'arrêta.

Je dis à tout propos « le bébé ou mon enfant » comme s'il s'agissait d'un garçon ! Si je pouvais choisir, je préférerais une fille, ainsi serions-nous deux pour nous défendre !

Au bout de la rue de Sèvres, en face de l'hôpital Necker, un bel immeuble des années trente tranchait sur ses congénères haussmanniens par une grande plaque de marbre apposée sur sa façade où l'on pouvait lire « Laboratoires Théraplix ». Elle en poussa résolument la porte de verre et s'adressa au concierge.

— J'ai rendez-vous avec le docteur Rabouneix à 15 heures.

— Premier étage, porte 109, vous pouvez utiliser l'ascenseur.

— Merci, je monterai à pied.

Devant la porte du médecin, elle sentit son cœur battre plus fort, mais très vite elle se ressaisit en pensant à son bébé. Le complément financier consenti par cet établissement contre quelques heures passées sur des dossiers serait le bienvenu pour élever son jeune locataire.

— Entrez, je vous en prie. Docteur Trabert, je présume ? Le docteur Despont, notre conseiller pour les anti-inflammatoires, vous a chaudement recommandée auprès de la direction et ça tombe bien, car nous avons besoin de l'expertise scientifique d'un médecin. J'ai cru comprendre, à la lecture de votre lettre, l'intérêt que vous portez au médicament, il faudra y adjoindre un esprit pédagogique, car vous serez aussi la caution médicale du labo auprès de nos délégués médicaux.

Helena se sentit à la hauteur de la tâche et le fit savoir à son interlocuteur par un sourire.

— J'essaierai d'être digne de vos espérances et je vous remercie à l'avance du crédit que vous m'accordez.

L'entretien se prolongea encore une demi-heure et, quand Rabouneix fit visiter à la jeune femme les principaux services de la maison, elle comprit qu'elle était engagée.

— Le début du contrat, le premier du mois prochain, ça vous ira ?

Une solide poignée de main conclut l'entretien. Helena Trabert n'avait pas osé parler de sa grossesse et le regrettait déjà !

Elle se retrouva dans la rue agitée par des passants anonymes qui se pressaient pour rentrer chez eux. La pluie, fidèle compagne des Parisiens, tachait le bitume de gros points noirs devant ses pieds.

Elle pensa en traversant le boulevard Montparnasse :

Encore cinq mois de grossesse et je me mettrai en repos au milieu du neuvième mois, je reprendrai lorsque j'aurai accouché.

Pensive, elle descendit dans le métro et se dit :

Tout de même, j'aurais dû les prévenir !

Chapitre 26 – *La blonde au Chant d'arômes*

1969 : le 15 août, ouverture du festival de Woodstock, immense manifestation d'amour, de paix, de drogue et de musique ayant attiré près de 500 000 personnes. Resté emblématique du mouvement hippie, le festival de Woodstock est classé par le journal « Rolling Stones » comme un mouvement qui a changé l'histoire du rock and roll.

**

Aux derniers accords de l'*Ave Maria* de Gounot interprété avec émotion par une jeune chanteuse du conservatoire de musique, l'assistance silencieuse sembla se recueillir. Le curé porta un regard sévère sur la foule, comme s'il était dépositaire de tous les péchés de ses fidèles, et c'est avec regret qu'il libéra les consciences. D'un geste large, il demanda à l'assistance de s'asseoir.

May était heureuse et il était impossible de ne pas le constater. À ses côtés, son mari lui semblait indestructible. Il mesurait au moins quinze centimètres de plus qu'elle et lui jetait des regards enflammés, des regards où transpirait l'amour qu'il portait à sa femme et, pour ceux qui savaient les lire, la culpabilité de l'avoir trompée.

Comme une midinette, la confection de sa robe avait beaucoup occupé la future mariée. Pourtant tout avait été facile, car elle avait fait le choix de la simplicité. Pour cela, elle avait fait appel à un tout jeune atelier de couture, dont elle avait assuré la défense de la contremaîtresse, victime d'un mari violent. Le tribunal avait prié le matamore gifleur de femmes d'aller traiter ses pulsions pendant quelques mois à la prison de Fresnes. Ainsi, maître Leonardi dans sa longue robe noire d'avocat était devenue pour la couturière un alter ego de Thierry la fronde. C'est donc grâce à ce procès victorieux que May pouvait évoluer dans cette tenue de mariée pensée à ses mesures.

Elle était aujourd'hui ravissante dans cette robe discrète et élégante à la fois. La couturière avait bien vu que sa cliente était enceinte, et le ventre arrondi de l'avocate pouvait difficilement être caché par un artifice vestimentaire. Aussi s'était-elle ingéniée à enrober la mariée-future mère d'une robe ample aux contours fluides faisant un peu oublier l'évidence de sa grossesse.

Les invités connaissaient tous son état. Les femmes en étaient même un peu jalouses et les hommes enviaient le marié qui possédait au quotidien une aussi belle « plante ». À l'évidence, dans ce corps élancé, battait un autre cœur, lui aussi impatient de se lancer dans l'aventure de la vie.

Giaco était un peu triste de ne pas être accompagné par son père tout au long de cette belle journée, mais l'état mental du vieil homme ne lui permettait plus aucune excursion hors de sa maison de retraite. Il était cependant heureux de la présence de Giovanna, qu'il avait pu faire monter de Nice en wagon-couchette. Elle marchait très mal, mais son moral était gonflé à bloc. Son chirurgien local lui avait insufflé de l'espoir en lui parlant d'un spécialiste en Angleterre qui aurait inventé une prothèse permettant le remplacement des hanches usées.

Depuis qu'elle avait eu connaissance de ce fait, elle avait mis tout son espoir dans cet homme dont elle répétait le nom à qui voulait l'entendre.

— S'il faut, j'irai le consulter en Angleterre, ce professeur Charnley !

— Patience, c'est tout nouveau, ma chère Giovanna, il ne faudrait pas que vous essuyiez les plâtres.

— Avec toi, Giaco, c'est toujours pareil, attendre et encore attendre. On voit bien que ce n'est pas toi qui souffres !

La messe terminée, la sortie s'organisa selon la tradition : les mariés en premier, suivis de la famille, et puis les autres, c'est-à-dire la cohorte des amis… Ce mariage de campagne ne comptait pas moins de deux cents personnes.

La lente procession se dirigeait vers le parvis de l'église lorsque Marcelin, tournant la tête vers la droite, vit nettement une jeune femme agenouillée sur un prie-Dieu. Elle lui évoqua une pénitente des temps anciens, car elle ne manifesta aucune curiosité au passage du cortège et conserva la tête baissée… Cette femme était en deuil.

Son malheur devait être récent, car son visage où l'on devinait une blonde pâleur était caché par un voile de tulle noir. *Quel dommage*, pensa-t-il, car on devinait au travers du tissu la chevelure bouclée d'une jolie femme.

La sortie étant embouteillée, ils piétinèrent sur place et, à nouveau, il regarda la fille. Elle semblait prier. Elle était tout près, posée comme un marbre sur son prie-Dieu… elle était agenouillée à deux mètres de lui. Il ne la connaissait pas et se demanda qui avait bien pu l'inviter. Intrigué, il donna un discret coup de coude à sa femme.

— Tu sais qui c'est ?

— Qui ça, la femme en noir dans la travée ?

— Oui, la blonde.

— Non, pas du tout. Il faut dire qu'elle n'est pas facile à reconnaître. C'est peut-être une fille du village entrée par curiosité ou pour faire ses dévotions.

— Oui, tu as peut-être raison.

— Une fille du village avec ces vêtements et ce parfum ? Finalement, j'en serais bien étonnée.

— Il me semble le connaître, ce parfum.

— Évidemment, mon chéri, je l'ai porté cinq ans, c'est « Chant d'arômes » de chez Guerlain !

— Vraiment, je suis nul avec les odeurs, crois-tu que ça s'éduque ?

— Certainement, on dit que le souvenir d'une odeur pénètre d'autant plus intensément un cerveau que ce parfum correspond à un événement marquant.

— Ah bon, l'événement d'aujourd'hui je le connais, c'est notre mariage, mais il ne faudrait pas que le parfum de cette fille devienne la référence de notre union !

— Aucun risque. Cinq ans, je te dis, je l'ai porté cinq ans.

Il tourna à nouveau la tête vers la pénitente, puis regarda sa femme.

— Je pencherais plutôt pour une dingue !

Dingue, mystique, ou les deux à la fois, on pouvait penser qu'elle priait. Elle marmonnait derrière son voile noir comme si elle parlait à quelqu'un et ce quelqu'un, en prêtant une oreille attentive, aurait pu entendre.

— Tu l'as vu, mon chéri, c'est lui ton papa. C'est ce beau monsieur en costume de cérémonie de couleur crème. Comme il est élégant ! Je voulais que tu sois là le jour de son mariage avec une autre femme.

Elle sourit bizarrement.

— Aujourd'hui, il ne nous reconnaît pas, mais ne sois pas inquiet, mon tout-petit, un jour je te présenterai à lui vraiment.

La femme se leva alors que le long défilé repartait et Marcelin ajouta.

— May, tu as vu, je crois qu'elle est enceinte !

— Elle parle peut-être à son bébé, mais regarde devant toi et souris à nos invités, et puis fais attention, évite en particulier de me marcher sur les pieds, on dirait que tu n'es pas là ! Ton mariage ne t'intéresse pas ?

— May, je n'ai aucune envie aujourd'hui de me fâcher avec toi.

Dehors, la foule des invités stationnait sur la petite place. Leur parole était libérée et ils se rassemblaient par affinité pour caqueter à leur convenance. Heureux ils l'étaient tous, à la perspective de se rencontrer et de boire du champagne au soleil, et heureux ils l'étaient aussi, car beaucoup connaissaient Anne-Marie et sa galerie d'art moderne. Tous s'étaient déjà rencontrés dans le microcosme parisien qui était le leur et on sentait planer chez les peintres l'ombre du regretté Kandinsky dont elle était la spécialiste.

On était un peu étonné de cette réunion hors des rues du 6ᵉ arrondissement et surtout si loin de Paris. On entendait, en s'approchant sous les grands chapeaux fleuris, les commentaires des élégantes.

— En Seine-et-Marne, vous vous rendez compte !

La Seine-et-Marne, une région betteravière dont la plupart ignoraient jusqu'à l'existence. Peintres ou experts, beaucoup étaient des amateurs d'art contemporain, et on rencontrait aussi des amis de Marcelin, de jeunes médecins qui avaient fait le déplacement, car pour beaucoup, ils étaient là pour assister au spectacle de leur ami déguisé en marié !

May, de son côté, avait convié ses amis juristes de la Sorbonne et aussi les trois avocats avec lesquels elle comptait s'associer dans quelques mois.

On se dirigea vers la ferme dont le large porche ouvert accueillait les invités ; le chemin soigneusement ratissé était parsemé de pétales de rose.

Personne n'aurait pu reconnaître l'ancien établissement parfumé au purin six mois auparavant. Aujourd'hui, le sol de la cour était tapissé de gravillons, le porche était repeint de couleur vert bouteille et l'intérieur des bâtiments, sans être luxueux, respirait maintenant la propreté. Anne-Marie avait choisi pour toutes les pièces un beige clair qui tranchait beaucoup avec les couleurs vives à la mode de ce temps.

Le porche avait été franchi par la longue colonne où rivalisaient les élégances. Les dames, sobrement maquillées, étaient en chapeau et robe légère, et les messieurs portaient tous le costume trois-pièces. Aux pieds, de cruelles chaussures vernies leurs martyrisaient les oignons, mais tous luttaient en souriant pour faire bonne figure.

Il y avait bien longtemps que le modeste petit village n'avait accueilli un tel aréopage, très loin des mariages campagnards auquel il était habitué. Ici, c'était visiblement autre chose : les femmes sentaient les parfums de mademoiselle Chanel et si, par moments, on se permettait de parler fort, très vite on se contenait et on se contentait de tenir des propos châtiés, à la hauteur de sa condition.

La météo, arbitre suprême des manifestations réussies, semblait sourire aux Leonardi. Cette fin septembre sèche comme un été andalou avait permis d'aménager un dortoir pour les enfants dans le grenier ; la vaste cathédrale de poutres et de toiles d'araignées avait nécessité d'importants soins de nettoyage, car elle était habitée depuis des lustres par des bottes de paille poussiéreuses et des chaises éculées.

À leur arrivée dans la cour, les mariés furent accueillis par un orchestre de jazz qui jouait le fameux *Sing, sing, sing* de Benny Goodman.

Giaco avait fait poser un parquet de danse, enhardi qu'il était par des prévisions météo qui lui seraient favorables. À son signal, les musiciens posèrent leurs instruments et il entra en piste avec May, souriante à son bras, sous les applaudissements de l'assistance. Elle lui glissa à l'oreille :

— Franchement, papa, je suis ravie d'ouvrir le bal avec toi, mais cette tradition de la valse de Strauss me semble dépassée, pourquoi pas un rock n'roll à la place de cette danse du siècle dernier ?

— Tu vas pouvoir, dans ton état et avec ta robe ?

— Oui, bien sûr, mais tu feras tout de même attention.

Il se dirigea vers l'orchestre et leur demanda d'interpréter le classique *Rock around the clock*. Ils sourirent, ravis du changement, et sans tarder interprétèrent le standard de Bill Haley.

À la fin du morceau, Giaco, essoufflé mais souriant, aida sa fille à remettre de l'ordre dans sa coiffure alors que la piste se remplissait des jeunes d'abord puis des plus âgés, enhardis par une ou deux coupes de champagne.

David et Laurence se découvraient dans leurs beaux atours de cérémonie. Ils dansaient avec plaisir et le garçon pensa en embrassant sa maîtresse dans le cou :

Tu en penserais quoi, toi, si elle se barrait ? Si un beau matin te ne la trouvais plus dans ton lit, tu ferais quelle gueule ?

Heureuse de danser et d'être dans ses bras, elle souriait et se laissait aller. David eut conscience de la taille souple qu'il tenait dans ses bras ; son ventre ondulait au rythme du slow qui les alanguissait et, brusquement, il se dit qu'il ne pourrait plus attendre.

— Chérie, viens, je vais te faire connaître la campagne.

— On va nous remarquer.

— Viens, je te dis, ou ce sera là, sur la piste de danse.

Il l'entraîna dans le jardin, derrière la maison, et trouva un local servant de réserve. Il entra et referma derrière eux.

— Je veux te déshabiller, te caresser et te caresser encore, je ne te ferai l'amour que lorsque tu m'imploreras.

Les baisers et les paroles de David faisaient comme toujours perdre la tête à Laurence ; elle le dépouillait de ses vêtements et léchait son torse avec avidité, lui parcourant le corps en l'embrassant avec gourmandise. Ils entendirent alors des pas lourds qui faisaient crisser les gravillons de l'allée, puis ce furent les voix de deux garçons énervés.

— Il manque trois chaises, je crois en avoir vu dans cette réserve. Merde, elle est fermée, tu sais où est la clef ?

— Je crois, elles sont toutes pendues au tableau dans la cuisine.

Les pas s'éloignèrent et, après avoir mis de l'ordre dans leur tenue, ils sortirent mi-furieux et mi-souriants. David décida qu'il la demanderait aujourd'hui en mariage, il se savait désormais incapable de vivre sans elle !

— Chéri, tu as vu mon étudiante, Helena ? Elle était à la messe, mais ne s'est pas fait connaître. Je peux te dire qu'elle est bien enceinte.

— Oui, je t'en ai rien dit, mais j'ai cru comprendre qu'il s'agissait de cette blonde habillée de noir. Belle fille !

Le buffet se prolongea pendant plus d'une heure, puis on se dirigea vers le jardin où trônait un vaste tivoli de couleur blanche sous lequel était dressé le repas.

Chaque invité était dirigé vers sa table par un grand tableau où, en face de son patronyme, on découvrait le nom d'une fleur.

Le repas se déroula dans une ambiance décontractée jusqu'au moment – moment fatal – où un serveur commit une maladresse.

En passant entre les convives un plat en sauce suspendu dans les airs, il en répandit le contenu sur la capeline d'une élégante connue pour son caractère de mégère.

— Oh pardon, Madame, je vais réparer cette faute immédiatement.

— Réparer, j'y compte bien, appelez-moi votre patron.

Après les tentatives rituelles de nettoyage et séchage du vêtement, on aboutit à un résultat parfait, mais le pauvre traiteur avait oublié un détail… La tache n'était plus depuis longtemps sur la capeline, mais sur la dignité de la victime qui menaçait de lui faire un procès.

— Je vais déclarer cet accident à mon assureur, mais il sera nécessaire pour cela de me confier le vêtement.

— Rien du tout, je vais porter plainte contre vous. D'abord, ce jeune homme est-il compétent et déclaré ?

— Madame, vous souhaitez déposer une plainte, me dites-vous ? Ce ne sera donc pas à vous que je répondrai, dorénavant vous vous adresserez à mon avocat.

Sous le tivoli, ce ne fut que murmures et sourires complices. La dame, drapée dans sa dignité et son odeur de « sauce Périgueux », se retira du mariage et personne ne la regretta.

Les quatre coups de 16 heures sonnaient au clocher de l'église dont la tour carrée dominait le jardin. Un peu lourds et le visage rubicond, les messieurs sortaient dans la cour et cherchaient du regard une chaise longue. Giovanna, royalement installée dans un fauteuil en rotin, fumait une cigarette qu'elle tenta de dissimuler lorsqu'elle aperçut Giaco.

Souriant, il la rassura.

— C'est permis, aujourd'hui. Le jour du mariage des enfants, tout est autorisé.

— Dis-moi, Giaco, quelle drôle d'idée as-tu eu de convoquer tes invités le matin, habituellement c'est l'après-midi. Avec ton organisation, mon garçon, tu seras obligé de les convier ce soir à un autre repas.

— Tu as raison. Ce soir, nouveau buffet suivi d'un dîner placé, mais tu le sais, Marcelin et May sont nos deux enfants et ils ont eu la bonne idée de se marier ensemble, je ne pense donc pas que nous organisions un autre mariage après celui-ci.

— Oui, c'est vrai. À propos, je te le dis simplement, si tu as besoin de liquidités pour régler cette fête, n'hésite pas, dis-le moi.

— Merci de ta générosité, Giovanna, si je suis embêté, je te le dirai.

Elle s'essuya les yeux avec son mouchoir, mais se ressaisit très vite.

— Tu sais, mon Giaco, je pense très fort à ton père. Mon cher mari aurait tant aimé être parmi nous, mais malheureusement ça n'est plus possible : il a totalement perdu la tête et le médecin de la maison de retraite m'a convoquée pour me dire qu'il était porteur d'une maladie décrite il y a bien longtemps en Allemagne au début du XXe siècle. La maladie porte désormais le nom de ce docteur allemand qui l'a découverte. C'est la maladie d'Alzheimer et ton père en est atteint.

— Il t'a dit si ça se soignait ?

— Non, c'est impossible à guérir et c'est irréversible.

Giaco s'attendait à cette réponse, mais la vérité sur la maladie de son père tombant aussi crue le bouleversa. Il se leva et fit quelques pas puis, enfin rasséréné, il revint s'asseoir près de Giovanna.

— Combien de temps ?

— Trois ou quatre ans tout au plus, malheureusement sa démence a évolué assez vite.

May et son mari avançaient vers eux, rayonnants de joie. Giovanna leur tendit la main et leur susurra :

— Connaissez-vous le secret de la durée du bonheur dans un couple ?

Les mariés surpris bredouillèrent, semblèrent s'interroger et embrassèrent leur grand-mère.

— D'abord, il faut savoir pardonner même si on n'absout pas. Ensuite, c'est dans le plaisir de l'autre et non pas dans le sien que l'on s'accomplira. La joie de son ou sa compagne doit être la nourriture de son propre bonheur.

— Très bien, les enfants, mais sachez-le, à votre âge je n'étais pas aussi avisée.

Se rendant compte que la discussion devenait trop sérieuse pour les circonstances, Giaco s'approcha.

— Alors, Madame et Monsieur les mariés, cette cérémonie ? Si vous avez des revendications, c'est le moment, l'organisateur est prêt à vous entendre.

— Nous n'avons pas l'intention d'accabler l'organisateur, comme tu dis, j'ai plutôt envie de déposer sur son front un gros bisou de remerciement.

Elle embrassa son père et, de façon imprévue, éclata de rire.

— Tu as vu, pendant le repas, la magnifique Annick avec son filet de bœuf sauce Périgueux sur les épaules ?

— Ce n'est pas drôle, ma chérie, j'ai été très ennuyé et je crains qu'elle ne nous range définitivement parmi ses ennemis.

Il termina en ne pouvant pas cacher un sourire. May, très sérieuse, poursuivit.

— Tu n'as rien à voir dans cette histoire, elle est partie sans rien nous dire, mais je ne pense pas que ce soit bien grave. Et même si ça l'était, franchement, cette Annick n'est pas très intéressante.

— J'ai eu surtout peur qu'elle fasse un scandale et détruise votre mariage.

— Papa, tu es toujours inquiet, crois-tu que mes amis de la Sorbonne ou les copains de Marcelin soient susceptibles de se vexer devant une telle péripétie ? Il vaut mieux qu'elle soit partie avant que tout le monde ne rigole d'elle ouvertement.

Il acquiesça et se prépara à rejoindre ses invités. May lui prit le bras.

— Ce soir, ne nous en veux pas si nous nous éclipsons sans tambour ni trompette. Nous voulons éviter d'être suivis par les amis de Marcelin. J'en suis sûre, ils vont faire leur possible pour trouver l'endroit où nous couchons et nous obliger à consommer leur horrible soupe à l'oignon !

— C'est toujours à la mode, cette soupe à l'oignon !

— Plus que jamais, paraît-il.

Les mariés s'éloignèrent, portés par leur bonheur, et Giovanna sur son fauteuil souriait. Elle se souvenait du soir de son propre mariage à Tende, quand ils avaient quitté subrepticement la grande salle du palais

Leonardi sur la croupe d'un cheval qui les avait transportés dans une cabane en rondins nichée dans un vallon de la vallée des Merveilles.

— Tu penses à quoi, Giovanna ?

— À rien, mon chéri, c'est si vieux !

L'orchestre entamait les premiers accords d'un slow des Platters. Giaco déposa un baiser sur le front de sa belle-mère et prit congé.

— Je vais faire danser Anne-Marie, elle adore ce morceau.

— Profitez-en, les amoureux.

Ce fut un beau mariage, c'est du moins ce qu'Anne-Marie entendit au téléphone pendant une semaine, les amis ne tarissant pas d'éloges et, bien qu'elle soit consciente d'un certain nombre de ratés, globalement elle se dit satisfaite. Tout le monde s'était amusé lors de cette journée campagnarde, mais elle n'entendit plus jamais parler d'Annick…

Au téléphone, elle répétait en boucle à qui voulait l'entendre :

— L'essentiel, c'est que les enfants aient été comblés. Cette fête, c'était la leur et pas la nôtre.

Chapitre 27 – *Gilda*

1970 : le 9 novembre, mort du Général de Gaulle dans sa maison de Colombey-les-Deux-Églises ; il succombe à la rupture d'un anévrysme aortique.

**

May et Marcelin avaient loué un beau trois-pièces rue de Rivoli, au 4ᵉ étage d'un de ces immeubles haussmanniens dont les toits de zinc sont arrondis comme s'ils étaient gonflés par le vent. Trois fenêtres en éclairaient le séjour, ces ouvertures offraient une vue merveilleuse sur le grand bassin et les allées du jardin des Tuileries.

— On a de la chance, on est situés juste au pied du passage piéton qui protège la traversée, plus tard ce sera pratique pour la poussette.

May prenait du tour de taille et même un non-voyant aurait pu affirmer qu'elle était enceinte ! Elle était plus calme, plus lente, et regagnait sa chambre plus tôt le soir. Globalement, elle supportait bien cette situation et continuait vaillamment à dispenser ses cours à la Sorbonne.

Marcelin terminait son internat et s'apprêtait en octobre à prendre un poste de chef de clinique. Son métier le passionnait et même, on peut le dire, le dévorait.

Il ne savait pas comment il aborderait l'accouchement de sa femme. Les autres, il les traitait professionnellement et sans états d'âme, mais sa femme c'était autre chose : elle était à lui, intimement à lui, et il était terriblement anxieux à la simple idée qu'il puisse être de garde le jour où elle rejoindrait l'hôpital pour être délivrée.

Ces scrupules sortirent de l'ombre un jour où May se plaignit d'une violente douleur abdomino-pelvienne évoquant une colique néphrétique. Incapable de la soulager et un peu penaud, il la confia à un collègue qui lui fit remarquer qu'il aurait très bien pu lui administrer le traitement lui-même.

— Oui, tu as raison, mais je n'avais rien à la maison pour la soulager.

— Attends, je t'explique. Dans Paris, il existe de nombreuses boutiques avec sur la façade une croix lumineuse verte : on appelle ces magasins des pharmacies et ceux qui les tiennent, ce sont des pharmaciens ! Tu vois ce que je veux dire, des pharmacies ! C'est là que l'on peut acheter les médicaments.

— Arrête de m'emmerder… Si tu veux entendre de ma bouche que je me suis affolé, dis-le-moi. C'est vrai, j'avais très peur avec elle de faire une connerie.

Tous les jours, pour limiter sa prise de poids et pour se distraire, May arpentait les allées du jardin des Tuileries ou se rendait dans les salles du Louvre les jours de mauvais temps. Elle accoucha bien à Saint-Antoine où elle avait été hospitalisée la veille pour une rupture de la poche des eaux. L'événement s'était produit dans une brasserie où ils déjeunaient après une longue série de courses dans Paris.

Après avoir constaté l'inondation sous la table, le médecin candidat père de famille avait lâché une phrase propre à ne pas rassurer sa femme.

— Voilà un accouchement qui commence bien mal !

Après avoir réglé l'addition et s'être excusé auprès du garçon, ils s'étaient rendus à pied à Saint-Antoine, seulement éloigné de deux cents mètres.

Aux urgences-médecine, l'interne leur avait administré un copieux savon.

— Vous êtes venus à pied, mais vous êtes fous, vous teniez à déclencher l'accouchement ?

Quelques instants plus tard, May, installée dans un lit de la maternité, attendait et attendait encore, mais il ne se passait rien. Il fallut encore vingt-quatre heures et des contractions significatives pour juger que le candidat à l'air libre avait enfin décidé de prendre la situation en main.

Marcelin connaissait bien la sage-femme.

— Dilatation huit, il arrive.

May, couverte de sueur, poussait comme une tigresse lorsqu'on le lui demandait et bien vite une tête sanguinolente apparut.

— À vous, Docteur Hollestein, sortez-le donc, votre bébé !

Marcelin, aidé de sa femme qui poussait toujours, tira légèrement sur le crâne de l'enfant en orientant légèrement son mouvement vers le haut, une épaule apparut, puis l'autre, et la petite cria comme une diablesse pour bien faire comprendre à tous que maintenant il faudrait s'occuper d'elle et exclusivement d'elle.

— C'est une fille, ma chérie !

— Montre-la-moi ! Je suis très heureuse, car j'étais convaincue que ce serait une fille, et j'irai même jusqu'à te dire son nom si tu en es d'accord.

— Dis toujours, de toute façon aujourd'hui je ne peux rien te refuser.

— Je souhaiterais que nous l'appelions Gilda, et Florence en deuxième. Tu le sais, ce sont les prénoms de ses deux grands-mères qui n'ont pas été gâtées par la vie.

Marcelin, les larmes aux yeux, s'inclina pour embrasser sa femme et l'enfant que May tenait dans ses bras. Elle fixa le bébé, le regard étonné. Comment avait-elle pu contenir en elle ce personnage ?

— Gilda ou Florence, comment allons-nous l'appeler ?

— Bien que nous ne l'ayons jamais connue, c'est Gilda qui est la plus proche de nous. Ce sera donc Gilda, si tu veux bien.

Il regardait sa femme et constatait qu'elle avait traversé l'épreuve de l'accouchement sans gros dégâts. Tout au plus pouvait-on constater une légère prise de poids et des cernes sous les yeux, mais elle ne se disait pas fatiguée.

Elle paraissait même un peu excitée en présence de ce petit bout qu'elle manipulait avec précaution.

— Je verrai l'interne demain matin et nous fixerons après la visite le jour de ta sortie. Je le connais bien, j'ai travaillé avec lui dans un autre service.

Quatre jours plus tard, la mère flanquée de son paquet dans les bras entrait dans la cabine de l'ascenseur rue de Rivoli. C'était un samedi matin et Marcelin, qui était de grande garde, n'avait pas pu les accompagner pour la sortie.

Au niveau du 2ᵉ étage, elle entendit un bruit bizarre dans la machinerie de l'appareil et puis immédiatement, la cabine s'immobilisa. Sans s'affoler, elle appuya sur le bouton d'appel pour réclamer du secours.

Rien, personne ne répondit. Elle attendit le passage d'un locataire dans l'escalier, mais ne vit aucun être vivant, à se demander si ce maudit immeuble n'avait pas été déserté. L'heure du biberon était largement passée ; Gilda le fit savoir en criant famine, ce qui amena naturellement sa maman à lui proposer le sein. Le geste fut salvateur et calma l'enfant. Au bout de cinq minutes, le poupon souriant s'endormit dans ses bras.

Elle attendit encore, mais toujours rien. May commençait à sérieusement s'inquiéter quand elle discerna nettement le bruit d'ouverture de la porte palière du rez-de-chaussée. Elle cria et tapa du pied sur la cabine, mais rien n'y fit, elle entendit claquer une porte d'appartement et puis ce fut le silence. Deux enfants rentraient chez eux en chahutant et, occupés par leurs jeux, ils ne l'avaient pas entendue.

Elle retira son imper pour en couvrir l'enfant qui dormait paisiblement. Un moment elle perdit patience et fit mine de crier, mais un simple regard sur la dormeuse la calma. Elle s'accroupit et s'assoupit.

Quelques instants plus tard, elle fut réveillée par des coups donnés dans la porte de l'ascenseur. Elle reconnut le frappeur et fut rassurée.

— Marcelin, comment se fait-il que tu sois là ?

— J'étais très inquiet que tu ne répondes pas au téléphone et j'ai pensé que tu avais un problème, j'ai donc prévenu la direction de l'hôpital que je m'absentais en laissant mon interne pour accueillir les entrantes. Depuis combien de temps es-tu prisonnière ?

— Une heure, peut-être plus. Marcelin, je t'en prie, libère-nous de cette boîte ! La petite dort depuis que je l'ai fait téter, mais moi j'ai horriblement besoin d'aller aux toilettes ! Débrouille-toi, appelle les pompiers ou le président de la République, qui tu voudras, mais dégage-moi de ce piège.

Un quart d'heure plus tard, police-secours – aidée par un technicien mandaté en urgence – libérait la mère et la fille de la cabine coincée. Pour May, l'honneur fut sauf, elle put en se contorsionnant atteindre les toilettes de son appartement et libérer sa vessie.

— Plus jamais, plus jamais tu m'entends je ne mettrai les pieds dans cet ascenseur pourri. Si tu ne t'étais pas inquiété de notre sort, nous y passions le week-end et dans quel état, je te le laisse l'imaginer !

Marcelin ne répondit pas, il téléphonait à l'hôpital. Heureusement, tout allait bien et l'interne n'avait eu aucun mal à tenir le service. Après avoir couché le nourrisson dans son berceau et rassuré sa femme, il reprit le métro pour Saint-Antoine.

Il tenait la barre chromée lui permettant de rester debout lors des freinages et pensait, les yeux dans le vague, que si sa vie avait mal commencé, il avait eu par la suite beaucoup de chance. Il était le compagnon d'une femme adorable et cette calme beauté venait de lui donner une fille, une fille si belle que lorsqu'elle ouvrait les yeux, il en avait les genoux qui tremblaient.

Elle a quelques jours et je suis déjà gravement gâteux !

Dans le service, il parcourut le couloir qui répartissait les box des parturientes et dit un mot aux trois sages-femmes en leur racontant l'aventure de la panne d'ascenseur.

— Merci à vous toutes, je vous raconterai l'affaire en détail.

— Ce soir, elles n'ont pas décidé de nous emm… Tout roule.

— Oui, tout roule, sauf une femme pour laquelle l'accouchement s'est passé sans problème, mais qui nous a sérieusement impressionnées, on peut le dire, elle nous a fait peur !

— Peur à ce point-là, tu as pris en charge une accouchée vampire ?

— La bonne femme est arrivée seule, très calme et prête à accoucher, elle était en grand deuil, triste et toute de noir vêtue. Je peux te dire qu'on ne savait pas comment l'aborder.

Liliane – pour tout le monde, c'était Lili et Lili avait terminé son travail – retira ses gants et sa charlotte, et poursuivit.

— Lorsqu'on lui a donné son bébé, un beau garçon de trois kilos cinq dans les bras, elle l'a approché de son visage et lui a parlé comme si elle s'adressait à un adulte, je l'entends encore lui susurrer à l'oreille : « Bienvenue parmi nous mon petit amour, tu es ici dans un très bon hôpital, sois rassuré, tu seras bien traité. Je t'avais parlé de ton père, eh bien tu vas le voir très bientôt. » Je me suis alors approchée d'elle et lui ai demandé si elle avait besoin de quelque chose. Elle a tourné la tête vers moi et avec un regard hautain m'a répondu : « Je n'ai jamais été aussi bien. » Elle a ensuite caressé la tête de son l'enfant sans nous adresser la parole.

Lili était déjà passée à autre chose, elle salua tout le monde et fit claquer ses talons sur les carreaux du couloir éclairé de lumières blafardes. Le bruit de ses pas s'atténua peu à peu, une porte claqua et soudain Marcelin eut un bizarre pressentiment. Et si l'accouchée en vêtements de deuil et la femme en noir de la sortie de sa messe de mariage étaient une seule personne ? La femme de l'église était enceinte, mais comment imaginer une telle coïncidence ? Il se dit que décidément, ce soir, il était complètement con et pensa à autre chose.

Il appela son interne pour faire le point des problèmes du service et, en l'écoutant, tourna sa cuillère pour rassembler les délicieux petits grains de sucre parfumés au café perdus au fond de son verre.

— Tu en es où, avec les femmes ? Le siège de cet après-midi, c'est toi qui l'as fait ?

Pas de souci médical sérieux et il ne restait qu'une femme à accoucher, une présentation normale que traiteraient les sages-femmes. Il bâilla et se dirigea vers sa chambre.

— Tu me réveilles si tu as des difficultés.

Avant de s'endormir, il pensa à la dingue en vêtements de deuil dans l'église, revit son visage caché derrière son voile noir et pensa.

Elle a peut-être perdu son mari ?

Il était crevé et, cette fois, il s'endormit pour de bon.

À six heures du matin l'infirmier frappa à la porte pour le réveiller.

— Césarienne !

— J'arrive.

Une heure plus tard, il tirait sur ses gants en latex tachés de sang et réclamait un nouveau café. La sage-femme du matin lui dit quelques mots en semblant s'excuser.

— J'ai pensé que je courais vers de gros problèmes chez cette femme, avec un accouchement naturel, elle a un bassin vraiment déformé.

— Ne t'excuse pas, tu as eu mille fois raison, cette femme est porteuse d'une malformation bilatérale des hanches et je crois qu'on risquait de faire souffrir l'enfant en l'accouchant par voie naturelle. Au fait, la folle d'hier soir, comment va-t-elle ?

La surveillante se gratta la nuque au travers de sa coiffe et lui demanda de quelle folle il voulait parler.

— On n'en a pas reçu dix dans le service, du moins je l'espère ! Je te parle de celle qui s'est présentée en deuil et que vous avez accouchée hier soir.

— Ah oui, la blonde, elle a signé sa pancarte ce matin contre avis médical. Elle paraissait aller très bien, à se demander même si elle avait accouché la veille. Elle nous a seulement demandé, son portefeuille ouvert, si elle devait régler quelque chose. On lui a dit qu'elle verrait ça à la caisse, mais on l'a rassurée, elle ne devrait régler que le téléphone de sa ligne particulière. Elle nous a alors sorti cette phrase incroyable : « Vous présenterez la note au docteur Hollestein, si vous ne savez pas pourquoi, lui, il le saura… »

— Vous avez raison, cette fille était totalement givrée !

Il marchait dans les couloirs, les mains dans les poches, et restait perplexe. Qui étaient ces veuves inconnues, l'une assistant à son mariage et maintenant l'autre venant accoucher dans son service ? Une fois encore, il pensa. *Et si c'était la même personne ?* En toutes hypothèses, ces femmes avaient certainement un rapport avec lui… mais lequel ?

Vers 13 heures, il galopait dans les escaliers de la station Bastille, la tête pleine des yeux de son amour de bébé. Il pensait aussi à May, avec un mélange de gourmandise et de culpabilité… il avait furieusement envie de lui faire l'amour. Il s'installa dans un coin du wagon et murmura dans sa barbe.

— Vraiment tu es un cochon, un véritable obsédé ! Crois-tu que ta femme, à quelques jours de son accouchement, ait la même envie que toi ?

Dès l'entrée dans le hall de son immeuble, il aperçut le technicien de l'ascenseur qui pliait bagages.

— Vous pouvez le prendre, c'est terminé.

— Certain ? Ma femme et notre fille âgée de quelques jours sont restées coincées dans la cabine pendant plusieurs heures.

— J'ai réparé tout ce qui n'allait pas, je vous dis ! Et puis, s'il devait tomber en panne, vous ne resteriez pas longtemps enfermé, profitez-en pendant que je suis encore là !

En claquant la porte métallique Marcelin entendit l'autre qui maugréait contre ces vieux appareils qui mériteraient la réforme.

Il tourna la clef dans la serrure et comprit qu'il ne s'était pas trompé d'étage. Gilda hurlait sans discontinuer et il entrevit May qui courait, un biberon à la main. Il crut bon de la prévenir.

— Ne l'habitue pas à être à son service, ils comprennent très vite qui commande et qui obéit.

— Peut-être, mais je t'en prie, Marcelin, n'en rajoute pas ! Cette enfant va me rendre sourde, elle a une de ces voix !

— On en fera une chanteuse.

Il enserra la taille de sa femme et, hypocritement, demanda.

— Tu vas bien ?

Elle le regarda et se dit que, malgré la fatigue de sa garde, il restait attentif à elle. Elle se sentit touchée. Il se serrait contre son corps et, tout à coup, elle éclata de rire.

— Mais dis-moi, mon mari, toi tu vas très bien, si je comprends.

Elle se lova contre lui et l'embrassa.

— Attends qu'elle ait terminé son biberon.

Il fut presque choqué par sa réponse. Comment était-il possible qu'une femme ayant accouché si peu de temps auparavant puisse déjà avoir envie de faire l'amour ? Lui, peut-être. Lui d'abord, il était un homme. Et pour un homme, ces choses-là étaient différentes.

Lorsque le fauve fut rassasié, ils se perdirent dans les plis de leur lit et ne pensèrent qu'à eux.

*

Ce sont les progrès des enfants qui nous font prendre conscience du temps qui passe… on était en avril 1973 et Gilda s'était affranchie de sa poussette. Elle trottinait maintenant dans les allées des Tuileries, ce qui se soldait souvent par une chute, mais tant pis, elle récidivait. Son père louait un petit voilier au vieux bonhomme qui en faisait commerce au bord du grand bassin.

La fillette courait alors autour du plan d'eau en suivant l'évolution de son petit navire et souvent se penchait dangereusement pour l'attraper avant qu'il ne heurte la bordure de pierre.

— Gilda ! Attention, ma chérie, tu vas tomber dans l'eau !

— Le bateau est parti, papa.

Elle courait à nouveau et se faufilait autour des fauteuils métalliques, réveillant ici ou là une vieille dame qui somnolait au soleil.

*

La propriétaire de l'appartement situé sur le même palier que le leur était récemment décédée. Une automobile conduite par un adolescent sans permis l'avait renversée sur le passage piéton et elle était morte à l'hôpital.

Cette femme avait un fils qui était son héritier direct, mais celui-ci, fort désargenté, avait proposé au jeune couple de leur vendre son bien, car il souhaitait se retirer à la campagne.

May et Marcelin, forts de leurs professions pleines d'avenir, empruntèrent la somme nécessaire à leur banque, la B.N.C.I., grâce à la caution de leurs parents. Dès que les actes furent signés chez le notaire, ils se sentirent différents... Ils étaient propriétaires ! Cette notion de possession d'une partie de l'immeuble fit vite de Marcelin un membre du conseil syndical... Il se sentit devenu important, car on écoutait sa parole quand il exprimait une opinion sur tel ou tel projet. Il comprit en vieillissant qu'il n'était rien d'autre, lui aussi, qu'un occupant temporaire !

Chapitre 28 – *Hollestein ?*
Vous avez dit Hollestein ?

1976 : sortie dans les salles de L'aile ou la cuisse, *une comédie burlesque de Claude Zidi avec Coluche et Louis de Funès.*

***

Ce matin-là, le docteur Hollestein terminait sa visite et signait quelques papiers, assis à un bureau habituellement dévolu aux infirmières. On lui passa un téléphone avec ces mots lapidaires.

— Pour vous, c'est le patron.

Il prit la communication un peu à regret, en pensant que ce ne pouvait être qu'un ennui.

— Hollestein, vous pouvez passer me voir dans mon bureau ?

— Entendu, Monsieur, j'arrive.

Que lui voulait « le vieux » ? Il fallait que ce soit urgent pour que le patron lui demande de le voir toutes affaires cessantes.

— Entrez, Hollestein, asseyez-vous, vous allez bien ?

Il trouva intéressant, mais incongru, que cet homme aux cheveux blancs s'inquiète de sa santé et il lui répondit du tac au tac.

— Très bien, Monsieur, et vous-même ?

— À merveille, mon vieux, mais si je vous ai demandé de venir ici, ce n'est pas pour parler de nos santés respectives.

Après une hésitation, il poursuivit.

— Voilà, vous le savez peut-être, je me retire l'année prochaine. Je ne sais d'ailleurs pas ce que je vais foutre de mes journées, mais c'est comme ça, c'est la retraite. Vous verrez, Hollestein, la vie passe plus vite que ne le pensent les gens de votre âge.

Marcelin observait son patron, le regard interrogatif. Que voulait lui dire ce vieux renard ?

— Voilà, vous le savez, j'avais pensé à vous pour me succéder. Vous avez la compétence, un peu jeune, peut-être, et encore ! Bref, je pensais que vous seriez très bon pour tenir ce service. Eh bien, ils n'ont pas voulu de vous !

— C'est gentil à vous de m'avoir soutenu, mais pouvez-vous me dire, qui sont-ils, ces « ils » ?

— Les membres du comité consultatif de l'hôpital, bien sûr !

— J'avoue, Monsieur, que je ne comprends rien à cette histoire, car je ne me connais pas d'ennemi dans cette maison.

Le vieux médecin était visiblement gêné. Il se tortilla dans son fauteuil et finit par cracher le morceau.

— Ce n'est pas une question d'ennemis et c'est encore moins une question de compétences. C'est votre nom, Hollestein !

— Mon nom ? Certes, mes parents étaient juifs et ils l'ont payé de leur vie pendant la dernière guerre. Moi, si je porte ce nom, c'est parce qu'on a retrouvé une lettre de ma mère cachée dans la doublure d'un vêtement alors que j'avais été abandonné à l'âge de six mois. J'ai été recueilli puis tuteuré par un couple que j'adore, vous pourrez dire à ces gens que je porte aussi leur nom, je me nomme Leonardi-Hollestein.

Derrière son bureau, son patron semblait de moins en moins à l'aise. Marcelin, rouge de colère, reprit.

— Je comprends bien qu'il est inutile d'argumenter. Une situation comme celle-ci ne se combat pas avec des arguments, elle est inscrite dans la peau des personnes antisémites. Vous avez raison sur un point, on ne peut pas obliger les gens à vous aimer !

Il sortit calmement du bureau et, alors qu'il tenait encore la poignée de la porte, il se retourna vers son interlocuteur.

— Je suppose que celui qui va prendre la place qui m'était due est déjà désigné.

— Joël de la Martinière.

— Il ne serait pas un peu juif, celui-là ?

— Ne me torturez pas, Hollestein, vous savez bien…

— Ce que je sais, depuis le début de ma collaboration dans votre service, c'est que vous êtes le seul à m'appeler Hollestein. Pour tout le monde, je suis Marcelin ! Curieux, non ?

Cette fois, il sortit en se promettant de se rapprocher de ce fameux comité consultatif dont il lui semblait connaître tous les membres. Il se demanda aussi d'où sortait ce Joël de la Martinière dont il n'avait jamais entendu parler.

Le jeune obstétricien quitta le service vers 13 heures. Le métro tortillait nonchalamment ses voitures à l'approche de la station Bastille et, calé dans un coin du wagon, il réfléchissait. Manifestement, il fallait qu'il se soumette à l'évidence : il était grillé pour tout projet de carrière hospitalière et devait dès maintenant penser à une rapide reconversion.

Chapitre 29 – *Les beaux yeux d'Alain*

1979 : le 16 janvier, le shah d'Iran, prétextant un voyage de vacances, s'exile en Égypte où il est reçu par Anouar el Sadate. Quelques jours plus tard, en février, l'ayatollah Khomeini est accueilli en triomphe en Iran.

**

Depuis plusieurs semaines, Anne-Marie répétait à sa fille cette phrase énigmatique.

— Ma chérie, ta fille est maintenant débrouillée.

Personne ne comprenait exactement ce qu'elle voulait dire, mais lorsqu'on lui demandait de préciser sa pensée, tout devenait plus clair. En effet, Gilda fréquentait tous les matins l'école idéalement située derrière leur immeuble, sa mère l'accompagnait et l'enfant rentrait souvent seule le soir. Devant les progrès de sa fille, May conclut que le temps était venu d'envisager son retour au travail et elle sollicita le cabinet d'avocats contacté avant sa grossesse. Elle était résignée à intégrer le groupe comme collaboratrice au début, puis comme associée si cela convenait aux deux parties.

Les bureaux étaient idéalement placés rue La Boétie, où ils occupaient le premier étage d'un immeuble haussmannien. Un ample escalier de marbre accueillait les clients qui devaient déjà se sentir rassurés devant la solidité des lieux. Trois, ils étaient trois associés à se partager ce vaste appartement de deux cents mètres carrés et les avocats étaient assistés de trois secrétaires.

L'un d'eux, à peine plus âgé que May, avait été chargé de mener les négociations pour l'intégration de la jeune avocate dans le groupe... Il était beau garçon et semblait ne pas l'ignorer.

Deux fois par semaine, May avait rendez-vous avec cet Alain de Broca, et ils avaient fini par sympathiser. Elle apprit vite qu'il était célibataire et vivait dans un élégant appartement rue du Faubourg-Saint-Honoré.

Les interminables discussions contractuelles touchant à leur fin, Alain, pour être agréable à sa contradictrice, avait lâché du lest sur plusieurs points du contrat, ce qui avait touché la jeune femme.

— Merci, Alain, vous avez obtenu de vos associés une réduction de ma participation au loyer, mais sachez-le, je n'oublierai pas ce geste et vous rendrai la pareille lorsque l'occasion se présentera.

À part eux, aujourd'hui le cabinet était vide et l'un et l'autre jetaient un regard sur la rue où une fine pluie d'automne faisait courir les passants. Alain, sans la regarder, lui suggéra :

— Si on allait au cinéma ?

— Alain, mais vous n'y pensez pas, je ne suis pas vraiment la femme que vous pensez, je suis mariée et mère d'une petite fille.

— Oui, je sais, vous me l'avez déjà dit, mais je ne vous invite pas dans une chambre d'hôtel ! Il fait moche, nous avons terminé plus tôt que prévu et nous avons à cent pas d'ici, sur les Champs-Élysées, des dizaines de cinémas qui nous tendent les bras.

— Pardonnez ma brusquerie, merci beaucoup, mais je dois rentrer afin d'aller retrouver ma fille.

— Vous avez peur de moi ou pour être plus précis, vous avez peur de vous ! À vrai dire, vous craignez de succomber à je ne sais quel scénario à l'eau de rose.

— Oui, c'est peut-être ça, mais je suis surtout une femme qui a reçu une éducation solide et à qui on a appris qu'un engagement est un engagement. Si je trompais mon mari, cela signifierait que je serais susceptible de vous tromper aussi.

May sortait son manteau du vestiaire et ajustait son chapeau de pluie. Avec un sourire, elle salua le bel Alain et galopa dans l'escalier. Elle était satisfaite, car elle n'imaginait pas obtenir autant de facilités dans son contrat de collaboration.

En pressant le bouton d'ouverture de la porte, elle murmura entre ses dents.

— Au cinéma ! Mais il se prend pour qui, ce de Broca ?

Portée par l'enthousiasme de sa future vie, elle courait dans la rue et, soudain, elle revit le visage et les yeux d'Alain.

Il y avait dans ce regard pénétrant un curieux mélange qui malgré elle la troublait, une subtile alchimie où l'on discernait un goût prononcé de la conquête mêlé à une tristesse fragile que toute femme sensible aurait aimé protéger. Elle stoppa sa course, se tourna vers une vitrine et jugea sévèrement sa tête de folle aux cheveux mouillés. Elle se dit en aparté.

Mais tu es frappée, ma vieille, complètement dingue ! Peux-tu me dire ce que tu recherches exactement, un cabinet pour recevoir tes clients ou une histoire d'amour ?

Elle s'engouffra dans la station de métro Champs-Élysées – Clemenceau et réfléchit à ce qu'elle allait préparer pour le dîner de son mari. Elle sourit et murmura.

— Tiens, mon mari ! Je pense à lui, je suis donc moins malade que je ne pensais !

À son arrivée à la crèche, elle fut accueillie par la directrice qui lui sembla agitée.

— Gilda est tombée dans la cour, une chute sans gravité, mais j'ai préféré la montrer aux urgences, car elle saignait beaucoup au niveau de la tête et j'étais inquiète.

— Mon Dieu, où est-elle ?

— Elle va très bien, mais j'ai préféré lui demander de s'allonger dans la pièce où les enfants font la sieste.

Elles entrèrent dans le grand salon plongé dans la mi-ombre, où Gilda dormait à poings fermés.

— J'ai essayé de vous appeler, mais personne ne répondait au téléphone.

— Mon mari est à l'hôpital et moi j'étais au travail à mon nouveau cabinet.

May pensa qu'ils avaient été bien légers de ne pas avoir confié à la crèche un numéro à utiliser en cas d'urgence, et elle se promit de réparer cette erreur.

La fillette, certainement dérangée par le rai de lumière qui fusait sous la porte, ouvrit les yeux et aperçut sa mère. Elle courut dans les bras de May et tenta maladroitement de lui relater ses aventures.

Chapitre 30 – *Maître May Hollestein*

1982 : le 25 mars, le gouvernement socialiste promulgue l'âge légal de départ à la retraite à 60 ans par une ordonnance.

**

Elle était maintenant installée rue La Boétie, où on lui avait attribué un bureau un peu exigu, mais elle ne se plaignait pas. Certes, ses débuts ressemblaient plus à ceux d'une collaboratrice qu'aux exploits d'un ténor du barreau, mais c'était comme ça.

Peu importe, se disait-elle, *peu à peu je me ferai connaître et, si je suis suffisamment habile, je construirai pierre après pierre ma clientèle personnelle.*

En face de son bureau et séparé par un large couloir, maître Alain de Broca recevait ses clients dans un vaste salon aux murs richement décoré de peintures inspirés du « cabinet des singeries » du château de Chantilly.

Bien qu'elle ne fasse aucun rapprochement entre les activités du locataire des lieux et celles des singes-courtisans à la mode du XVIIIe siècle, May ne pouvait s'empêcher de sourire lorsqu'elle pensait aux faces grimaçantes et naïves réunies à l'heure du thé pour une conversation dont on pouvait deviner l'incongruité.

Malgré tout, elle se disait :

Il est vraiment très beau, mon cher confrère, très beau et pourtant c'est étrange, il n'est pas encore marié. Peut-être finalement est-il divorcé. Les autres associés m'ont confié qu'on lui prêtait de multiples conquêtes, mais ici rien ne filtre, l'homme est totalement discret sur le sujet.

De Broca, dans sa pratique quotidienne, prêtait son concours à des gens dont le profil était assez semblable : des petits patrons de presse, des artistes du show-biz ou même des personnages dont il était toujours impossible de savoir s'ils étaient femmes ou hommes !

Au bout de quelques années d'exercice, les deux parties étant convaincues du bien-fondé de l'association, de Broca – toujours lui – fut mandaté pour rédiger le contrat définitif de maître Hollestein.

May et Alain se retrouvèrent donc à nouveau dans le grand bureau du pénaliste… À ce moment, elle se sentit étrangement gênée.

Arrivée en premier, elle classait ses documents posés sur la grande table du bureau quand son collègue pénétra dans la pièce.

— Alors, ma chère May, c'est le grand jour, vous allez définitivement nous rejoindre et, je l'espère, toujours pour le meilleur !

— Je ne sais pas si ce sera toujours pour le meilleur, mais croyez-le, je m'efforcerai d'y contribuer.

— Une femme si élégante et dotée de votre intelligence, ce ne peut être qu'une plus-value pour nous tous.

— Peut-être et, en attendant, merci du compliment. Nous verrons bien !

Dehors il pleuvait dru et les voitures, assez nombreuses en ce début d'après-midi, descendaient la rue en faisant claquer leurs pneus sur les pavés glissants.

La ville était triste.

Alain, après avoir longuement contemplé l'extérieur, se tourna vers le bureau et jeta un regard éploré en direction de May.

— Dans la vie je m'ennuie, ma chère, et pourtant je sens que je ne mérite pas mieux. Personne ne m'aime sincèrement ou plutôt si, il en est qui m'adorent, ce sont mes clients qui sont à mes genoux lorsqu'ils ont quelque chose à gagner de mes interventions.

Il se leva, alluma une cigarette américaine et poursuivit, en regardant à nouveau la rue.

— Le soir, je rentre dans une maison désespérément vide. May, vous avez de la chance d'avoir une famille, la solitude, ma chère, c'est terriblement mortifère !

Il semblait sincère et elle en fut attendrie.

— Ce que vous me déclarez aujourd'hui vous rend bien sympathique, pour tout dire je préfère cette sensibilité au comportement du don Juan essayant de flirter avec une mère de famille dans l'obscurité d'une salle de cinéma.

Il semblait absorbé par leur dossier et ne répondit pas. Pour alléger le climat, May passa à autre chose.

— Accepteriez-vous de venir dîner un soir à la maison ? Seul ou accompagné, bien entendu. Vous me préviendrez à l'avance.

— Ah, vous voyez, vous aussi vous faites des propositions et moi, contrairement à vous, je les accepte bien volontiers.

May fit la moue et sourit.

— Vous avez bien remarqué, je pense, que mon invitation est d'une autre nature… Je ne vous invite pas au cinéma, mais chez moi, avec mon mari et ma fille !

— Dommage pour moi, j'aurais beaucoup aimé le cinéma.

— Oui cela, je l'ai bien compris, mais vous aurez une compensation. À défaut de film, vous dégusterez un bon repas.

Il sourit tristement, en dessinant comme un enfant une tête à Toto sur le carreau embué de la fenêtre.

— May, un jour vous comprendrez la raison de ma tristesse et, ce jour-là, peut-être serez-vous plus apte à m'apprécier. Vous savez qu'ils passent un très bon film sur les Champs-Élysées, *La balade sauvage* de Terrence Malick.

— Mon cher Alain, vous êtes beau garçon et, en plus, vous êtes assurément doté d'une intelligence au-dessus de la normale. Moi, je suis peut-être bien en dessous de tout ça, mais j'ai au moins une qualité… je ne suis pas une gourde ! Si nous devons travailler ensemble, il sera nécessaire que vous intégriez cette donnée !

Il détourna le regard de la rue et dévisagea sa collègue en souriant.

— Gourde, je ne crois pas, et je suis convaincu, voyez-vous, que vous êtes dotée d'un très fort caractère.

Il ajusta avec soin son pardessus bleu marine et retira un gant pour saluer May.

— Je vous ai parlé tout à l'heure d'un bon film sur les Champs-Élysées, mais rappelez-vous, je ne vous y ai pas invitée !

Elle secoua la tête avec un gracieux mouvement de queue-de-cheval indiquant qu'elle jugeait l'argument peu crédible et tendit une carte à de visite à de Broca.

— Vous avez l'adresse, le jour et l'heure du dîner. Nous serons heureux, mon mari et moi, de vous recevoir. À bientôt, donc, à la maison. Une seconde, j'ai oublié de noter le code.

Il acquiesça d'un mouvement de tête et s'engouffra dans l'escalier de marbre dont il dévala les marches, l'air satisfait. May avait refermé la porte du cabinet et, dans la galerie d'entrée, elle se dit qu'il lui serait indispensable d'être vigilante avec ses sentiments, car elle le sentait… son jeune associé ne la laissait pas indifférente.

Elle était maintenant seule. Songeuse, elle regagna le grand bureau tendu des peintures aux singes vêtus de riches atours. Elle se dit qu'elle aimerait un jour prendre son temps pour en découvrir les originaux, à Chantilly. Elle rêva un moment en se remémorant la noble silhouette du château se reflétant dans l'eau et s'assit dans le fauteuil d'Alain. À nouveau, elle ne put s'empêcher de repenser à lui… C'est avec lui qu'elle se voyait visiter le château.

Brusquement elle se dressa, l'air épouvanté.

— Toi, ma fille, tu es mûre pour faire une bêtise. Si tu n'aimes plus Marcelin, dis-le. Dis-le ouvertement et ne continue pas ta vie dans cet entre deux eaux qui ne te grandit pas !

Les quarante-huit heures suivantes, elle ne travailla pas sereinement. À tout moment, l'image du bel avocat s'imposait à ses yeux, lui procurant un curieux mélange de plaisir et de culpabilité. À la maison, Marcelin se rendit compte de son trouble, mais ne sut l'expliquer.

— Tu as un problème, ma chérie ? Une fois sur deux, tu ne me réponds pas quand je te parle et tu sembles totalement absente, depuis quelques jours. C'est ton installation dans ce cabinet qui te préoccupe ? Si tu as des ennuis ou des inquiétudes pour ce nouveau travail, n'hésite pas à m'en parler.

— Tu es gentil, tu es d'ailleurs toujours très gentil.

— Je ne sais pas si je dois prendre cela comme un compliment.

— Tu peux, car je le pense vraiment. Pour revenir à ce que nous disions, je dois te confier que je suis en effet un peu inquiète et me demande pour tout dire si je serai à la hauteur de la situation.

— Quelle idée ! C'est pour quand ?

— De quoi parles-tu ?

— De la signature de ton contrat d'association. Lorsque tu seras associée en titre, j'en suis certain, tu ne te poseras plus toutes ces questions idiotes, tu bosseras et puis voilà tout !

— On n'a pas encore fixé de date, mais c'est pour bientôt, dans une dizaine de jours, à peu près.

— Tu es sûre, il n'y a rien d'autre ?

— Non, ou plutôt si… je t'aime.

Il embrassa tendrement sa femme et lui jeta ce regard interrogateur qu'elle connaissait si bien. Dans les yeux noisette de Marcelin se reflétait tout l'amour qu'un être peut porter à un autre. Elle lui caressa la joue et constata que quelques cheveux blancs étaient apparus sur ses tempes, elle lui souffla à l'oreille, la voix emplie d'émotions.

— Mon amour, je te le dis encore, je t'aime… je t'aime tant !

La nuit suivante, elle dormit assez mal et se réveilla en sueur vers 3 heures. Son drap était froissé, comme si elle constatait après coup les dégâts d'un combat amoureux auquel elle n'aurait pas été conviée. Marcelin ouvrit un œil et l'embrassa, elle enragea dans le noir de se sentir si faible. Finalement, elle l'avait toujours su, malgré ses apparences de femme convenable, elle n'était pas quelqu'un de bien !

L'après-midi suivant, elle consacra son temps à Gilda et à la préparation du dîner avec son associé. Elle était décidée à faire de gros efforts pour cette soirée, car manifestement elle souhaitait impressionner son hôte. Elle demanda à Marcelin de prendre ses dispositions pour ne pas rentrer trop tard. Son mari était maintenant médecin dans une importante clinique spécialisée en gynécologie-obstétrique de l'est Parisien, il n'était pas encore très connu, mais grâce à ses gardes, sa clientèle se développait régulièrement. Son cabinet, en particulier, débordait de femmes qui souhaitaient stopper le flot annuel d'enfants que leur appartement exigu ne pouvait plus accueillir. L'entrée en matière de la consultation était toujours la même.

— J'ai su, Docteur, par la télévision, qu'en prenant un comprimé chaque jour on pouvait éviter de tomber enceinte, moi j'ai quatre enfants et c'est déjà trop.

Il se disait que la contraception allait totalement changer la société ; c'était bien pour la liberté des femmes et les hommes n'auraient qu'à s'y faire.

Ce soir, sa préoccupation était toute autre. Il marchait sur le trottoir de la petite place du marché Saint-Honoré, c'était une soirée pluvieuse et pleine de tristesse. Sur la façade des immeubles se succédaient des panneaux de mise en vente d'appartements. Marcelin pensa :

Les propriétaires ont la trouille depuis que les socialistes sont au pouvoir.

Un moment il trébucha sur un pavé descellé et maugréa.

— Merde, je vieillis, c'est vrai qu'on est en 1982. Il faut t'y faire, « pépère », tu n'as plus vingt ans, tu en as largement le double au compteur !

Il poussa la porte de la boutique couleur bordeaux du magasin Nicolas, referma son parapluie et commença à fureter dans les rayons. Un vendeur qu'il connaissait un peu l'approcha et lui demanda ce qu'il souhaitait.

— Bonsoir Albert, je voudrais deux bouteilles de champagne, du Cattier brut comme d'habitude, je prendrai aussi deux bouteilles de Bordeaux, du Château Bellone Saint-Georges, il vous reste du soixante-douze ?

— Je vais voir à la cave. Si je ne me trompe pas, je dois en avoir encore une dizaine.

— Parfait et puis une bouteille de Pouilly-Fuissé de chez Pierre Jarcé.

Marcelin sortit dans la rue, ragaillardi par le son de ses bouteilles qui s'entrechoquaient dans son panier. Il ne pleuvait plus. Il hâta le pas en se disant que le champagne et le blanc sec seraient juste assez frais s'il les plaçait immédiatement dans le réfrigérateur en arrivant. Ravi de passer une soirée agréable loin des soucis de son travail, il était tout de même un peu inquiet. En effet, il ne connaissait pas son futur convive et craignait de n'avoir aucun point commun avec cet associé de sa femme.

Il referma la porte d'entrée et aperçut May qui passait la tête à la porte de la cuisine. Elle s'essuyait les mains sur son tablier et exhibait une pointe de nez blanchie par la farine.

— Alain de Broca vient d'appeler, il sera accompagné.

— Parfait ! Plus on est de fous et plus on rit. Mais toi, cet appel un peu tardif ne te pose pas de problème ?

Elle avait disparu dans son laboratoire culinaire et, entre deux casseroles entrechoquées, il l'entendit crier.

— Pas du tout, je m'y étais préparée, car je m'y attendais !

Gilda, dans sa chambre, s'était érigée en maîtresse d'école et, ce soir, elle donnait un cours d'éducation civique à sa poupée et à son ours en peluche. Marcelin se glissa dans la cuisine et se serra contre sa femme qui ne fut pas longue à comprendre le message.

— Mon chéri, pas maintenant ! Je suis en retard, ce soir après le dîner, lorsque nous serons tous les deux.

Il était 20 h 15 et TF1 égrainait son lot journalier de catastrophes en tous genres. La sonnette de la porte d'entrée retentit, Marcelin éteignit son poste et se dirigea vers l'entrée.

— Monsieur de Broca, je présume ?

— Holà, pas de « Monsieur », vous me faites peur ! Je m'appelle Alain et voici Jacques, mon compagnon.

— Moi je suis Marcelin, l'époux de May, et celle que vous entendez dans sa chambre et qui pique une colère, c'est Gilda, notre fille.

May approchait, elle était magnifique. Marcelin resta discret, mais à ce moment, il ressentit un violent désir et se vit la plaquant contre le mur devant tout le monde.

— Alain, vous connaissez ma femme, mais peut-être Jacques la rencontre-t-il pour la première fois. May Hollestein, la nouvelle associée du cabinet d'avocats.

On fit brièvement découvrir l'appartement aux arrivants et tout ce beau monde s'installa dans le salon dont les fenêtres ouvraient sur le jardin des Tuileries.

Alain et Jacques, tournés vers l'extérieur, contemplaient les dernières lueurs du soleil couchant disparaissant derrière la tour Eiffel.

— La vue est étonnante, vous avez beaucoup de chance d'habiter ici !

— Merci. Beaucoup de chance, en effet, le quartier est agréable pour nous et aussi pour notre fille que nous pouvons facilement promener dans le jardin.

May remarqua que Jacques, discrètement, tenait la main d'Alain. Elle détourna le regard et se dit :

Curieux personnage, mon associé ! Il tente de conquérir les femmes dans la journée et le soir vit avec un homme ! On peut comprendre qu'il soit perturbé, ce pauvre garçon, il n'a peut-être pas totalement défini le bord auquel il appartient.

Le temps avançait dans une ambiance agréable. Jacques, le front soucieux, demanda alors à utiliser le téléphone. Il réapparut quelques instants plus tard dans le salon et s'excusa auprès de ses hôtes. Il ne pourrait pas, à son grand regret, prolonger sa présence à cette soirée, car il venait de lui tomber sur le poil un rendez-vous urgent auquel il ne pouvait pas se dérober.

Après avoir accompagné son ami à la porte, Alain revint dans le salon. Il semblait plus détendu, et exhibait un grand sourire. On s'installa à nouveau dans les fauteuils. Marcelin, pour faire diversion, servit une nouvelle coupe de champagne que l'avocat déclina d'un geste de la main.

— J'espère que vous ne m'en voulez pas, ma chère May, de vous avoir ce soir révélé certains aspects de ma personnalité. J'ai longtemps hésité avant de proposer à mon ami de m'accompagner. Jacques est mon compagnon depuis quatre ans ! Quatre ans, et notre relation se prolonge, bien que chaque jour je m'interroge sur sa pérennité.

Les yeux de l'assistance se tournèrent vers lui, dans l'attente d'une explication.

— Ne voyez pas ici la manifestation d'une jalousie morbide. Si je suis inquiet, c'est que Jacques est malade, il est suivi depuis six mois à l'hôpital Saint-Louis pour une maladie nouvelle que les médecins connaissent mal et qu'ils appellent désormais le Sida.

Marcelin, bien entendu, connaissait cette affection dont on parlait depuis le début des années quatre-vingt et qui semblait toucher essentiellement les homosexuels.

Il intervint pour en savoir plus.

— Le Sida, vous en êtes sûr, Alain ?

— Moi vous savez, je ne suis pas médecin, c'est le diagnostic que le docteur de Saint-Louis, une consœur à vous, lui a annoncé. Moi, ce que j'ai pu constater, c'est que mon ami a perdu du poids et n'a plus le bel appétit qui le caractérisait.

Marcelin crut bon d'ajouter.

— L'hôpital Saint-Louis reçoit en effet les malades porteurs de ce virus et ils sont très spécialisés dans le suivi de cette maladie, mais vous, avez-vous songé à vous faire dépister ? On dit que cette affection est contagieuse.

— Moi, je vais bien, et mon appétit est celui d'un ogre, vous pourrez d'ailleurs en juger tout à l'heure.

Le jeune avocat, avec élégance, grignotait les petites bouchées salées que May avait disposées sur la table basse. Il vida le fond de sa coupe de champagne et son regard fit comprendre à Marcelin qu'il ne serait pas hostile à une nouvelle rasade de Cattier.

— Pardon, je manque à tous mes devoirs, mais j'avais cru comprendre…

— Vous aviez bien compris. Tout à l'heure je n'en souhaitais pas d'autre, mais je dois m'avouer vaincu, il est tellement parfumé, ce champagne !

En veine de confidences, et peut-être libéré par les bulles du liquide doré, il expliqua le parcours de son ami.

— Jacques est marié et père de deux enfants. Sa femme, prétend-il, n'est pas informée de sa double vie et, comme il est souvent absent de son domicile, il utilise le téléphone pour maintenir un contact serré avec son foyer.

May entrait dans le salon, elle invita tout le monde à prendre place autour de la table et Alain continua.

— Malgré son homosexualité, il reste viscéralement attaché à sa famille et personne, ni moi ni quelqu'un d'autre, ne l'a jamais entendu porter la moindre critique sur la mère de ses enfants.

Il apprit à ses hôtes qu'à défaut d'amour, Jacques respectait sa femme, et son ami avait appris à ses dépens qu'il ne faisait pas bon s'immiscer dans ce cénacle réservé.

Ils étaient maintenant tous placés autour de la grande table ronde et Alain, peut-être impressionné par la stabilité apparente de la petite famille Hollestein, continua à parler de son ami comme s'il tenait lui-même à justifier son itinéraire particulier.

— Cet ami, je l'ai connu au cabinet. Il est avocat, comme May et moi-même. Il y a maintenant trois ans, j'ai dû faire appel à un spécialiste du droit des affaires pour traiter un dossier compliqué concernant la cession d'une concession automobile. Le spécialiste, c'était lui, et nous avons travaillé plusieurs mois ensemble. C'est ainsi qu'a débuté notre relation.

Chapitre 31 – *Tirez le signal !*

1982 : le 6 juin, les Israéliens envahissent le Sud-Liban pour faire cesser les attaques de l'OLP lancées de cette région sur Israël ; c'est l'opération « Paix en Galilée ».

**

Maître May Hollestein rentrait chez elle par les transports en commun. Elle sortait d'une réunion houleuse à Saint-Mandé où elle défendait depuis quelque temps les intérêts d'un investisseur qui prétendait acheter une grosse concession automobile. L'affaire se négociait en millions de francs et les deux gérants, l'acheteur et le vendeur, se chipotaient pour quelques broutilles sans grande valeur dans lesquelles ils avaient placé une part non négociable de leur dignité. C'était insupportable.

Ces controverses stériles l'avaient crevée, d'autant plus qu'elles se renouvelaient tous les jours depuis une semaine. Des intimidations, des menaces d'aller au procès alors que tout ceci n'était qu'une pantalonnade, une pièce de théâtre dérisoire, mais obligatoire pour tirer encore quelques billets.

Il faisait chaud dans ce wagon, et une odeur mélangée de crasse et d'urine l'incommodait fortement. Les gens autour d'elle, le regard triste et inexpressif, se pressaient les uns contre les autres alors que, quelques mètres plus loin, le wagon était vide. Dans cet espace qu'il s'était alloué, un clochard protégé par une épouvantable odeur prenait ses aises, allongé sur la banquette.

Elle avait vraiment très chaud et eut juste le temps de s'entendre dire à mi-voix.

— Mon Dieu, j'ai la tête qui tourne…

Elle s'affaissa au pied de la colonne chromée à laquelle elle se tenait et perdit conscience. Un voyageur essaya de lui maintenir la tête et cria à ses voisins :

— Tirez le signal, la petite dame a perdu connaissance !

Heureusement, le train s'était arrêté en station et beaucoup de voyageurs descendaient sans tourner le regard vers ce qui ne pourrait être qu'une perte de temps. D'autres, sur le quai, à la vue du désordre, hésitaient à monter dans le wagon.

Heureusement, quelques bonnes âmes – deux ou trois peut-être – s'étaient accroupies près de la malade et lui prodiguaient à intervalles réguliers de petites claques susceptibles de la réveiller.

— Quelqu'un a-t-il appelé les secours ?

— Oui, les pompiers arrivent.

Tout d'abord elle ouvrit un œil, puis ce fut l'autre, et enfin elle prit conscience de sa situation. Effarée, elle s'agita et tenta de se relever.

— Madame, surtout ne bougez pas, les secours arrivent, ils vont s'occuper de vous.

Cinq minutes plus tard, elle était transportée sur un brancard, enveloppée dans une couverture cuivrée et rejoignait l'hôpital Saint-Antoine.

Aux urgences, après un examen sommaire et un verre d'eau sucrée, l'interne constata que son teint était maintenant bien coloré.

— Madame, vous avez déjeuné à midi ?

Non, elle n'avait pas déjeuné et s'était contentée d'un café et de deux biscuits. On lui fit boire une nouvelle boisson sucrée, on lui intima de rester allongée un quart d'heure puis, comme tout allait bien et qu'elle s'impatientait, on la laissa rentrer chez elle.

— Voici un rendez-vous de consultation, je vous reverrai dans une semaine. Soyez plus respectueuse de l'heure des repas. Vous ne le savez peut-être pas, mais avec une crise d'hypoglycémie, vous pouvez passer sous une voiture !

Dans le grand couloir qui desservait les chambres, elle fut accueillie par sa fille qui jouait à la poupée, assise sur le tapis, Gilda semblait furieuse.

— Maman, tu rentres tous les jours trop tard, j'en ai assez, et pour papa c'est encore pire, lui, il n'est pas encore là !

Elle était hors d'elle et ce n'était pas la première fois, la petite bonne femme de 12 ans qu'elle était devenue ne se gênant pas pour critiquer des parents qu'elle considérait trop peu attentifs à la vie de leur fille.

— Françoise est d'accord avec moi, elle dit que vous exagérez, elle est restée me garder le plus tard qu'elle pouvait, mais a dû rentrer chez elle, car sa sœur venait dîner et elle n'avait pas les clefs.

— Tu as fait tes devoirs ?

— Oui, ils sont finis, c'est Françoise qui m'a aidée.

May prépara le repas du soir, la tête un peu dans le brouillard, puis s'assit dans le canapé et dépouilla le courrier. On sonna à l'interphone et Gilda se précipita.

— C'est papa, il est tout essoufflé, il dit qu'il a laissé ses clefs à l'hôpital.

Marcelin aperçut dans la glace qu'il était ébouriffé par sa galopade dans les escaliers du métro. Il jeta son manteau sur un fauteuil, mit de l'ordre dans ses cheveux et embrassa ses deux chéries. May lui parut fatiguée.

— Gilda, je sais ce que tu vas me dire et je t'annonce d'avance que pour moi tu as raison : nous ne pouvons plus vivre avec ce rythme fou. Dès demain matin, je demanderai à ma secrétaire de supprimer tous les rendez-vous après 19 h 30.

La consultation du gynéco tournait maintenant à plein régime et, en plus de ce travail, il accouchait les femmes trois fois par semaine. Pour remplir son contrat, il rentrait souvent chez lui la nuit et ne voyait plus sa famille.

Une heure plus tard, il ajustait la couette de Gilda et éteignait sa lumière de chevet. À ce moment, devant le visage d'ange de l'enfant prête à s'endormir, il eut encore plus conscience de gâcher l'essentiel.

Le face-à-face du dîner avec sa femme fut, on s'en doute, un peu triste. Elle n'avait pas d'appétit et dut avouer à son mari le sinistre épisode du métro. Marcelin, le nez dans son assiette, eut conscience que son couple dérivait, emporté par un vent mauvais. Il embrassa May sur la tempe et lui proposa qu'ils parlent après le repas.

— Je me sens trop fatiguée ce soir, mon chéri, je préférerais me coucher tôt.

Le lendemain, elle avait à nouveau rendez-vous à la concession automobile et, assise dans son métro, elle redoutait déjà de retrouver les deux crétins vétilleux et leurs conflits de poissonniers.

Elle fut tentée de rebrousser chemin et de rentrer chez elle, mais elle se raisonna et murmura dans son magazine.

— Il faut savoir ce que tu veux, ma vieille. Tu es avocate et tu as pour clients ces deux andouilles. Ils se tirent dans les pattes et toi, tu ramasses les honoraires. Tout est en ordre et il n'y a rien de mieux pour ton compte en banque.

En marchant un peu vite dans les couloirs de sa correspondance, elle eut à nouveau la sensation d'un éblouissement passager. Le train arrivait, elle pressa le pas pour y monter et très vite oublia l'épisode. Le wagon était pratiquement vide.

Assise sur la banquette, elle consulta son agenda et prit conscience de la date ; le 10 novembre… *et alors*, se dit-elle ? Et alors, elle aurait dû avoir ses règles depuis quinze jours ! Le malaise d'hier, les nausées et la fatigue… elle avait compris.

Une grossesse si tard alors que Gilda était élevée, elle n'y croyait pas.

Tu y crois ou tu n'y crois pas, là n'est pas la question. Être enceinte, ce n'est pas une question de croyance. Que va dire Marcelin ? Nous avons déjà beaucoup de mal à gérer notre travail et à nous occuper de Gilda…

Qu'allait dire Marcelin ? Penser cela était idiot ! Son mari applaudirait des deux mains, lui, ça faisait si longtemps qu'il attendait un deuxième enfant. Elle referma son calepin et leva les yeux.

— Quelle gourde, trop tard, j'ai loupé ma station ! Enceinte, finalement c'est bien, je ne suis donc pas encore trop vieille…

À midi, elle téléphona à la clinique où officiait Marcelin.

— Mon chéri, tu voulais hier soir que nous parlions après le dîner ? Ce soir, je me sens en forme, et moi aussi, j'ai quelque chose à te dire.

— Tu peux me le dire au téléphone.

— Non, pas au téléphone. Au restaurant, si tu veux bien m'inviter.

— Ah bon ! Préviens Gilda, tu souhaites qu'on l'emmène avec nous ?

— Non, tous les deux, je préfère.

— OK, moi je retiens dans un restaurant italien, si ça te convient. Ton secret, ce n'est pas trop grave ?

— Grave, non. Important oui. Bisous, mon chéri, ne rentre pas trop tard.

Le restaurant élégant et gastronomique se cachait dans une petite rue du cinquième arrondissement sur la butte de la montagne Sainte-Geneviève. Il poussa la porte et laissa passer May. Ce soir, elle était radieuse.

— Je pense que nous allons passer une bonne soirée, l'endroit paraît sympathique, où as-tu connu cette adresse ?

— Mon associé à la clinique, il est originaire de Turin. C'est lui qui m'a parlé de ce restaurant, il y vient souvent. Pour lui, c'est facile, il habite au bout de la rue.

Ils furent installés à une petite table près de la fenêtre ouvrant sur la terrasse. Marcelin leva le doigt et le garçon déposa deux coupes de champagne et quelques amuse-bouche originaux. Il ne put attendre plus longtemps.

— Alors, vas-tu enfin me le dévoiler, ton mystère ?

— Bien entendu, car ce mystère ne m'appartient pas totalement. Mon chéri, la femme qui te fait face…

— Eh bien quoi, la femme qui me fait face ?

— Cette femme est enceinte de quinze jours !

— Pour une surprise, c'est merveilleux ! Je pensais que c'était une péripétie dans ton travail. Mais, dis-moi, quinze jours, ce n'est pas beaucoup, tu es sûre ?

— Certaine. Je n'ai pas fait de test de grossesse, mais j'en suis certaine. Le retard de règles, les nausées, les malaises et la fatigue, je te dis que j'en suis convaincue. Tu es content, au moins ?

— Devine ? Mais toi, comment tu vas faire, avec ton boulot ?

— Je me demande. Tu penses, je suis la première femme enceinte qui travaille !

Cette grossesse inespérée allait réactiver leur couple et les motiver beaucoup plus fort pour affronter la vie. Il l'embrassa et la serra dans ses bras, puis il s'assit et la laissa parler... ce soir, elle avait beaucoup à dire. Soigneusement, il détailla ses traits et les petites ridules d'apparition récente qui encadraient ses yeux... Elle paraissait fatiguée, mais avant tout radieuse.

May ne lui en avait jamais parlé, mais cette absence de grossesse sans contraception depuis si longtemps avait forgé chez elle une conviction... elle n'aurait plus jamais d'enfant.

— Demain matin, je veux te voir à la clinique à jeun, nous irons ensemble de bonne heure. Ce que tu viens de me dire est très clair, tu es enceinte, mais il reste à t'examiner et à confirmer la bonne nouvelle.

Ils trinquèrent à ce bonheur qui s'ouvrait à eux, mais Marcelin, soudain sérieux, prévint :

— Une coupe et ce sera tout. Tu le sais, l'alcool n'est pas bon pour l'enfant.

— L'enfant, comme tu dis, il est encore bien petit.

— Justement, il est tout petit et donc très fragile.

Chapitre 32 – *Le cadeau niçois*

1982 : le 9 août, attentat antisémite contre le restaurant Goldenberg à Paris, aussi appelé « la fusillade de la rue des Rosiers ».

**

Ce matin-là, May et Marcelin étaient muets. Ils contemplaient, un peu hébétés, les chromos légèrement stupides affichés sur les murs de cette salle d'attente. L'un et l'autre étaient écrasés de travail et ils avaient pris l'option du premier rendez-vous, afin d'être rapidement libérés.

Alors qu'ils s'apprêtaient à quitter le labo, le médecin sortit de son bureau et leur annonça la bonne nouvelle.

— Madame Hollestein, votre test de grossesse est positif, vous allez être maman.

Bien qu'il ne soit pas étonné par la nouvelle, le futur papa sembla très ému par cette confirmation. Il prit sa femme par le cou, l'embrassa et remercia son confrère.

— Mon cher, vous en conviendrez, je n'y suis pour rien, mais sachez que je le regrette, car votre femme est tout à fait ravissante ! Permettez-moi de vous féliciter, vous avez déjà des enfants ?

May acquiesça d'un mouvement de tête et le biologiste conclut :

— Le reste de l'examen demain matin. Au revoir.

Dans la rue, ils s'embrassèrent à nouveau et partirent chacun de leur côté.

La journée entière, Marcelin fut accaparé par ce qui allait changer leur vie. Bêtement, il imagina que son futur rejeton serait un garçon, un compagnon avec lequel il pourrait faire du sport et même aller au stade, équipé d'une écharpe stupide, voir les grands matches de foot du moment.

Pour la future maman, ce début de grossesse ne fut pas une partie de plaisir. Le début de sa journée de travail se déroulait dans un brouillard nauséeux et le soir elle se couchait tôt, accablée par la fatigue.

Heureusement, au bureau, la situation était calme et elle jugea le moment favorable pour s'octroyer une semaine de vacances. Gilda et May prirent donc le train quelques jours plus tard pour une villégiature reposante à Nice, chez ses grands-parents, ce qui ravit Giovanna.

Le matin du départ, Marcelin accompagna les deux voyageuses à la gare de Lyon et aida à leur installation dans le wagon d'un TGV flambant neuf.

— On dit que jusqu'à Lyon, ce train pousse des pointes à trois cents kilomètres/heure, soyez prudentes et restez bien assises dans vos sièges !

— Ne sois pas inquiet, mon chéri. Alexandre, un stagiaire du cabinet, a pris ce train il y a une semaine et m'a dit qu'on ne se rend compte de rien. Descends vite, on va partir ! J'embrasserai Giovanna pour toi.

Avant de sortir, il cria du fond de la voiture :

— N'oublie pas de m'appeler lorsque tu seras arrivée, j'ai hâte d'avoir des nouvelles de Nice !

May se rendit bien compte de la vitesse entre Paris et Lyon, en s'amusant de ces voyageurs qui devaient se tenir aux sièges pour progresser en direction des toilettes et éviter de tomber sur les genoux de leurs collègues assis dans les travées. Après Lyon, le monstre comme essoufflé se calma et, de Marseille à Nice, ce fut le parcours patelin d'un omnibus de province.

Abreuvé de paysages ensoleillés, le TGV serra ses freins sous la verrière de la gare de Nice. May ouvrit grand les yeux et regarda dehors.

Giovanna, appuyée sur sa canne, les attendait.

— Tu ne peux pas savoir, ma petite-fille, le plaisir que tu me fais en venant passer quelques jours avec moi, on se voit si peu !

May soufflait comme un bœuf en marchant le long du quai et Giovanna s'arrêta.

— Gilda est maintenant beaucoup trop grande pour que tu la portes. Si tu n'y mets pas bon ordre, tu la retrouveras dans tes bras à 18 ans. On va faire un essai. Pose-la sur ses pieds et tu verras, elle se réveillera !

La petite 4 CV stationnée devant la gare les attendait. Giovanna était restée fidèle à la Renault de ses débuts et l'engin, qui dormait chaque nuit sous le porche, avait encore fière allure ; cette petite auto semblait vouée à une vie éternelle. La seule évolution était que Giovanna n'avait plus les capacités de conduire sa vieille compagne mécanique ; elle prenait maintenant la place du passager et donnait moult directives à l'ancienne infirmière de son mari, promue pilote attitré !

Pour en rire, elle avait coutume d'appeler la conductrice Odile, le patronyme que Georgio lui avait attribué pendant plusieurs années.

— Tout le monde se fiche de moi, mais je m'en moque, elle me va très bien ! Certes, elle n'est pas très grande, mais elle se faufile facilement dans les rues du Vieux-Nice. Dans le quartier, c'est maintenant la seule de ce modèle et nous sommes connues comme le loup blanc, n'est-ce pas, Odile ?

— Oui, Madame, mais il n'y a pas que la voiture, moi aussi je commence à me faire vieille, encore deux ou trois ans et je ne conduirai plus.

La bonne « Odile » démarra prudemment en saluant une vieille connaissance. Giovanna lui montra du doigt un raccourci, ce qui fit soupirer la conductrice.

— Tu sais, malgré l'âge qui avance, je me débrouille très bien dans ma grande maison et je n'envisage aucunement d'entrer en maison de retraite.

— Il faudra bien y penser, Madame, car je vous le répète, l'année prochaine, je cesserai mes activités et ne vous rendrai service que pour la conduite.

— Et la 4 CV, qui va s'en occuper ?

Elles arrivaient à leur destination. Giovanna avait fait équiper le porche d'une ouverture automatique dont elle était très fière. Après une laborieuse recherche de la télécommande, elle en pressa le bouton et le vénérable équipage s'engagea royalement sous le porche.

Dans le salon, on sentait l'absence de Georgio et la cruelle omnipotence de la vieillesse, cette vieillesse qui ternissait le lustre d'antan. La maison tournait maintenant au ralenti, rythmée par sa pendule dorée. Certes, elle était propre, grâce aux efforts des deux femmes de ménage, mais sans le vernis des jours heureux et sans les fidèles serviteurs qu'avaient étés Augustine et Alberto. Giovanna était toujours présente et, malgré un début de cataracte, ne s'en laissait pas compter.

— Ma chérie, j'ai la sensation que tu as pris quelques kilos, je me trompe ?

May prit sa grand-mère dans ses bras et lui expliqua qu'elle était enceinte.

— Tu es une cachottière, ma petite, pourquoi ne pas me l'avoir dit au téléphone ?

— Au début, nous n'en étions pas sûrs et je n'ai donc pas voulu t'en parler. Ensuite, j'ai eu de petits problèmes de santé.

— Pas grave, j'espère ?

— Non, pas du tout. Une seconde, je vais aux toilettes.

Lorsqu'elle fut de retour, sa grand-mère lui fit constater que l'écart avec Gilda ne serait pas un handicap et permettrait certainement à son aînée de jouer à la petite maman.

— Tu verras, tu en profiteras plus que de la première.

Elle avait organisé un déjeuner le lendemain, auquel elle avait convié le grand-père de May. Emmanuel n'était plus très jeune et continuait à vivre seul dans sa maison de la baie des Anges.

Seul, plus tout à fait, car il avait, disait-on, rencontré une belle veuve et cette tante Jeanne – comme il aimait l'appeler – faisait des stages d'un à deux jours chez le vieux chirurgien. Ces cures sentimentales brèves et renouvelées l'avaient transformé ! L'homme était maintenant parfumé et on le rencontrait, le sourire aux lèvres, se promenant sur la promenade des Anglais, aidé de sa canne au pommeau d'argent. Emmanuel avait très tardivement retrouvé une joie de vivre dont il avait été si longtemps privé et cette nouveauté se traduisait dans son habillement à la mode de son temps.

Le lendemain matin, May – à la recherche de ses souvenirs – se précipita avec Gilda au fond du parc, là où elle savait trouver la vieille cabane en planches de son enfance.

Elle en ouvrit la porte avec difficulté et battit des mains comme une enfant. La petite voiture rouge de ses 7 ans dormait paisiblement dans un coin de la resserre. Lorsqu'il vit sa propriétaire, le jouet sembla lui sourire. Manifestement, depuis longtemps il l'attendait !

— Gilda, je t'ai souvent parlé de ma voiture de course. Aide-moi, on va la sortir dans l'allée et tu pourras l'essayer.

— Mais, maman, tu ne te rends pas compte, moi aussi j'ai grandi et je ne pourrai jamais en actionner les pédales !

— Tu crois ?

— Voyons, j'ai 12 ans, maman. Je devrai être à table avec vous, demain, pour le grand déjeuner de « Nana » ?

— Tu feras comme tu voudras, mais il est certain que toi et moi nous devrons l'aider à préparer le repas, elle ne pourra pas y arriver seule.

— Ne me dis pas qu'elle va se livrer sans aide à ce travail ?

— Non, bien sûr, il y aura un traiteur, deux serveuses et deux personnes pour débarrasser, mais pour la gestion, il nous faudra l'aider. Au fait, je ne te l'ai pas dit, mais ton arrière-grand-père se joindra à nous.

— Quel honneur, il a quel âge mon super-papy ?

— C'est comme pour les jolies dames, on ne pose pas cette question, mais comme c'est toi, je vais te donner la réponse, il vient d'avoir 83 ans. Ils n'avaient pas plus de 18 ans, Florence et lui, lorsqu'ils ont eu Anne-Marie, ta grand-mère !

— Mon arrière-grand-mère, la mère de ma mamy Anne-Marie, je ne l'ai jamais connue.

— Non, ma chérie, elle est morte très jeune. Un jour, je te raconterai son histoire. Il faut que tu le saches, ces deux-là s'aimaient beaucoup.

La voiture à pédales fut à nouveau rangée dans l'obscurité poussiéreuse de la petite cabane et May pensa que, peut-être un jour, son bébé…

Avec Marcelin et Grim, nous avons passé des jours merveilleux dans ce parc et, maintenant que le temps a fondu, que reste-t-il ? Un vieux jouet rouillé et un coin de pelouse agrémenté d'un rosier où dort mon petit chien.

*

Le lendemain, la grande maison semblait avoir retrouvé une partie de sa joie d'antan et le couvert était dressé dans la petite salle à manger ouvrant sur le jardin. « Nana », assise dans son fauteuil, paraissait émue.

— Ma chérie, si tu savais… Il y a bien longtemps, ton grand-père Georgio était bien sûr encore à la maison, c'est ici que nous avons accueilli pour la première fois ta maman. Anne-Marie était une jeune fille réservée, un peu perdue dans ce monde bavard de français mâtiné d'italien. Quel bonheur, cette rencontre ! Tu ne peux pas savoir, mon cœur en est encore tout ému.

— Mais comment a-t-elle pu débarquer ici ? Elle était belge.

— Son père était veuf et il faisait construire la villa que tu connais afin d'y passer ses vieux jours. Le père et la fille vivaient à l'hôtel en attendant sa finition. Ton papa, le beau Giaco, dont l'essentiel de l'activité consistait à séduire les filles, l'aurait, dit-on, sauvée de la noyade alors qu'elle prenait les eaux dans les bras d'un maître-baigneur… ils avaient l'un et l'autre 20 ans, ils ont fait connaissance et sont tombés amoureux.

— Maman ne m'a jamais raconté cette histoire, c'est bien dommage, car elle est romantique.

— Giaco était, à cette époque, un peu français et beaucoup italien. Il était éperdument amoureux de sa belle et, sans tarder, il nous l'a présentée dans cette salle à manger. Nous avons très vite compris qu'il ne s'agissait pas d'une amourette, mais que cette petite Bruxelloise était la femme de sa vie.

En effet, May imaginait la réserve de la jeune fille qui était maintenant sa mère. Elle était seule à Nice, son père chirurgien à Bruxelles était toujours en activité et il retrouvait sa fille tous les quinze jours à l'hôtel Negresco où elle avait sa chambre.

Gilda se dressa du fauteuil où elle feuilletait un magazine et coupa la parole aux adultes.

— Vous parlez d'Emmanuel, maman m'a dit qu'il venait déjeuner avec nous, il vient quand ?

— Tu n'auras pas longtemps à attendre, tu entends la sonnette du porche ? Va ouvrir, ce doit être lui.

Elle traversa la pièce comme un bolide et ouvrit le grand portail de chêne sans précaution.

— Mon Papy-Em, comme je suis contente de te voir ! Bonjour, Madame.

Gilda embrassa son Papy-Em et son accompagnatrice.

— Ma chérie, je te présente Alice, et toi, mon autre chérie, voici Gilda. Ce petit diable est la fille de May. Je t'ai déjà parlé de tout ce monde, mais tu seras excusée si tu as déjà oublié.

— Bonjour, Gilda, veux-tu t'occuper de Tom ? J'espère qu'il n'y a pas de chats, car il leur mène une guerre impitoyable.

Tom était un adorable petit terrier résigné à se laisser mener par sa laisse de cuir. Elle s'empara du chien et courut jouer avec lui dans le jardin.

Alice et Emmanuel, quant à eux, entrèrent résolument dans le grand salon.

— Bonjour, Giovanna, j'ai préféré te faire la surprise afin de te présenter mon amie Alice, que je tenais à te faire connaître. Elle ne restera qu'un instant et ne déjeunera pas avec nous.

— Enchantée, Alice, mais pourquoi ne vous joindriez-vous pas à nous ? Pour moi, il n'y a aucun problème. Vous savez, Emmanuel restera toujours le même, timide et réservé, pour tout dire terriblement bruxellois ! Lorsqu'il était jeune, il n'y avait qu'une chose qui le libérait, c'était la danse… un danseur de fox-trot fabuleux, que toutes les femmes se disputaient !

Les yeux d'Alice brillèrent de plaisir et elle ajouta :

— Savez-vous que nous avons dansé un slow au casino ?

Danser au casino, que de souvenirs ! Giovanna repensa un instant aux soirées brillantes, à l'ancien établissement de la jetée. C'était de la musique, de la lumière et du champagne. Elle revint sur terre et prit Alice par le bras.

— Alice, je vous en prie, faites-nous la joie de partager avec nous ces quelques instants. La vie est courte et il faut savoir profiter d'elle quand elle est là.

On s'installa dans la salle à manger dont les deux portes-fenêtres ouvertes sur le parc laissaient entrer les rires de Gilda et les jappements de Tom. Un moment, Giovanna sembla émue.

— Pardonnez-moi ! L'odeur de ce vieux rosier me fait remonter tant de souvenirs. Dommage qu'Anne-Marie ne soit pas parmi nous, car elle aussi se souviendrait… C'était une nuit de juin, elle aussi parfumée par ce rosier, et nous avions convié pour la soirée un autre Emmanuel, qui dirigeait les Beaux-arts à Paris. Nous étions réunis autour de la table, tous conscients de notre bonheur, alors qu'à l'est montait jusqu'à nous l'horrible rumeur du nazisme…

Emmanuel voulut détendre l'atmosphère.

— Pardon, ma chère Giovanna, ne resterait-il pas à l'ombre de la cave de notre pauvre Georgio une ou deux bouteilles de champagne ?

— Si, bien sûr. Dis-moi, tu t'enhardis depuis que tu connais Alice !

Après avoir bu une coupe, on s'installa autour de la table et on constata une nouvelle fois que la fréquentation d'Alice avait transformé Emmanuel. L'homme ne paraissait plus son âge, il riait volontiers, intervenait dans les discussions et lançait des œillades d'adolescent à l'attention de sa « tante Jeanne ». À la fin du repas, on vit avec surprise le vieil amoureux se lever et brandir son verre.

— Mes très chers, je souhaite que vous soyez les premiers à connaître la grande nouvelle. Si ma très chère Alice est ici aujourd'hui sans que je vous aie prévenus, ce n'est pas seulement la conséquence de ma mauvaise éducation. Voilà... Nous nous connaissons depuis un an et, depuis peu, nous nous quittons plus. La conséquence de ce rapprochement, c'est que nous attendons un merveilleux événement.

L'assistance était stupéfaite, mais personne ne fit de commentaire, le futur papa poursuivit.

— Oui, je vous entends très fort, lui, il est vieux et elle est encore jeune, mais c'est comme ça ! Alice a bientôt quarante ans et elle n'a jusque-là jamais eu d'enfants... pour notre grand plaisir, la voici enceinte de trois mois.

Pendant un moment, un silence gêné plana autour de la table. May, en particulier, comprit très vite que son bébé, à naître dans six mois viendrait au monde sensiblement en même temps que celui de son grand-père ! Tout ceci lui chavira quelque peu la tête, mais elle se reprit et leva son verre.

— Félicitations à tous les deux, et pardonnez-nous cet instant de surprise, pour tout dire on ne s'y attendait pas vraiment.

Alice sourit, leva elle aussi son verre et lança :

— Pour vous détendre, sachez-le, nous non plus on ne s'y attendait pas, mais nous sommes très heureux.

Giovanna demanda.

— À propos, Alice, vous habitez Nice ?

— Non, j'ai un appartement à Beaulieu-sur-Mer, mais nous comptons nous installer tous les trois quai des États-Unis.

***

Le soir, dans l'intimité de sa chambre, May ne put résister au plaisir d'appeler Marcelin.

— Mon chéri, tu es assis ?

— Non, je suis couché.

— Parfait, écoute-moi.

Elle lui raconta en détail le repas de midi rue Sainte-Réparate. Au bout du fil, ce fut un silence complet suivi d'un immense éclat de rire ne permettant plus aucune conversation.

Lorsqu'il fut enfin calmé, il posa la question que tout le monde avait au bout des lèvres.

— Mais il a quel âge, notre Emmanuel ?

— Je ne suis plus sûre, 83, je crois. Je sais que Florence et Emmanuel étaient très jeunes lorsqu'ils ont eu Anne-Marie, 18 ans, je crois. Giaco et Anne-Marie se sont connus à Nice à peu près au même âge. Ce qui est certain, c'est que notre Emmanuel est très vieux, mais si tu le voyais…

— Tout cela me rassure, j'en ai encore pour de nombreuses années !

— Oui, à condition que tu trouves comme lui une jeunette qui veuille bien de toi. Tu le sais, je pense, à cet âge le charme d'un homme c'est avant tout l'épaisseur de son compte en banque.

— Pour être franc avec toi, ma chérie, et peut-être trop pragmatique, je n'y crois pas à ce père vénérable et tardif.

— L'essentiel n'est pas de savoir si on y croit ou pas, l'important c'est le bonheur de notre Emmanuel.

Elle l'entendit ruminer au bout du fil, puis ils changèrent de conversation. Déjà, May lui manquait. On sentait toujours, chez ce grand gaillard maintenant doté de responsabilités importantes, la faille de l'enfant juif caché derrière les hauts murs de la maison de Nice. Sans la présence de celle qui avait été sa sœur aînée avant de devenir sa femme, il était perdu dans la vie comme un enfant égaré dans un grand magasin.

— Tu prépares bien tes repas comme je te l'ai dit ?

— Oui, je dîne le soir à l'appartement, mais à midi je déjeune à la cafétéria de la clinique.

— Avec les infirmières ?

— Bien sûr, avec les infirmières, il m'est difficile de les mettre dehors ! Tu rentres quand ?

— Dans quatre jours, comme prévu. Demain, je vais faire des courses avec Alice au quartier Masséna. Bonne nuit, mon amour.

— Attention à vos fréquentations, ne me ramène pas un gigolo. Je me méfie un peu de ta nouvelle amie.

— C'est nul ! Bisous.

Dans la salle de bains, pendant qu'elle se préparait pour la nuit, elle sourit.

Elle paraît sympa, cette Alice, et en plus nous avons presque le même âge, il a raison, j'aimerais bien m'en faire une amie.

Le silence fut long à tomber sur la grande maison. Hors les murs, la rumeur populaire ne parvenait pas à s'éteindre. On jouait aux cartes dans la rue, on se disputait sous les combles et c'était même les bruits peu atténués des ébats sous la couette qui semblaient être en compétition d'une maison à l'autre.

C'était ça, le Vieux-Nice : des rues si étroites qu'on pouvait se serrer la main d'un immeuble à l'autre et où on éprouvait toujours une grande difficulté à dormir la nuit.

Gilda ne connaissait pas la maison et, sans l'avouer trop ouvertement, elle avait un peu peur de ce vieux palais aux dimensions démesurées, aussi avait-elle demandé pour ce soir à coucher avec sa mère.

À peine allongée dans la senteur de lavande des draps provençaux, elle s'endormit comme un bébé.

*

Le lendemain, les deux femmes accompagnées de Gilda musardaient sous les arcades de la place Masséna. May sentait la gêne d'Alice.

— Croyez-moi, ce n'est pas très facile d'être en même temps la maîtresse de votre grand-père et l'amie de sa petite-fille !

— Je m'en doute, mais je vous propose de ne pas nous enfermer dans cette rhétorique un peu vieillotte. Promenons-nous et cherchons le maillot de bain qui nous conviendra pour l'été prochain. N'oublions pas… nous serons grosses !

Alice rougit de plaisir et s'arrêta pour embrasser May.

— Je sens que nous deux, nous allons bien nous entendre.

Chapitre 33 – *Bon père et bon mari...*

1982 : le 29 août, début de l'affaire des « Irlandais » de Vincennes. Des membres du G.I.G.N font irruption dans l'appartement d'un Irlandais à Vincennes et déclarent que cet homme et ses amis, membres de l'IRA, sont en possession d'un stock d'explosifs. On découvrira plus tard qu'il s'agissait d'une machination, les armes et explosifs ayant été déposés par les gendarmes.

*
* *

Ce soir, il sifflotait en dévalant le petit escalier qui contournait les immeubles modernes ; cette sente, stabilisée par des marches en rondins, servait de raccourci à ceux d'en bas. Lui, il faisait partie des douze familles qui avaient le bonheur d'habiter les petits pavillons avec jardin tout près de la Marne ; ceux d'en bas, il en était...

Il rentrait tôt, mais pourtant la nuit était tombée et les lumières de la ville dansaient sur l'eau comme des lucioles. Elles lui évoquaient des bougies frileuses plantées sur la boule à facettes de la guinguette, là-bas, un peu plus loin sur le vieux quai. Il imagina ses enfants dans leur chambre, tous les deux attablés à leur bureau, et Monique assise à la cuisine et donnant un cours particulier à un élève du collège.

Il traîna le long du chemin étroit qui suivait comme un serpent le cours du fleuve et, arrivé devant sa maison, il rentra la poubelle et pesta contre cet essoufflement qui l'obligeait à faire une pause au milieu de l'escalier du perron. Décidé à prendre son temps et à réfléchir, il se posa sur une marche et posa le regard sur une maison illuminée de l'autre rive.

Qu'a-t-elle voulu me dire ? Je l'entends encore me distiller ces mots perfides.

— Méfiez-vous, Monsieur Dutourt, c'est une maladie certainement très contagieuse ! Nous la connaissons encore mal, mais ce que nous apprenons des malades américains nous donne à penser qu'elle se propage avec les rapports sexuels.

Et elle avait ajouté.

— Vous êtes marié, Monsieur Dutourt ?

Il avait acquiescé avec un peu de honte.

— C'est oui ? Alors il faut dès maintenant que les rapports que vous aurez avec votre épouse soient protégés par un préservatif.

Il avait rétorqué au médecin qu'il n'avait jamais enfilé ce type de protection caoutchoutée depuis qu'il connaissait sa femme et qu'elle ne comprendrait pas cette nouvelle pratique.

— Vous lui expliquerez que vous êtes malade et qu'elle risque de contracter votre affection si vous faites l'amour sans préservatif.

Il avait hoché du bonnet, convaincu par le dernier argument, et avait jugé nécessaire d'ajouter :

— Mais elle, ma femme, elle est peut-être déjà contaminée ?

— Peut-être, en effet, aussi sera-t-il nécessaire que je l'examine au plus vite. Vous allez prendre rendez-vous l'un et l'autre la semaine prochaine. Attention, pas ensemble !

Il avait baissé la tête face à cette femme dont l'autorité et le sang-froid l'impressionnaient. Elle était blonde et portait sous sa blouse blanche un pull noir à col cheminée et une jupe noire sur des collants de la même couleur. Elle était distinguée et exhalait un parfum qui semblait être attaché à sa personne. Pour un homme qui aimerait les femmes, elle serait assurément désirable, mais lui, elle l'impressionnait beaucoup.

Avant de sortir, il avait osé lui poser une dernière question…

— Moi, Docteur, comment ai-je été contaminé ?

— Vous allez me le dire. Votre femme, peut-être ? Les tests nous en diront plus. Vous avez pour habitude d'avoir des relations sexuelles avec d'autres partenaires, femmes ou hommes ?

Il était resté muet et n'avait pas eu le courage d'avouer à ce médecin ses multiples aventures dans des officines interlopes du quatrième arrondissement. La consultation était terminée, elle s'était levée de son bureau et lui avait tendu la main.

— Monsieur, au revoir. En sortant, n'oubliez pas de prendre rendez-vous pour vous et de façon décalée pour votre épouse. En attendant, réfléchissez à ce que je vous ai dit. Pour notre prochaine entrevue, j'aurai besoin de plus de précisions.

Il avait toutes les images de cet entretien gravées dans sa tête. Il se leva de la marche d'escalier où il s'était reposé quelques instants ; il était triste et comprenait ce soir que les ressorts de sa vie n'étaient plus entre ses mains.

Il essuya son pantalon et quitta à regret la vision ondulante et faiblement colorée de la Marne, sur laquelle un amateur de canoë nocturne regagnait son ponton. Le salon éclairé de sa maison le replaça face à la réalité.

— Bonsoir, ma chérie, bonsoir, les enfants.

Il embrassa toute la petite famille, posa son porte-documents sur le bureau et mesura alors l'énorme gâchis qu'il avait fait de sa vie.

Comme dans un film, il vit Monique raccompagner son jeune élève à la porte et saluer son père qui stationnait devant le pavillon. En rentrant, elle lui sembla joyeuse.

— Nous voici entre nous, je termine la préparation du repas. Ce soir, quiche lorraine et salade, tout le monde est content ?

Elle le savait, les enfants adoraient la quiche. Ils manifestèrent d'ailleurs leur enthousiasme en tapant sur la table et Jacques se tourna discrètement pour masquer son émotion.

Dans la salle à manger, les garçons disposaient maintenant les assiettes du dîner et se chamaillaient pour une raison qu'il ne parvenait pas à comprendre. Lui, dans un coin, il tapotait nerveusement le cuir de son bureau avec un coupe-papier. Brusquement et avec calme, il prit une décision…

— Chéri, à table, c'est prêt !

Il sortit des toilettes et se lava les mains ; la glace lui renvoya un visage blafard et amaigri. Il éteignit la lumière pour chasser le spectre, entra dans la salle à manger et essaya de paraître enjoué.

— Je vois que tout le monde a faim, ce soir maman n'a pas besoin de crier dix fois dans l'escalier pour vous faire venir à table.

— Ce soir, c'est de la quiche, papa, de la quiche avec des petits lardons.

Monique s'inquiéta en le voyant affalé dans son fauteuil. Monique s'inquiétait toujours.

— Mon chéri, tu es fatigué, tu as eu des soucis au bureau ?

— Non pas du tout, tout va bien au travail.

Elle était sortie de la pièce et n'avait rien entendu de sa réponse. Elle manqua laisser échapper un plat en le sortant du four et jura, car elle s'était légèrement brûlé la main.

— L'eau froide, plonge-la sous l'eau froide.

Il s'était levé et examinait la main de sa femme.

— Tout va bien, mon chéri, je ne sens plus rien.

Il lui déposa un petit baiser sur la joue et lui dit :

— Il faudra que je te parle après le dîner.

— Grave ?

— Non, pas du tout, tu verras.

Après le dîner, les enfants étaient autorisés à regarder pendant une heure une émission de télévision qui leur était destinée. Jacques dut lui-même tourner le bouton du poste et crier.

— Au lit !

Après avoir accompagné sa femme dans la chambre des enfants, il descendit avec elle à la cuisine.

— Tu avais raison, tout à l'heure. Je suis un peu fatigué et j'ai pris un rendez-vous à l'hôpital pour un bilan.

— Tu aurais pu me le dire !

— C'est vrai, mais j'y suis allé ce matin et, comme il y avait une défection, j'ai pu bénéficier d'une place le jour même sans rendez-vous.

Il lui expliqua que la femme-médecin avait dit qu'il présentait un début d'affection actuellement mineure, mais qu'il fallait surveiller.

Rien de bien méchant pour l'instant.

— L'ennui de cette histoire, c'est que cette maladie est vraisemblablement contagieuse et le médecin m'a demandé de prendre un rendez-vous de consultation pour toi, mercredi prochain.

— Mercredi, mais c'est le jour où les enfants…

— Les enfants, tes parents pourront certainement s'en occuper si on les prévient assez tôt.

— D'accord, mon chéri, je vais m'arranger. En ce qui concerne ta santé, je vais te préparer de bons petits plats qui vont, j'en suis sûre, te redonner de l'appétit…

Il embrassa sa femme et prévint qu'il se coucherait tôt. Monique avait des copies à corriger et le rejoindrait plus tard. Il monta jusqu'à sa chambre et, lorsqu'il fut seul, il s'accouda au balcon et alluma une cigarette, il réfléchit en regardant le flot calme et rassurant de l'eau qui descendait vers Paris.

Le visage d'Alain lui apparut. Il essaya de chasser cette image, mais n'y parvint pas. Certainement l'aimait-il trop, plus que la raison ne l'aurait voulu, plus que la volonté ne l'aurait pu et plus que l'intelligence ne l'aurait conçu… c'était comme ça, il était le spectateur de ses sentiments et n'y pouvait rien !

Et puis, il y avait cette maladie qui l'essoufflait dans les escaliers. Ne l'aurait-il pas transmise à Monique ?

Jacques ne se sentait capable de rien, incapable d'annoncer cette nouvelle à Alain et incapable de vivre avec ce poids. Maintenant, il pleurait sur son balcon comme un enfant face au piège qui venait de se refermer.

Monique s'était couchée vers minuit. Il l'avait entendue monter en silence, puis elle s'était préparée dans la salle de bains avant de se glisser dans le lit. Elle l'avait alors discrètement embrassé sur la tempe pour ne pas le réveiller et s'était tournée avant de s'endormir.

Il se surprit à maudire la discrétion affectueuse qui caractérisait l'attitude de sa femme. Pourquoi ne lui avait-elle pas parlé, pourquoi ne l'avait-elle pas secoué comme on l'eût fait avec un adolescent envers lequel on est arrivé à bout d'arguments. Non, cette tempérance, c'était elle ; elle, la femme parfaite ! Certainement trop parfaite pour lui qui se jugeait ce soir comme un être abject, un lâche ne méritant plus de vivre.

Chapitre 34 – *Le parapet*

1982 : le 17 septembre, l'ancienne actrice Grace Kelly, devenue la princesse Grace de Monaco, se tue au volant de sa voiture sur une route de corniche proche de la principauté.

* *

Ce furent les enfants qui le réveillèrent. Le soleil levant se reflétait timidement sur la Marne et, en bas, on se disputait un paquet de céréales ou peut-être se disputait-on sans raison. Les protagonistes baissèrent d'un ton lorsqu'ils aperçurent leur père dans l'escalier.

— Maman n'est pas descendue ? Elle n'est plus dans la chambre.

Il ne reçut pour toute réponse qu'un grognement émanant d'un bol de chocolat, grâce auquel il crut comprendre qu'elle était sortie au jardin.

Il revit Monique quelques instants plus tard, les bras chargés d'un bouquet de pivoines.

— Ma chérie, aujourd'hui je prendrai la voiture, car j'ai deux rendez-vous dans la journée : un à l'ouest de Paris, à Bois-d'Arcy, et un autre à l'est en fin d'après-midi, au Perreux.

— Surtout, essaie de te ménager, tu es fatigué et tu n'es pas obligé de conquérir le monde entier en une seule année !

Il sortit la voiture du garage et jeta un regard sur la Marne dont le calme semblait le narguer ; l'eau coulait sans bruit vers l'aval, soyeuse et faiblement colorée, elle semblait l'attirer pour un voyage de douceur.

En remontant vers le pont de Nogent, il se ressaisit. N'était-il pas heureux ? Une belle situation, une délicieuse maison avec jardin que tous ses amis lui enviaient, deux beaux enfants et une femme parfaite. Il sourit en se faufilant dans un embouteillage.

Même ma voiture est formidable, c'est dire ! Je suis certainement heureux, mais comme les gens gâtés, je ne sais pas le reconnaître. Le problème, c'est qu'un bonheur comme celui-là, ça s'appelle autrement que du bonheur, c'est de l'hypocrisie !

Il klaxonna un automobiliste somnolent, puis décida de se calmer. Il allait traverser le pont de Nogent quand il fut ralenti par des travaux.

— C'est le grand bazar un mois sur deux, sur ce pont !

Toute sa journée de travail se déroula sans événement particulier. Le temps avançait et Jacques avait constamment devant les yeux l'image d'Alain avec son regard souriant et porteur de tristesse.

Comment chasser ce souvenir de son cerveau, comment oublier cette liane ondulante qui s'enroulait autour de son corps lorsqu'ils étaient au lit et qui se cachait soudain pour embrasser ses parties les plus intimes ? Puis le serpent apparaissait à nouveau, lascif, et la bouche humide quémandait un nouveau baiser.

Alain, c'était désormais son compagnon, un amour et un diable dont il ne pourrait plus se passer. Il le savait, il en serait pour toujours le serviteur.

C'était maintenant le soir. Jacques était dans un état de nervosité extrême, il rentrait du travail au volant de sa grosse voiture noire. Un moment, il lâcha le volant pour s'arracher les cheveux, mais, malgré tous ses efforts, Alain était toujours là, face à lui, le narguant avec son sourire pervers et ses mains inquisitrices.

Alors qu'il pénétrait sur le pont en travaux, il écrasa la pédale d'accélérateur du plus fort qu'il put et, comme un fou, fixa les barrières. D'un cri rauque, il vomit sa haine de lui-même et son dégoût de la vie, et ses yeux révulsés entrevirent alors le fleuve qui coulait paisiblement en contrebas.

— Je suis une ordure, un lâche et un salaud !

La Mercedes noire fit voler vers le ciel les barrières de sécurité et pulvérisa un tas de sable qui s'envola puis retomba sur le bitume comme une pluie de grêle. Enfin, la voiture se souleva comme dans un ralenti cinématographique pour disparaître, happée par le vide… Jacques avait perdu connaissance…

Là-haut sur le pont, les automobilistes affolés descendaient de leur véhicule immobilisé par le chaos. On courait de toute part, mais on sentait bien que l'irréparable était là, au milieu de la poussière et du désarroi… La voiture noire avait disparu, aspirée par la mort.

— Elle est tombée dans la Marne ! C'est foutu.

Le capitaine des pompiers appelé en urgence, debout sur le marchepied de son camion, téléphonait à la brigade fluviale afin qu'ils envoient d'urgence les plongeurs pour repérer la Mercedes enfouie sous les algues. Il se pencha vers le vide pour jeter un œil et eut la surprise de voir la voiture immobilisée au ras de l'eau.

Il fit un grand signe du bras et cria à ses collègues :

— Venez voir les gars, l'auto est là, elle est posée sur l'échafaudage installé pour réparer la pile du pont ! Quel pot, elle n'est pas tombée à la flotte !

En effet, la grosse voiture s'était encastrée dans un fouillis de barres de ferraille qui la maintenaient hors de l'eau dans un équilibre instable. Il ajouta au téléphone à l'intention de ses interlocuteurs de la caserne.

— En plus des fluviaux, il me faut le camion-grue de quarante tonnes pour sangler le paquet et le remonter.

Des curieux indisciplinés s'agglutinaient sur le pont au risque d'être avalés par la brèche, aussi leur demanda-t-on de quitter les lieux.

*
* *

Attaché sur son siège, Jacques ouvrit péniblement les yeux. Il avait très mal à la tête, mais ne savait pas pourquoi. En limite de conscience, il se mit à rouspéter contre le crétin qui avait placé ce gros ballon blanc tendu devant ses yeux qui le gênait pour apercevoir l'extérieur.

Une terrible douleur à la hanche gauche lui arracha un cri ; elle lui interdisait de plier sa jambe. Il tourna lentement les yeux et vit de l'eau couler à un mètre sous ses pieds, il se sentit alors fatigué et perdit à nouveau connaissance.

Sur le perron de pierre de leur coquette maison de banlieue, Monique et les enfants, les yeux levés vers le pont, essayaient de comprendre le tintamarre qui neutralisait la circulation.

— Deux voitures ont dû se rentrer dedans et c'est probablement sérieux, tu as vu, il y a un de ces bazars... des ambulances, les pompiers et la police !

— Papa va bientôt arriver là-dedans et il va être bloqué. Maman, regarde le camion qui arrive, avec son énorme grue sur le dos !

La Marne rafraîchissait la soirée. Monique frissonna et fit entrer les enfants, qui oublièrent l'embouteillage et coururent comme des automates devant la télévision. Dans la cuisine, elle s'assura que le four était chaud, mit ses mains en porte-voix et se retourna vers le salon.

— On dînera dans une heure, quand il sera rentré.

Soudain, elle se souvint qu'elle n'avait pas fait le lit de leur chambre. Elle monta péniblement à l'étage, car la journée avait été éprouvante. Cette classe de 3e qu'elle portait à bout de bras était certes attachante, mais le travail était rendu compliqué par deux gamins ingérables avec lesquels elle perdait un temps fou.

Elle se préparait à tirer la couette lorsque son regard fut attiré par un papier qui dépassait de son oreiller. C'était une lettre...

Ma chérie,

Lorsque tu liras ce mot, j'aurais disparu de ce monde, ma carcasse aura pris son envol vers le ciel des ignominieux et tu en seras débarrassée. Surtout ne conclus pas trop vite que je suis fou.

Avant de me juger, lis d'abord ces quelques lignes qui seront les dernières.

Je suis le père de deux enfants magnifiques que j'aime et dont l'éducation me donne toute satisfaction, j'exerce un métier qui permet à la famille de vivre sans soucis matériels. Ni toi ni moi, et pas plus les enfants, n'avons eu à ce jour le moindre souci de santé.

Toi, Monique, tu es une femme douce et intelligente que j'adore. Oui, tu as bien lu, et là est le paradoxe : je t'adore comme au premier jour, le jour de notre rencontre au marché aux fleurs par ce beau matin de printemps.

Et alors, pourquoi cette lettre, pourquoi cette ambiance dramatique, que manque-t-il au bonheur de ton mari ?

Monique, ma chérie, celui qui t'écrit a pris conscience qu'il ne te méritait pas... Je te trompe, ma chérie, et te cache une autre vie qui depuis peu s'impose à moi.

Je suis lâche, faible et incapable de mettre fin à une liaison qui me dévore et ne pourrait, si je prétendais continuer à vivre, que te détruire.

Ce soir, prends ton auto pour un petit trajet. Dirige-toi vers le pont de Nogent et, arrivée sur place, tu constateras que le côté droit du parapet est détruit. C'est moi qui l'aurai forcé en me jetant dans la Marne au volant de ma voiture...

Surtout ne montre cette lettre à personne, détruis-la immédiatement après l'avoir lue. Comme tu le sais, j'ai contracté une importante assurance-vie dont tu es la bénéficiaire. Si ces gens apprenaient qu'il ne s'agit pas d'un accident, mais d'un suicide, tu ne toucherais pas cette somme. C'est cet argent qui te mettra à l'abri des soucis matériels et te permettra d'élever les enfants.

Adieu, mon amie, et ne me regrette pas, car je ne mérite ni ton amour ni ta compassion.

Jacques

Elle se rendit dans le bureau attenant, les yeux hagards, et en marchant comme si elle était en état d'ébriété. Bêtement, elle tenait le papier pendu à sa main. Un briquet traînait dans un tiroir, elle mit le feu à la lettre en se disant que le geste ferait aussi disparaître cette horrible histoire.

Après s'être brûlé les doigts, elle tourna la tête et se vit dans un petit miroir. Elle était pâle, mais ne pleurait pas, bien que son cœur brisé soit planté au bord du gouffre qui l'entourait.

En fait, elle comprit très vite qu'elle ne croyait pas une seconde aux mensonges de cette missive, cette lettre qui était si vite apparue dans sa vie et puis aussitôt était partie en fumée. C'était du mauvais cinéma !

Certes, Jacques n'était pas rentré, mais ce n'était pas grave, car il n'était pas très tard et d'ailleurs, il n'allait pas tarder.

Sur le palier, elle dit quelques mots aux enfants pour leur annoncer qu'elle sortait faire une course ; ils étaient absorbés par la télévision et, comme bien souvent, ils ne l'entendirent pas.

En sortant, elle frotta sa voiture au pilier du portail, puis immobilisa le véhicule quelques instants pour se ressaisir. Machinalement, elle se trouva sur le quai d'Artois en direction du pont. Sa voiture ronronnait comme un chat familier. Elle ne mit que cinq minutes pour arriver sur place et tenta de ranger son véhicule à proximité, mais elle en fut empêchée par un gendarme qui réglait la circulation.

— Vous ne pouvez pas stationner ici, Madame !

— Il y a eu un accident sur le pont ce soir ?

— Circulez ou je verbalise.

— Je suis la femme de la personne… Y a-t-il eu, oui ou non, un accident sur ce pont ?

— Il y a bien eu un accident, vous me dites que vous êtes la femme de l'accidenté ? Si c'est le cas, vous avez été prévenue par mes collègues. Grâce aux papiers du conducteur, nous avons obtenu votre adresse et le lieutenant s'est rendu chez vous.

— J'habite là, en bas au bord de la Marne, sur le quai d'Artois.

Le gendarme stoppa la circulation sur les voies d'en face pour leur permettre de traverser. Elle montra sa maison de la main. En effet, une voiture de gendarmerie stationnait aux abords du pavillon.

— Vous avez dû vous croiser, attendez, nous allons essayer de les appeler de la voiture.

Elle apprit que le conducteur de la Mercedes noire, dénommé Jacques Dutourt, était blessé, mais vivant. Par miracle, sa voiture n'avait pas plongé dans le fleuve, mais s'était posée délicatement et était restée suspendue dans le dédale de l'échafaudage installé pour restaurer la pile du pont.

Le blessé avait été extrait de la carcasse, avait été installé sur un brancard et ensuite on l'avait hissé au moyen d'une grue disposée sur le pont. De là, il avait été transporté en ambulance à l'hôpital Saint-Louis.

Le brigadier, au visage de bon père de famille, mit sa main sur le bras de Monique et lui confia avec le sourire.

— Votre mari est sérieusement touché, mais on me dit qu'il a repris conscience dans l'ambulance. Soyez confiante, il va s'en sortir.

On stoppa à nouveau le trafic pour lui permettre de faire demi-tour, elle remercia et retourna s'occuper de ses enfants. La voiture de gendarmerie se retira lorsqu'on eut appris aux fonctionnaires que la femme avait été avertie de l'accident. Monique stationna devant son garage et entra dans la maison.

Les deux téléspectateurs n'avaient pas bougé d'un pouce. L'aîné lui fit savoir qu'un gendarme l'avait demandée et, comme elle n'était pas là, il était retourné à sa voiture.

Malgré les récriminations, elle éteint le poste et demanda aux deux amateurs de foot de rejoindre la table. Elle leur expliqua brièvement la situation, en évitant de les affoler.

— Votre père est hospitalisé après un accident de la circulation sans gravité.

Elle leur promit qu'ils le verraient le lendemain.

En chargeant le lave-vaisselle, elle continua de les mettre en confiance.

— Ce n'est pas un accident important, ne soyez pas inquiets. Ce soir, vous ne pourrez pas le voir, mais moi j'irai à Saint-Louis et je vous raconterai.

Après dîner, elle coucha les deux enfants et constata en embrassant son aîné qu'il avait les yeux humides.

— Ne crains rien, mon chéri, je te le répète, ton papa va bien !

Monique ne rencontra pas d'embouteillage sur le trajet et arriva place de la Nation en dix minutes. Elle se plaça sur la voie de droite et se dirigea vers le canal Saint-Martin. Tout en conduisant, elle pensait à la lettre et se rendait compte que, finalement, elle ne tenait pas tellement à savoir qui était la mystérieuse maîtresse dont parlait Jacques. Il était vivant et, pour le moment, c'était l'essentiel. La petite place devant l'hôpital était éclairée par des réverbères tristes et poussiéreux et, après s'être renseignée, elle ne fut pas longue à trouver son mari qui occupait un lit de réanimation.

On lui permit de se rendre à son chevet après l'avoir affublée d'une blouse et d'une charlotte. Jacques semblait dormir ; son visage était reposé, bien qu'il fût impressionnant avec ses pansements, sondes et tuyaux.

Assis à l'écart dans un coin de la chambre, un homme d'une trentaine d'années semblait observer le blessé avec anxiété. Il se leva à son arrivée et la salua. Elle crut bon de se présenter.

— Monique Dutourt, l'épouse de Jacques.

— Alain de Broca, je suis un collègue de votre époux.

Elle sourit discrètement à cet Alain dont elle n'avait jamais entendu parler. Il ajouta à son intention :

— J'ai été prévenu de l'accident par la gendarmerie et me suis précipité, votre époux avait certainement inscrit mon numéro de téléphone sur son agenda.

Elle acquiesça d'un mouvement de tête et s'assit auprès de Jacques.

Chapitre 35 – *Maxime*

1982 : sortie en salle de La Passante du Sans-Souci. *Max Baumstein, un homme respecté et pacifique abat l'ambassadeur du Paraguay et, après son geste, se livre à la police et explique que cet ambassadeur est un ancien nazi responsable de l'exécution de toute sa famille...*

**

La secrétaire frappa à la porte et parla d'un appel téléphonique. Le docteur Trabert lui demanda d'attendre, car elle examinait une femme. Quelques secondes plus tard, elle ouvrit et demanda qui était au bout du fil.

— Docteur, c'est les gendarmes, je vous les passe.

Elle acquiesça sans lever la tête de son bloc d'ordonnances et, à la première sonnerie, souleva le combiné.

— Allô, Docteur ? C'est la gendarmerie du Perreux, dans le Val-de-Marne. Nous nous permettons de vous déranger, car nous avons trouvé votre numéro dans l'agenda d'un accidenté de la route avec l'annotation « Prévenir en cas d'accident ». La personne se nomme Jacques Dutourt, trente-cinq ans, brun, taille moyenne, il serait avocat. Il est hospitalisé depuis hier soir aux urgences à l'hôpital Saint-Louis.

Helena réfléchit un court instant et finit par se souvenir du patient. Elle l'avait examiné à sa consultation du jeudi matin et c'est elle qui lui avait conseillé de noter le numéro de téléphone de son cabinet.

— Merci de m'avoir prévenue, c'est en effet un de mes malades, il vous semble gravement touché ?

— Je n'y connais pas grand-chose, la tête et une jambe, je crois, mais on vous en dira plus à l'hôpital.

Après avoir raccroché, elle se tourna vers sa patiente allongée sur la table d'examen et reprit son interrogatoire. En elle-même, elle se dit qu'elle ne traînerait pas pour aller donner des infos à ses collègues, car ce Dutourt était atteint du Sida, ce qui impliquait certaines précautions. Vers 14 heures, elle se rendit donc aux urgences pour rencontrer le chef de clinique responsable de Dutourt.

— Salut Helena, on ne te voit jamais en salle de garde. En même temps, je n'en suis pas très étonné, ta rigueur naturelle ne te pousse pas à écouter nos conneries. Superbe Helena, toujours vêtue de noir, comme si elle était en deuil !

— Si on te demande pourquoi je m'habille en noir ou en rouge, tu répondras que tu n'en sais rien et qu'en plus ça ne te regarde pas !

— Tout de suite les griffes sorties, tu sais que tu n'es pas baisante !

— Qu'en sais-tu, tu n'as jamais essayé ! Et puis, ça suffit, je ne suis pas là pour rigoler. Tu dois avoir dans un de tes lits un de mes patients. Son nom est Jacques Dutourt, il est porteur du Sida, méfiez-vous, car il est fragile.

— Oui, on sait depuis cette nuit. Les orthopédistes l'ont opéré ce matin de bonne heure, une fracture de la diaphyse fémorale propre et fermée, ils l'ont enclouée. On le garde encore quelques jours pour surveiller une embarrure du crâne, heureusement non compliquée. À mon avis, dans trois jours on vous le passera. Allez salut, jolie blonde !

— Salut, don Juan, une bise à Clémence de ma part.

— Clémence, elle est enceinte.

Elle éclata de rire.

— Clémence, enceinte ! Tu aurais pu me le dire avant. Le nourrisson, tu verras, ça te calmera, tu emmerderas moins les filles.

Helena sortit dans la cour en souriant. Elle se disait que son collègue n'avait pas tort, sa présentation austère n'incitait guère les hommes à l'approcher. Elle murmura alors en ouvrant la porte de son cabinet :

— Moi les hommes, une fois pour toutes, je n'en ai pas besoin. J'ai mon métier et mon fils à élever, c'est largement suffisant à mes journées. Tant pis si je dois affronter tous les soirs, mon appartement vide et les questions de mes parents.

Elle rangea soigneusement sa blouse et s'habilla pour sortir.

Au volant de sa voiture, elle pensa à sa vie que son entourage qualifiait de pauvre et sans relief. Il lui sembla encore entendre sa mère lui confesser avec une certaine anxiété :

— Certes, tu es devenue médecin et on se doit de te féliciter, car ta réussite est un véritable orgueil pour toute la famille, mais en dehors de ça, en dehors de tous ces malades que tu entoures et dont tu essaies de limiter les souffrances, que te reste-t-il ?

Elle freina en urgence pour préserver la vie d'un vieux chat qui traversait la rue en boitant. Elle dit à haute voix :

— Que me reste-t-il ? Je suis utile à la société et j'élève mon fils du mieux que je peux, et tout ceci ne me semble pas négligeable !

Elle descendit au parking de son immeuble, éteignit le moteur de sa petite Citroën et s'engouffra dans l'ascenseur. Elle pensa alors, le visage rembruni :

Peut-être est-il malsain que je loge dans un appartement situé à deux étages au-dessous de celui de mes parents ? Malsain, mais très utile. Je vais récupérer Maxime qui aura déjeuné et fait ses devoirs.

Dans le couloir, non loin de chez sa mère, elle croisa une charmante vieille dame qui la salua.

— Bonjour, Docteur, merci beaucoup pour vos conseils. Mon genou, ça va mieux.

Elle retrouva les siens avec plaisir et se dit qu'elle était un peu folle. À chaque fois qu'elle revoyait son fils, même après l'avoir quitté le matin, elle était convaincue qu'il avait grandi de quelques centimètres. Ce soir-là, pour la première fois, elle constata autre chose et ce quelque chose était indubitable... Maxime ressemblait de façon troublante à son père.

Chapitre 36 – *Poursuivi par le parfum*

1982 : le 18 octobre, mort à Paris de Pierre Mendès France.

**

L e docteur Trabert poussa la porte de la chambre où son patient dormait paisiblement.

Dans un coin, assis sur un fauteuil, un homme semblait veiller sur lui. Elle ne fit aucun commentaire, mais comprit qu'il s'agissait du compagnon de Jacques Dutourt. À son entrée, le malade ouvrit les yeux et la salua.

— Bonjour, Docteur, mon vol plané ne va pas vous simplifier la tâche !

— Vous avez été opéré, Monsieur Dutourt, et vous allez bien. Dans quelques jours, vous serez transféré dans mon service.

Le visiteur de Jacques se leva.

— Je trouve monsieur Dutourt fatigué et sans appétit, pour tout dire il m'inquiète.

Helena tourna la tête vers son interlocuteur et lui demanda qui il était.

— Je suis Alain de Broca, un ami de Jacques.

— Un ami ou l'ami ?

— Je vous trouve bien indiscrète.

— Je suis médecin et, par définition, indiscrète ; si vous êtes l'ami de monsieur Dutourt, je vous invite à prendre rendez-vous à ma consultation, car il est porteur d'une affection contagieuse qui pourrait vous avoir contaminé.

— Veuillez pardonner ma brusquerie, je suis si inquiet à son sujet !

— Non, je vous en prie, c'est moi qui ai été un peu brusque. Mais n'oubliez pas, je veux vous voir. Au revoir, Messieurs.

Elle sortit de la chambre et se rendit à son bureau. En passant devant la salle d'attente, elle soupira discrètement, car de nombreux patients se pressaient pour la voir.

Vers 13 heures, elle était libre, insouciante, et fredonnait dans sa tête un air à la mode. Elle rangea précipitamment sa blouse et courut dans la cour où elle retrouva sa voiture. Helena se proposait de passer l'après-midi en compagnie de son fils et en était ravie. Pendant les quelques heures consacrées à Maxime, elle s'appartenait et redevenait mère, le gamin avec ses préoccupations d'enfant lui faisant oublier son statut de médecin.

Il était gardé par sa grand-mère, avec laquelle il faisait des jeux de société et discutait beaucoup. Les deux personnages s'embrassaient et puis se disputaient, mais ne pouvaient décidément pas se passer l'un de l'autre... manifestement, ils s'adoraient.

— L'après-midi vous appartient, qu'allez-vous faire ?

Helena se tourna vers Maxime qui rangeait ses affaires.

— Je pensais que nous pourrions profiter de ce beau soleil pour nous promener dans un jardin. Si le projet te convient, je te propose les Tuileries, c'est pratique, car on peut s'y rendre à pied par les colonnades du Louvre. Tu pourras jouer avec ton bateau sur le bassin et moi, je me ferai bronzer au soleil.

— D'accord, maman, pour le jardin. Mais je préfère y aller en voiture.

— Ah bon, si tu veux.

La mère et le fils passèrent par leur appartement pour prendre une bouteille d'eau et le canot à moteur blanc et bleu de marque Jouef que Maxime aimait tant.

Ils s'installèrent dans la voiture et, en cinq minutes, se retrouvèrent sur le quai où elle stationna la Citroën.

— Il n'y avait personne dans les rues, on a très bien roulé. Au fait, pourquoi as-tu voulu venir en voiture ?

Il sortit un sac de billes de la poche de sa veste.

— Elles étaient dans le coffre.

Elle s'installa sur un des fauteuils métalliques semi-allongés disposés autour du bassin. Un petit vent frisait le plan d'eau et elle décida de protéger sa coiffure avec le carré Hermès qu'elle sortit de son sac. Face à elle, le soleil pour la narguer avait décidé d'éclabousser son visage, aussi sortit-elle ses grosses lunettes de soleil et se mit à lire.

Dix minutes plus tard, elle l'entrevit qui poussait la grille du jardin. Il était accompagné de sa fille. La petite avait sensiblement l'âge de Maxime. Lui, comme elle put le constater, était toujours aussi beau et elle en éprouva une certaine émotion. Elle resta cependant discrète et baissa les yeux sur son roman, bien que l'envie ne lui manquât pas de se lever et d'enfin lui présenter son fils.

Cinq ou six gamins jouaient maintenant autour du bassin et faisaient naviguer leurs petits voiliers loués au vieux bonhomme impassible assis derrière sa carriole de bois.

Maxime faisait bande à part. Il était le propriétaire de son canot à moteur et regardait avec condescendance ceux qui manœuvraient les voiliers. Il était le seul à raviver les ardeurs du ressort qui servait de moteur à son embarcation ; une dizaine de tours de clef et le navire repartait de plus belle.

Marcelin, lui aussi, venait de s'installer sur un des célèbres fauteuils du jardin et il rêvait en sommeillant après une nuit de garde particulièrement agitée. Il appréciait particulièrement ces moments d'insouciance au milieu de cette assemblée d'enfants pourtant souvent plus enclins à se disputer qu'à jouer calmement.

Dix minutes plus tard, il fut réveillé par Gilda qui braillait en lui tirant le bras.

— Papa, il m'embête ce garçon, il a cogné mon bateau pour le faire couler !

— Gilda, je t'en prie, ton bateau n'a pas coulé, je le vois là-bas. Il est seulement couché. Va donc le chercher.

— Oui, mais c'est lui qui m'a fait ça.

Il s'était levé et s'apprêtait à récupérer le petit voilier lorsqu'il entendit une femme, probablement la mère du garçon, lui adresser la parole.

— Veuillez, je vous prie, excuser mon fils. Il est particulièrement maladroit avec son canot. Si vous avez besoin d'aide, n'hésitez pas à me la demander.

Il tourna la tête et constata l'élégance de la femme. Était-elle belle ou laide, il n'aurait su le dire, car elle était cachée derrière un foulard de soie et de larges lunettes de soleil. Elle portait un parfum distingué qu'il semblait connaître. Cette senteur poudrée et printanière flottait avec légèreté autour d'elle, comme une protection et aussi un aimant. Un instant, il ne pensa plus aux enfants et à leurs conflits de navigation… il en était sûr, il connaissait ce parfum. May, peut-être, autrefois ?

Il la remercia d'un sourire et crut bon d'ajouter.

— Il a quel âge, votre fils ? Car c'est bien votre enfant, ce grand garçon ?

— Oui, en effet, c'est bien mon fils. Maxime, viens ici saluer Monsieur.

L'enfant s'approcha et tendit la main gauche à Marcelin.

— Oui, comme vous le constatez, il est gaucher. Vous aussi, si je ne me trompe.

Il éclata de rire en embrassant le gamin sur le front.

— Vous êtes observatrice, oui, moi aussi je suis gaucher. Mais je vous rassure, cette particularité ne me gêne absolument pas pour exercer ma profession, qui est pourtant manuelle.

— Écoute ce monsieur, mon chéri, il te donne à lui seul une réponse rassurante à tous tes copains qui se moquent de toi en classe.

Maxime expliqua que plus personne désormais n'abordait cette question dans la cour de récréation, depuis qu'il avait étrillé un droitier qui l'embêtait.

— Marcelin Hollestein, je suis médecin-gynécologue, accoucheur, pour être plus précis.

— Enchantée, mon cher collègue. Helena Trabert, je suis aussi médecin et moi je suis spécialisée en infectiologie à Saint-Louis.

Les deux médecins échangèrent quelques civilités en riant devant le hasard qui les avait fait se rencontrer et partirent chacun de leur côté, car il était 18 heures et déjà le soleil baissait.

En regagnant sa voiture avec Maxime, Helena souriait. Elle était convaincue qu'il ne l'avait pas reconnue. Reconnaître qui, d'ailleurs ? La jeune étudiante qu'il avait brièvement aimée, caché derrière un rideau lors d'une soirée au rond-point des Champs-Élysées ? La soirée, c'était y a dix ans, et elle se passait chez un interne en chirurgie qui était le fils d'un marchand de tableaux… Elle n'avait jamais revu le garçon qui l'avait invitée, et qui s'appelait David, lui semblait-il. Par contre, elle avait discrètement escorté la vie de son amoureux d'un soir et ce séducteur était assis dans le fauteuil voisin du sien, autour du bassin. Elle lui avait parlé et, elle en était certaine, il ne l'avait pas reconnue. Probablement avait-il oublié depuis longtemps cette fille d'un soir et, peut-être, la soirée elle-même n'était-elle plus rangée dans sa mémoire.

Marcelin traversait maintenant la rue de Rivoli en tenant fermement la main de sa fille. Il avait en partie oublié la rencontre avec cette maman médecin. Oublié ? Pas tout à fait, car il se souvenait de son parfum, une ambiance élégante qui le poursuivit encore dans la cabine de l'ascenseur.

Il tartina un goûter à Gilda puis s'installa à son bureau pour continuer la rédaction de son article. Il se rendit compte qu'il ne faisait aucun effort pour se détacher de cette odeur qui lui évoquait le luxe de l'avenue Montaigne. C'était un parfum d'autrefois, maintenant il en était sûr, et il se souvint que May l'avait porté pendant quelques années. Il en sentit une dernière fois les effluves s'envoler sur sa main.

Chapitre 37 – *Rue La Boétie*

1984 : le 24 juin, énorme manifestation à Paris (1 million de personnes) contre les lois Savary et pour la défense de l'enseignement privé.

*
* *

À son bureau, May se sentait un peu chez elle. Elle avait pu le meubler selon son goût et mettait jour après jour beaucoup d'ardeur à traiter les dossiers que ses associés lui confiaient. Son rôle était clair, il consistait à débrouiller les affaires et à passer la main à l'avocat titulaire qui n'avait plus qu'à conclure avec le conseiller de l'autre partie. Bien qu'elle commençât à être connue du milieu, sa clientèle personnelle n'était pas encore suffisante pour la faire vivre et elle comptait sur ce travail de collaboratrice pour avancer dans la profession.

Une partie importante des affaires lui était apportée par maître Alain de Broca. Elle intervenait ainsi dans de tumultueuses ventes de sociétés ou lors de conflits de succession dans certaines familles fortunées. Pendant plusieurs mois, tout s'était déroulé selon ses attentes : les seniors du cabinet avaient maintenant confiance en la jeune avocate et faisaient plus souvent appel à ses compétences.

Un jour, de Broca téléphona à May pour lui proposer un dossier concernant la vente par trois associés d'une entreprise de négoce de bois. Elle accepta sans réticence, mais demanda le temps qui lui serait imparti, car elle était en charge de deux autres affaires assez lourdes.

— Si vous avez une minute, venez dans mon bureau pour que nous parlions de tout cela.

Elle traversa le couloir et frappa chez maître de Broca.

— Entrez, May, et installez-vous.

Ils parlèrent assez longuement de l'affaire qu'ils avaient à traiter et de la répartition des tâches. Au moment de regagner son bureau, Alain la mit au courant de l'état de santé de Jacques.

— Je suis très inquiet, il est maintenant très malade et, pour tout dire, je crains qu'il soit un jour emporté par cette putain d'affection que les médecins ne savent pas soigner.

— À ce point ? Ne pensez-vous pas que votre inquiétude vous fait noircir le tableau ?

— Je voudrais bien vous donner raison, mais malheureusement…

— Vous m'avez dit qu'il est soigné par le service spécialisé de l'hôpital Saint-Louis. Je pense qu'au niveau de la compétence, on peut être rassuré, on ne peut pas trouver mieux sur Paris.

— Certes, nous ne pouvons pas nous plaindre, le docteur Trabert qui le suit est un médecin au-dessus de tout soupçon. Elle est compétente, documentée et, en plus, sous une présentation un peu austère, elle est très humaine. C'est loin d'être le cas de tous les médecins, beaucoup n'aiment pas les homosexuels et ont peut-être un peu peur de cette maladie.

— J'aurais plaisir à revoir Jacques, la prochaine fois que vous lui rendrez visite à Saint-Louis, prévenez-moi assez tôt et je vous accompagnerai.

— Ma chère, vous êtes quelqu'un de bien et je suis content de vous avoir connue, transmettez mon bon souvenir à votre mari.

Elle sortit, un peu ébranlée par la tristesse de son collègue, et lorsqu'elle se retrouva dans le couloir, elle se posa une question. Alain lui avait dit qu'il la considérait comme quelqu'un de bien… Elle en était moins sûre ! La détresse du jeune avocat, ses grands yeux bleus remplis de tristesse, elle se dit que s'il avait insisté, il n'aurait pas eu beaucoup d'efforts à déployer pour qu'elle succombe à son charme.

Assise à son bureau, elle réfléchit à ce moment de faiblesse.

Un peu plus tard, elle pensa à autre chose et puis revit le visage amaigri du malade. Elle murmura à voix basse :

— Ce pauvre Jacques est foutu.

Elle se replongea dans le dossier en cours et, vers 18 h 30, elle descendit dans les profondeurs du métro. May courut pour attraper le train qui entrait en gare et se dit que son mari serait satisfait, car elle projetait de lui confectionner une magnifique salade végétarienne parfumée au piment d'Espelette, une salade que son géant adorait. Elle sourit en pensant :

Si j'ai réussi une chose, une seule, c'est d'avoir converti ce carnivore à la nourriture végétarienne, le soir.

Un petit tour chez le marchand de légumes, puis un autre à l'appartement d'une amie, chez laquelle elle savait trouver Gilda. Ce soir, en apercevant sa fille, elle eut une curieuse sensation… Pour la première fois, il lui sembla que le visage de l'adolescente reflétait ses futures expressions d'adulte… Une image furtive et troublante de la petite femme qu'elle serait très bientôt.

Au dîner, elle raconta à son époux son intention de rendre visite à Jacques Dutourt à Saint-Louis et Marcelin la félicita d'avoir eu une pensée pour lui.

— Tu sais, les malades nous émeuvent sur le coup et puis souvent on les oublie. C'est bien de ta part de penser à Jacques et de le remettre sur la scène de la vie. Autrement, dans leur lit, ces gens-là ne sont que perfusions, intramusculaires et examens divers. Je vous accompagnerai en voiture si mon emploi du temps me le permet.

Chapitre 38 – *Kaposi*

1984 : le 14 juillet, le président François Mitterrand demande au gouvernement français de retirer son projet de loi sur l'enseignement privé, ce qui entraîne quelques jours plus tard la démission du ministre Jérôme Savary, suivie peu après d'une autre démission, celle du gouvernement Mauroy.

***

Pour ménager les emplois du temps des uns et des autres, il fut décidé de rendre visite à Jacques Dutourt un mardi vers 15 heures. Marcelin passerait en voiture au cabinet pour prendre May et Alain, ce dernier ne conduisant pas. Lorsqu'ils furent arrivés devant l'hôpital, de Broca voulut descendre, mais Marcelin lui mit la main sur le bras et lui demanda un peu de patience.

— J'ai l'autorisation de stationner dans la cour.

Il montra au cerbère le petit carton apposé sur son pare-brise, avança puis gara sa voiture devant le service d'infectiologie.

Alain semblait fébrile, il les dirigea vers la chambre occupée par son ami. À leur entrée, le lieu était plongé dans une obscurité crépusculaire, le malade était allongé sur son lit et dormait. Il ouvrit un œil et, lorsqu'il reconnut ses visiteurs, son visage s'illumina.

— Alain m'avait prévenu de sa visite, mais il ne m'avait pas dit qu'il serait accompagné, c'est très gentil de vous intéresser à moi et je suis très heureux de vous revoir.

Les mains du patient étaient cachées, comme si elles se réchauffaient sous la couverture, et Jacques les regardait avec des yeux qui semblaient trop grands pour ses pommettes. Les visiteurs restèrent discrets, mais constatèrent qu'il était devenu impressionnant, son visage était modifié par un teint cireux et blafard et il avait encore maigri. Pourtant, peut-être remis en forme par la sieste, il sembla prendre les choses en main.

— Il y a suffisamment de chaises dans cette chambre, je vous en prie, installez-vous.

Pour désigner aux visiteurs l'emplacement des sièges dont certains étaient empilés au fond de la pièce, il mit ses mains à l'air libre et ce fut la surprise pour les visiteurs. Ses avant-bras étaient recouverts de nombreuses taches arrondies brun violacé discrètement bombées sur la peau. Alain en fut le premier étonné et il tenta de se renseigner auprès de son ami.

— Il y a longtemps que tu as ces taches ? La semaine dernière, je ne les avais pas remarquées.

— Depuis deux jours, elles sont beaucoup plus foncées et puis elles se sont multipliées. Moi, j'ai cru au départ que cette éruption était due à un des médicaments, mais la doctoresse à laquelle je les ai montrées est convaincue qu'il s'agit plutôt d'une complication de la maladie.

Alain était aujourd'hui plus préoccupé que la semaine précédente et il prévint Jacques qu'il souhaitait s'entretenir avec le docteur Trabert.

— Je crois qu'elle est dans son bureau, cet après-midi. Renseigne-toi, elle pourra peut-être te recevoir.

Il frappa au carreau du box des infirmières et demanda à parler à la surveillante. Une jeune femme se leva, il lui fit part de son inquiétude et demanda à voir le docteur Trabert.

La surveillante savait son médecin très disponible. Elle frappa à la porte d'Helena et lui expliqua la requête du visiteur.

— Entrez, Monsieur de Broca, je suis contente de vous voir, car moi aussi je désirais vous parler.

— Ce monsieur est notre ami et il est médecin, peut-il m'accompagner ?

— Bien entendu, Monsieur de Broca. D'ailleurs, je connais un peu le docteur Hollestein. Madame peut aussi assister à l'entretien.

En serrant la main de Marcelin, elle le dévisagea.

— Nous avons joué les arbitres dans un sérieux conflit de bateaux entre votre fille et Maxime, mon fils.

Un imperceptible sourire filtra du visage de la jeune femme et elle ajouta :

— Nous ne nous connaissons pas vraiment, mais nous nous sommes croisés devant le bassin du jardin des Tuileries où nos enfants se chamaillaient pour une sombre histoire dont j'ai oublié les détails. Entrez tous les trois, je vous en prie.

Elle fit asseoir ses visiteurs et, sans tarder, parla du cas de Jacques.

— Il nous a consultés tardivement, trop tardivement, car la maladie était déjà solidement implantée dans son corps. À ce stade, je dois vous prévenir que nos possibilités sont très restreintes. Vous rendez-vous compte ? Il est porteur de multiples ganglions du cou et de l'abdomen. Ces formations sont dues à un lymphome et, comme si cela ne suffisait pas, depuis peu ses avant-bras sont recouverts de lésions cutanées appartenant à la maladie de Kaposi qui est une complication sévère du sida de stade IV. Nous sommes tous inquiets dans le service, car malgré tous nos efforts, il est toujours aussi fatigué et ne s'alimente que très peu.

La déclaration du docteur Trabert fit l'effet d'un coup de marteau sur la tête d'Alain. Il savait que son ami était en mauvaise posture, mais pas à ce point. Il se hasarda à poser une question.

— Sa femme est-elle au courant de la situation ? Sait-elle en particulier que son mari est dans un état aussi critique ?

— Elle sait à quoi s'en tenir et nous lui avons expliqué la maladie et la contamination dont elle aurait pu être victime. Actuellement, elle est séronégative, ce que je ne comprends pas très bien avec la charge virale de son mari.

Alain crut bon de délivrer une précision au médecin.

— Jacques m'a confié que depuis de nombreuses années il n'avait plus de relations sexuelles avec sa femme, qu'ils étaient bons amis et cela s'arrêtait là.

— Vous, Monsieur de Broca, je vous l'ai déjà dit, je veux vous voir en particulier.

Elle fit sortir les visiteurs de son malade et expliqua à de Broca qu'il devait l'attendre dans son bureau. Cinq minutes plus tard, elle s'assit sur un fauteuil face au jeune avocat.

— Monsieur, je dois vous demander impérativement de vous inscrire à ma consultation, d'ailleurs je vais vous accompagner au secrétariat pour accélérer le mouvement. Jacques Dutourt ne sortira pas du service avant plusieurs semaines, tous les rapports sexuels que vous serez susceptibles d'avoir devront être protégés, je dis bien tous, sans une seule exception !

Elle se leva et conduisit son interlocuteur dans le hall, puis sembla réfléchir.

— Venez avec moi. Pour aller plus vite, nous allons vous faire un prélèvement sanguin.

Une heure plus tard, ils se retrouvaient dans la voiture des Hollestein. Alain semblait tétanisé, il tenait dans la main le carton de rendez-vous et un petit coton serré par un sparadrap était appliqué dans le creux de son coude gauche. Marcelin voulut le rassurer.

— Ce service est très réputé dans notre milieu et j'ai la sensation que votre médecin est une femme énergique. Dans combien de jours, vos résultats ?

— Dix jours. Elle m'a dit qu'ils seraient prêts pour ma consultation.

Comme souvent dans Paris, la circulation était chaotique et Marcelin, concentré sur la conduite, avait beaucoup de mal à entretenir la conversation.

May, calée dans son siège, n'osait pas regarder son mari qu'elle avait eu la sensation de trahir. Elle plaignait sincèrement Alain. Le jeune homme devait souffrir pour son ami qui était perdu et était sûrement très inquiet pour lui-même, lui qui était possiblement contaminé.

La circulation était bloquée devant la porte Saint-Denis. May regarda la foule interlope qui traînait sur le trottoir. Il y avait là un invraisemblable mélange d'hommes de tous âges et de toutes races, et des filles outrageusement maquillées et vêtues de robes taillées dans un mouchoir de poche. Tout ce monde s'observait, se jaugeait ; on négociait le prix, puis on se faufilait à deux dans un couloir sombre aux peintures immondes. Elle pensait.

Savent-ils bien ce qu'ils risquent ?

Aussitôt elle corrigea.

Et toi, savais-tu ce que tu allais faire, alors que tu étais prête à céder aux avances de ton futur associé ?

Chapitre 39 – *Le glas sonne au clocher de Tende*

1986 : le 26 avril, le réacteur n° 4 de la centrale nucléaire de Tchernobyl explose, entraînant un énorme nuage radioactif qui parcourra l'Europe, y compris la France. Les autorités de ce pays essayent de dissimuler cette pollution, mais les Français ne sont pas dupes et les journaux s'insurgent contre les allégations mensongères du SCPRI.

Assis dans un fauteuil, Marcelin lisait son journal. Par moments, il jetait un œil au-dessus de ses lunettes et souriait en voyant sa fille se tortiller sur le canapé. Elle écoutait de la musique grâce à son casque audio et son mini Rio PMP 300, un tout nouveau baladeur audio que son père avait fait venir de New-York à grands frais.

Gilda avait 16 ans, elle était longue comme un roseau et dotée d'un visage aux traits de madone. En cachette de ses parents, elle commençait à se maquiller de façon outrancière et le père avait cru reconnaître en l'embrassant une odeur de tabac. Marcelin leva à nouveau les yeux et se dit :

Mon Dieu, qu'elle est belle !

May entra dans le salon, elle semblait très énervée.

— Gilda, tu as vu ta chambre ? On ne peut pas mettre un pas devant l'autre et ton lit, qui va le faire, ton lit ?

L'adolescente ne répondit pas, se leva et le père pensa :

Elle a encore grandi ?

Non, elle n'avait pas vraiment grandi. Ce qui avait changé, c'étaient ses chaussures qui lui faisaient gagner huit centimètres.

À son tour, Marcelin se leva et gagna la cuisine sans faire de commentaires. Il demanda à sa femme s'il pourrait se rendre utile, par exemple en mettant le couvert. Profitant qu'ils étaient seuls, May rappela à son mari que l'anniversaire de leur fille aurait lieu dans quinze jours et qu'il était grand temps d'organiser l'événement.

— J'avais pensé que nous pourrions faire un repas familial à midi, et le soir lui laisser l'appartement jusqu'à une heure du matin pour qu'elle organise une fête avec ses amis.

— Et nous, on va où ?

May sourit devant la naïveté de son mari.

— Je t'invite au théâtre et puis à souper.

— Ah bon, pourquoi pas ? Bon, le souper ?

— Je croyais que tu t'inquiétais pour la qualité de la pièce ou que tu voulais savoir si on emmènerait Marc ?

— Oui, aussi, mais je crains que pour notre fils, ce théâtre soit un calvaire. Je suis d'accord pour ton plan mais pas un truc trop intello.

Elle sortit un plat du four et parut satisfaite de sa recette.

— Marc, on le confiera à ses grands-parents.

— Oui, comme d'habitude ! Notre fils est apparu un peu tard dans notre vie et on a pris l'habitude de ne pas se gêner avec lui : on le dépose chez des amis ou chez les grands-parents, comme un paquet !

— Je suis assez d'accord avec toi, je pense qu'il sera souhaitable de lui accorder plus d'intérêt, mais dans ce cas précis, nous ne pourrons pas le traîner au théâtre. Tu votes oui pour cette organisation ?

— Oui, mais je me sens un peu coupable.

May avait craint que ce changement d'habitude dans la vie de l'appartement soit mal reçu par son mari, mais il n'en fut rien, finalement : l'idée de se trouver installé dans une belle salle, face à une scène, ne lui déplaisait pas.

Marcelin avait lui aussi une idée du cadeau qu'il offrirait à sa fille et, pour réussir ce projet, il avait déjà pris les informations nécessaires : il avait repéré dans un grand magasin une chaîne audio haute-fidélité qui ne pourrait que combler Gilda.

— Et toi, ma chérie, tu as pensé à ce que tu allais lui offrir ? 16 ans, ce n'est pas rien !

— Un chèque pour alimenter son compte et des vêtements. La robe et les corsages, nous irons les choisir aux Galeries Lafayette, ils ont ouvert un stand dédié aux adolescentes et les filles raffolent de cette mode.

La nuit suivante, Marcelin, se tournait dans son lit, sans trouver le sommeil, il se leva et se rendit à la cuisine où il absorba deux verres d'eau.

J'ai dû manger trop salé et puis je crois que ces gardes commencent à perturber mon sommeil.

Il regagna son lit et se tourna vers May qui dormait profondément. Il s'approcha d'elle et sentit dans son cou, à la racine de ses cheveux… un parfum qui lui imposa le visage d'Helena. Il la serra doucement dans ses bras et embrassa sa nuque, ce qui réveilla la dormeuse ; il lui glissa à l'oreille.

— Ma chérie, tu as changé de parfum ?

Ils se caressèrent longuement et firent l'amour avec une vigueur qu'ils n'avaient pas connue depuis longtemps.

En rouvrant les yeux, elle lui expliqua qu'elle avait trouvé chez Guerlain, au premier étage du magasin des Champs Élysées, le parfum de sa jeunesse, celui qu'elle portait dans les années 60 : Chant d'arômes.

Il embrassa sa femme et se retourna. Avant de se rendormir, il comprit qu'il avait fait l'amour au parfum d'Helena…

**

Giovanna était maintenant très âgée, trop âgée aux dires des chirurgiens, pour recevoir une prothèse totale de hanche et curieusement, appuyée sur une canne anglaise, elle parvenait malgré tout à se traîner dans les couloirs au rez-de-chaussée de sa maison. Elle n'avait pas voulu quitter son environnement et les marbres du vieux palais qui lui rappelaient le temps de sa gloire. Le médecin la visitait une fois par semaine et une infirmière à demeure assurait ses toilettes et aussi, sa sécurité. Depuis six mois, Georgio ne la reconnaissait plus du tout et son arrivée dans la chambre du malade ne créait pas plus l'événement que l'entrée de la femme de chambre... aussi avait-il été décidé qu'elle communiquerait avec l'établissement uniquement par téléphone.

Souvent, le vieillard dormait, ce qui lui permettait autrefois de pénétrer dans un monde qu'il adorait, celui de ses souvenirs. Aujourd'hui, la situation était tout autre : les songes étaient bien là, mais il ne revoyait plus ses amours de jeunesse, et même ses ennemis au visage tordu par la haine avaient disparu... Tout ce monde qui lui était avant familier s'était délité dans la brume épaisse de sa dégénérescence cérébrale.

Lorsqu'il dormait, c'était lourdement, un peu comme le vieux chien de la maison de retraite étalé dans la salle à manger et qui manquait de faire tomber les pensionnaires. Georgio dormait non pas parce qu'il avait sommeil, mais pour passer le temps ; c'était devenu son habitude et aussi son moyen d'échapper à la solitude.

Aujourd'hui, avec l'aide de son infirmière et d'une ambulance, elle avait souhaité rendre visite à son mari, car elle s'était convaincue que c'était une des dernières fois qu'elle le verrait vivant. Par fierté, elle n'avait pas voulu se montrer assise dans son fauteuil roulant. Elle laissa donc son moyen de locomotion habituel dans le couloir, se munit de sa canne anglaise, poussa la porte et fit entrer un peu de lumière, ce qui éclaira le visage du dormeur... il lui sembla bizarre.

Il ronflait bruyamment et un peu de mousse s'échappait du coin de ses lèvres. En plus, sa bouche était déviée sur le côté.

Elle le secoua pour lui annoncer son arrivée, mais ne put le réveiller. Cette intervention n'eut pour effet que de modifier le son de son ronflement, qui devint rauque et saccadé.

Affolée et pressentant un problème, elle demanda à son aide de presser le bouton d'appel et de sortir dans le couloir pour attirer du monde. Personne dehors.

L'infirmière de Giovanna courut vers le poste de garde où trois filles terminaient leur thé en bavardant ; elles se levèrent lorsqu'elles virent la tête affolée de leur collègue.

— Que se passe-t-il, vous avez l'air bien inquiète ?

— On n'arrive pas à réveiller monsieur Leonardi et il fait un bruit anormal en dormant.

Elles sortirent en courant et, arrivées dans la chambre du malade, elles constatèrent sans difficulté que Georgio était dans le coma.

Appel du médecin et transport en ambulance. Une heure plus tard, il était couché dans un lit de l'hôpital de Nice où son état ne s'était pas amélioré. Le coma était, à l'évidence, plus profond qu'au départ de la maison de retraite et il dut être intubé.

Les médecins avaient permis à Giovanna d'approcher son fauteuil près du lit de son mari. Elle était vieille et ne prétendait pas être médecin, mais le simple bon sens lui indiquait que son cher vieux Georgio était perdu. Les yeux mouillés, elle posa sa main sur celle de son compagnon et lui parla.

— Réveille-toi, réveille-toi pour un petit instant, mon amour, et juste pour moi, souviens-toi des nuits amoureuses de nos jeunes années ! Comme nous étions beaux, impétueux et invincibles devant l'adversité. Le premier jour où nous avons commencé à vieillir, c'est lorsque les gendarmes nous ont annoncé la mort de notre fils Ettore. À partir de ce moment, tout a été différent. Unis dans la souffrance, nous avons constaté que le soleil portait le voile de notre deuil.

Elle tenta de se lever pour être plus près de lui, mais son émotion était trop grande et elle retomba sur le coussin de son fauteuil roulant.

— Georgio, je te raconte des bêtises, toi tu es malade et moi je déraisonne. Tout ceci est faux. Plus tard, nous avons été très heureux, après la naissance de May, la fille de Giaco et d'Anne-Marie. Souviens-toi de sa voiture rouge dans le jardin et de son petit chien Grim, qui malgré sa taille était un inépuisable compagnon !

En dépit de la souffrance causée par sa hanche, son visage s'éclaira.

— J'allais oublier l'arrivée de Marcelin, ce bébé glouton calé dans son couffin à l'arrière de la Traction noire. Ce nourrisson, lorsque nous l'avons vu, nous l'avons tout de suite aimé. Georgio, je revois ton visage le premier jour, tu n'as proféré aucune parole et pourtant tes yeux parlaient pour toi.

Elle tenta à nouveau de se lever pour embrasser son mari et cria :

— À l'aide, pour l'amour de Dieu, il ne respire plus !

*

Trois jours plus tard, le cercueil maintenu par de grosses cordes descendait lentement en se heurtant sur les murs du tombeau et le bruit sourd des petits coups résonnait dans l'assistance où régnait un silence glacial.

Pour la circonstance, le village de Tende s'était réuni dans le petit cimetière établi sur la plate-forme de l'ancien château. Georgio rejoignait son fils Ettore en cette après-midi d'automne et allait dormir tout près de Silvio, son ami d'enfance.

On avait dû la porter jusqu'au lieu de l'inhumation et en jetant une rose blanche sur la boîte dorée où reposait son mari, Giovanna repensa à sa vie… Tout était passé si vite.

Elle se dit :

Comment a-t-il pu arriver à cet âge, lui qui était malade, depuis si longtemps ? Je crois qu'il était très robuste et que les soins qui lui ont été prodigués lui ont permis de survivre et peut-être de ne pas avoir été trop malheureux pendant toutes ces années.

Sitôt la grille passée, les langues se délièrent. Les vieux, bringuebalants autour de leur canne, étaient tristes ; la disparition de Georgio leur rappelait que c'était bientôt leur tour. Les jeunes, quant à eux, quittaient leur réserve et se donnaient rendez-vous pour le bal du samedi.

On descendit la ruelle empierrée d'une calade usée par le temps et on entra boire la « goutte » au café des Merveilles ; ce bistrot enfumé, aux tables crasseuses, était le véritable confessionnal des hommes du pays. Là, dans le brouhaha des éclats de voix, ils étaient chez eux et pouvaient rigoler sans que les femmes les rappellent à l'ordre. Un peu en aparté, on pouvait entendre.

— Elle va sûrement vendre les fermes…

— Que veux-tu qu'elle en fasse, c'est tout de même pas elle, à son âge, qui va traire les vaches !

Georgio était mort et déjà on se disputait sa dépouille.

Chapitre 40 – *Et si c'était un homme !*

1987 : le 3 mai, la chanteuse Dalida se donne la mort dans sa maison de Montmartre.

***

Monique rentrait de l'hôpital au volant de sa petite voiture. Ralentie par les embouteillages habituels des sorties de bureaux, elle pensait à la lettre-testament rédigée par son mari cinq ans plus tôt et elle regrettait de l'avoir si vite détruite. Si vite, car certains termes devenaient maintenant confus dans sa mémoire. Cette histoire de tromperie, en particulier, l'étonnait, car elle ne voyait pas quelle femme aurait pu être la maîtresse de Jacques. Elle murmura dans la voiture.

— Faut-il que tu sois bête, ma pauvre fille ! Tu ne vois pas quelle fille ? Mais enfin, lorsqu'on est trompée, tu le sais bien, on est la dernière à le savoir.

Elle continua à réfléchir et dut freiner en urgence pour éviter un motocycliste qui lui coupait la route. Furieuse, elle se dit :

Il est fou ce type, complètement inconscient ! En plus il conduit sa moto sans casque. Bah, il n'a pas tout à fait tort, c'est certainement pour qu'on le voie mieux... il est beau garçon.

En un millième de seconde, elle comprit.

Et si c'était un homme ? Si Jacques ne me trompait pas avec une maîtresse, mais avec un amant ? Le visiteur souvent présent dans la chambre d'hôpital et qui prend congé après mon arrivée, qui c'est ce type ? Jacques me dit qu'il s'agit d'un confrère. Pourquoi pas, mais en quoi cet avocat ne pourrait-il pas... ?

Monique gara sa voiture dans la cour et embrassa ses enfants.

Depuis peu, ils rentraient seuls de l'école et faisaient des efforts pour l'aider. Probablement que l'état de santé de leur père les inquiétait plus qu'elle ne l'imaginait.

Elle se prépara un thé et s'installa à la table familiale où les enfants terminaient leurs devoirs, puis elle se concentra sur les copies qu'elle devrait rendre le lendemain. Isolée par son travail, elle se mit à réfléchir.

Si son mari avait contracté cette maladie infectieuse, c'était peut-être lié à la fréquentation d'une fille de mauvaise vie, mais ce pouvait être aussi la conséquence de relations homosexuelles… Cet avocat un peu précieux et si empressé au chevet de Jacques, Monique s'en convainquit, c'était lui, le contaminateur !

Elle se leva pour surveiller le gratin dauphinois qui menaçait de brûler dans le four et elle fronça les sourcils.

Lui, peut-être, mais il ne me semble pas malade. Un autre, alors ? Je ne me sens pas la force d'interroger Jacques, et puis à quoi bon !

Elle se promit de prendre rendez-vous avec le docteur Trabert afin de connaître le résultat des examens de son mari et aussi pour lui demander si elle savait comment il avait été contaminé.

Avant de visiter Jacques, deux jours plus tard, Monique frappa au bureau du médecin qui souhaitait la rencontrer.

— Je vous en prie, Madame Dutourt, prenez un siège. Je désirais avoir un entretien avec vous, car je suis un peu inquiète. Votre mari ne répond toujours pas au traitement et, malgré nos efforts, son état général continue de s'altérer.

Elle ne fut pas étonnée de cette entrée en matière, elle-même n'avait pas grand espoir de voir Jacques s'en sortir. Il n'avait aucun appétit et pourtant son visage famélique criait famine. Comme il était terriblement fatigué, le malade dormait une grande partie de la journée. Elle demanda :

— J'aurais souhaité qu'il passe un moment chez nous, dans sa maison qu'il aime tant. Vous savez, il n'a pas toujours été dans cet état et il a fait ces dernières années beaucoup de travaux dans ce pavillon.

S'il pouvait revoir ces lieux, ça lui ferait plaisir, je comprendrais volontiers que ce ne puisse pas être pour très longtemps. Un week-end, peut-être ?

— C'est une très bonne idée, Madame Dutourt, et votre mari y sera certainement très sensible. Je vous expliquerai les modalités de son transport, ce sera une ambulance, car votre voiture ne conviendrait pas.

— Vous savez, Docteur, j'avais le projet de vous poser de nombreuses questions concernant sa contamination, mais aujourd'hui, je le vois bien, tout ceci est dépassé et j'ai presque honte de m'intéresser à ces détails.

Helena acquiesça. Elle considérait aussi qu'il était bien tard pour lancer une polémique chez un patient aussi atteint, néanmoins elle lui dit :

— L'affection progresse à une vitesse différente selon les cas, mais pour lui on peut penser qu'il est malade depuis au moins huit ans. Qui l'a contaminé ? Je n'en sais rien et il ne m'a rien dit à ce sujet. A-t-il eu des relations sexuelles avec une femme porteuse du virus ou peut-être avec un homme ? Je vous le répète, je n'en sais rien.

En sortant du bureau, Monique se dit que cette femme ne manquait pas d'allure. Blonde et les cheveux strictement ordonnancés en un chignon impeccable, toute de noir vêtue et chaussée de chaussures à talons, le docteur Trabert en imposait par sa présentation stricte, mais toujours élégante.

Dans le couloir, Monique, malgré une situation qui ne prêtait pas à la légèreté, se laissa aller à une réflexion futile.

Je n'ai pas reconnu son parfum... élégant et peu commun, ce parfum. Ah j'y suis, j'ai trouvé, c'est une composition des années soixante, « Chant d'arômes » je crois.

Chapitre 41 – *Week-end quai d'Artois*

1987 : le 6 mai, Jean-Marie Le Pen propose de renvoyer des milliers d'immigrés dans leur pays et de placer tous les malades de Sida dans des « Sidatoriums ».

**

« Maman, maman, voilà papa ! »

La grosse voiture blanche, insolite dans le quartier, stationnait depuis peu devant le pavillon. Le conducteur dit quelques mots au malade que l'on devinait derrière les vitres teintées et puis il sonna à la porte.

— Madame Dutourt, je vous amène votre mari, où souhaitez-vous que je l'installe ?

Jacques fut assis dans son fauteuil familier, il souriait et semblait ce matin en meilleure forme que les jours précédents. Monique l'embrassa sur le front, mais les enfants, effrayés par la pâleur de leur père, le saluèrent à distance.

Le malade cachait toujours ses avant-bras sous sa couverture, comme à l'hôpital.

Monique, consciente du climat tendu lié à la présence de son mari, tenta d'égayer l'atmosphère en annonçant le menu du midi.

— Nous allons pouvoir apprécier les talents de cuistot des enfants, car c'est eux qui ont été chargés de la cuisson : une côte de bœuf au barbecue. C'est une « Charolaise » de chez Bouvet, je sais que tu adores cette viande et j'espère que tu y feras honneur.

Son fils aîné lui sembla avoir grandi depuis son départ, ce qui le rassura. Le garçon lui sourit et précisa :

— Je mettrai sur la côte quelques feuilles du vieux laurier-sauce près de la cabane.

Jacques sourit et, faisant preuve d'une vigueur inattendue, se dressa dans son fauteuil en simulant l'ouverture d'une bouteille de champagne. Monique comprit le message et courut vers le réfrigérateur.

— J'y comptais bien.

La coupe étourdit un peu le malade et, pour ne pas le fatiguer davantage, on déjeuna avec des plateaux-repas ; ainsi ne quitta-t-il pas son fauteuil. Il avala avec peine quelques bouchées de viande ainsi qu'une demi-part de dessert. Monique voulut l'encourager.

— Tu ne dois pas manger correctement à Saint-Louis, on connaît tous la qualité déprimante des menus hospitaliers. Ne te force pas, tu finiras ton dessert à 16 heures.

— Merci, mes chéris, vous vous êtes donné beaucoup de mal et j'aimerais avoir plus d'appétit pour faire honneur à tous vos plats, mais je dois me modérer, sinon je vomis.

Les deux enfants sortirent de table au moment du café et rejoignirent leur domaine, une cabane en bois qu'ils avaient construite au fond du jardin. Après leur sortie de la maison, Jacques sembla soudain anxieux. Il s'agita sur son fauteuil et demanda à sa femme :

— Tu te souviens de la lettre que j'avais rédigée la veille du jour où j'ai défoncé le parapet du pont de Nogent ? Tu l'as bien brûlée ?

— J'ai fait, à l'époque, ce que tu me demandais, elle a été immédiatement détruite.

— Je suis au bout du rouleau, je suis perdu et nous le savons tous les deux. Sache-le bien, je suis malheureux à l'idée que bientôt je ne pourrai plus vous voir, mais comment me plaindre ? Je récolte ce que j'ai semé et voilà tout. Cette maladie me dévore de l'intérieur lentement et cruellement comme une ennemie méthodique, elle est plus forte que moi et elle le sait. Elle a fait de moi une loque et, avant de me tuer, elle contemple sa proie comme un fauve serrant une gazelle entre ses griffes.

Submergée par l'émotion, elle éclata en sanglots derrière son mouchoir, mais s'efforça d'écouter son mari.

— Vois-tu, Monique, j'ai honte de paraître ainsi devant toi, mais en même temps j'éprouve beaucoup de joie d'être chez nous. Cette idée de week-end, elle vient de toi ?

— Oui, de moi et du docteur Trabert, je suis contente de t'avoir fait plaisir.

— Lorsqu'on partage sa vie avec quelqu'un depuis longtemps, on finit par ne plus le voir. Si elle se maquille et change de coiffure, on reste indifférent, on devient une bête stupide qui suit servilement ses habitudes, on s'intéresse à soi et puis c'est tout ! Moi, par exemple, je n'ai pas compris ma femme, j'ai pensé qu'elle était seulement efficace et que son intelligence se cantonnait aux tâches quotidiennes de la vie.

— Tu sais, ces tâches comme tu dis, elles sont importantes.

Il sembla réfléchir un instant et reprit.

— Importantes, certes, mais je ne connais pas beaucoup de femmes qui, dans ces circonstances, auraient ta grandeur d'âme après avoir été trahies. Tu es une très belle personne, ma chérie, mais ta faille, car tu en as une, c'est de m'avoir épousé, de t'être associée pour la vie à un minable qui ne t'arrive pas à la cheville.

Elle voulut lui répondre, mais la voix du malade s'affaiblit et il ferma les yeux.

Sans faire de bruit, elle sortit de la pièce.

Dans le jardin, elle se baissa pour arracher une pousse de liseron qui partait à l'attaque de ses rosiers et elle constata :

— Il n'a pas une seconde souhaité m'expliquer...

Le lendemain matin, vers 9 heures, Monique descendit de sa chambre et ouvrit la porte du salon où dormait son mari. Il ouvrit les yeux à son arrivée et lui annonça qu'il n'avait pas fermé l'œil de la nuit. Il semblait très fatigué et, sans tarder, lui déclara :

— Peux-tu appeler l'ambulance ? Je préfère retourner à Saint-Louis, les antidouleurs par voie buccale ne me font plus d'effet.

Une heure plus tard, Jacques allongé sur son brancard prenait la direction de l'hôpital. Peut-être rassuré par cette démarche rapide, il semblait aller mieux et parlait avec légèreté aux ambulanciers.

Monique rassura les enfants qui ne comprenaient pas le départ précipité de leur père, puis elle prépara le déjeuner.

Chapitre 42 – *123 rue de la paix,*
Le Perreux-sur-Marne

1989 : le 9 novembre, dans une immense liesse populaire, le monde entier assiste à la télévision à la chute du mur de Berlin annonçant la fin de la guerre froide.

_*

Il faisait froid en ce matin d'octobre, un vent sec piquant comme une ortie se faufilait en grimaçant entre les tombes et l'alignement régulier de ces rectangles minéraux figés dans leur anonymat ne réchauffait pas les cœurs.

May et Marcelin, en manteau noir, avançaient en silence vers l'endroit où des fossoyeurs avaient creusé soigneusement un rectangle de terre ; c'était au fond du cimetière.

Alain de Broca les avait précédés. Il se tenait immobile et hagard devant ce trou humide qu'allait rejoindre son ami. Il était pâle et ses traits d'ordinaire si fins étaient ce matin déformés par le chagrin.

May lui présenta ses condoléances. Alain, le regard absent, la remercia et comme à regret se força à lui dire.

— C'est idiot de ma part de pleurer, il a tellement souffert que j'en venais à souhaiter cette délivrance. Si j'avais eu un produit à ma disposition, croyez bien que je l'aurais aidé moi-même à nous quitter. Vous savez, il y a des gens qui proclament haut et fort que cette maladie nous est envoyée pour expier la turpitude de nos pratiques sexuelles. C'est idiot, tout le monde le sait, et c'est surtout très méchant.

— Dites-moi, Alain, il fait très froid et vous n'êtes pas

suffisamment vêtu. Je crois qu'il reste un pull dans le coffre de la voiture, voulez-vous que Marcelin aille vous le chercher ?

Il claquait des dents, pourtant il ne répondit pas, mais on comprit que la vieille laine serait la bienvenue. Marcelin s'éloigna.

— May, me pardonnerez-vous un jour d'avoir tenté de vous séduire ? Vous savez, c'était pour me persuader que j'étais comme les autres. Aujourd'hui j'ai compris, je suis bien comme les autres... les autres homosexuels.

Malgré le lieu qui ne s'y prêtait guère, May se tourna vers lui et lui sourit.

— Peut-être n'auriez-vous pas eu grand mal à arriver à vos fins, car je sentais en vous une souffrance que toute femme souhaite soulager.

— Vous avez résisté et vous avez bien fait, car à l'époque je ne le savais pas, mais aujourd'hui...

— Aujourd'hui quoi ?

— Aujourd'hui, ou plutôt, la semaine dernière, j'ai fait pratiquer un nouveau prélèvement sanguin et cette fois-ci, il n'y a aucun doute, je suis séropositif. Trabert me dit que l'événement n'est peut-être pas récent, les modes d'investigation ont progressé et la maladie, elle aussi, bien entendu.

Marcelin arrivait dans l'allée, il portait le gros pull qu'il affectionnait enfiler lors des matinées de chasse en Seine-et-Marne.

— Mettez ça sur le dos, il fait un de ces froids !

May resta un moment pensive. Il était séropositif et elle n'en était pas étonnée. Comment eût-il pu en être autrement, après ce qu'elle avait appris de la vie débridée menée par Alain depuis un moment ?

L'inhumation touchait à sa fin et le cimetière du Perreux commençait à se vider. Monique Dutourt, ses deux enfants et des personnes plus âgées, probablement ses parents, s'alignèrent près de la sépulture pour recevoir les condoléances traditionnelles. Marcelin demanda à Alain :

— Jacques n'avait pas de famille ?

— Sa famille, c'était moi et nos amis. Lorsqu'ils ont appris son homosexualité, tous les Dutourt se sont écartés de lui. Les parents de Monique ont su il y a peu qu'il était différent et eux, ils n'en ont rien dit à leur fille… des gens exceptionnels !

Marcelin se retourna pour gagner l'allée principale. Il s'inquiéta de savoir si la femme et les enfants de Jacques pourraient subvenir à leurs besoins.

— Je ne sais pas, mais Jacques était un grand anxieux et était très soucieux du devenir de sa famille. Avait-il contracté une assurance-vie ? Je n'en sais rien, mais cela ne m'étonnerait pas.

Ils sortirent parmi les derniers. Au loin, une grande femme blonde, toute de noir vêtue, semblait discrètement s'incliner sur la tombe. Marcelin l'aperçut et n'en fut qu'à moitié étonné. Il dit en lui jetant un œil :

— Le docteur Trabert est venue pour les obsèques de son malade, elle est extraordinaire, cette femme, je vais la saluer.

Le petit groupe rebroussa chemin en direction d'Helena et on se rendit compte que la perte de son malade ne l'avait pas laissée insensible.

— Vous savez, la recherche fait actuellement de gros progrès et je vous prédis que dans très peu de temps, nous aurons à notre disposition des associations médicamenteuses qui transformeront l'avenir de ces malades. Sans parler de guérison, ce sera un grand espoir.

Sans faire de commentaires, elle jeta un regard discret à de Broca avant de se diriger vers sa voiture. Marcelin proposa à l'avocat de le déposer chez lui, ce qu'il déclina.

— Merci à vous, mais j'ai demandé au taxi qui m'a amené de m'attendre, c'est la voiture noire que vous voyez en double file. Merci encore et à demain, May, rue La Boétie.

Ils étaient glacés, mais le confort de la voiture les aida à se réchauffer. Marcelin, en traversant la place de la Bastille, s'inquiéta.

— Tu crois qu'il va se remettre de la disparition de son ami, ton confrère ?

— Je n'ai aucune certitude, mais je crois qu'il est entouré de beaucoup d'amis dans le milieu homosexuel et que ces gens ne le laisseront pas tomber.

— OK, ça me rassure, il est sympathique, cet Alain. Quant à nous, direction rue de Seine, chez Anne-Marie, j'espère que Gilda aura avancé dans son travail et n'aura pas perdu son temps à faire enrager son grand-père.

— Je comprends ton inquiétude à ce sujet, Giaco adore sa petite-fille et elle le sait, mademoiselle en fait ce qu'elle veut. Quant à Alain, son cas n'est pas encore très clair, il est séropositif mais on ne sait pas très bien depuis quand, et on ne connaît pas l'importance de sa charge virale.

Marcelin fronça les sourcils et sembla réfléchir en conduisant.

Cet Alain avait dû se contaminer avec Jacques, qui était malade depuis plus longtemps. Jacques ou un autre ? À quel niveau en était-il ? Il était visible à l'œil nu que son état de santé avait un peu fléchi ces derniers mois, mais de Broca était anxieux de savoir son ami en si mauvais état, ce qui pouvait expliquer qu'il soit dépressif. Il se frotta les yeux pour se secouer car il se sentait fatigué.

— Oui, on ne sait pas et puis, la recherche progresse, il aura peut-être plus de chance que Jacques ?

La voiture derrière eux klaxonna, car il tardait à démarrer au feu vert, ce qui fit sursauter May et arracha un juron à Marcelin.

— Connard !

— Tu sais à quel point j'ai horreur que tu sois grossier. Tu m'entends, moi, crier comme une poissonnière ?

— Bisou.

— Tu promets de ne plus crier ?

— Bisou ou je ne promets rien.

Chapitre 43 – *Coin de parapluie au jardin des Tuileries*

1990 : le 4 juin, des étudiants chinois se réunissent sur la place Tiananmen à Pékin pour protester pacifiquement afin d'obtenir plus de démocratie et une lutte plus efficace contre la corruption dans leur pays. Ils sont chassés avec une grande violence par le régime communiste qui tire sur la foule, entraînant de nombreux morts et blessés. La communauté internationale, outrée, condamne cette barbarie et gèle pour un temps les livraisons d'armes à la Chine.

*
* *

Depuis peu, le docteur Hollestein avait pris une résolution importante : il s'accorderait une matinée entière et, ce temps libre, il le consacrerait à sa fille Gilda dont il était très fier. Elle était inscrite en première année d'histoire de l'art à l'école du Louvre et n'avait pas de gros efforts à fournir pour rejoindre son amphi le matin. Gilda était pour cela enviée de ses camarades : deux sonneries de radioréveil, une toilette de chat, et elle se trouvait dans la cour du Louvre, les cheveux en bataille et souvent de fort mauvaise humeur !

La jeune fille n'avait pas encore de projet bien précis concernant son futur parcours professionnel ; pour l'instant, elle suivait ses études et cela lui suffisait. Elle se passionnait pour l'art en général et l'histoire ancienne des cultures orientales. Depuis plusieurs années, elle suivait en parallèle et avec assiduité un enseignement de la langue arabe.

Le père adorait les petites visites qu'il s'offrait au Louvre avec sa fille et les connaissances historiques de Gilda commençaient à l'impressionner. Lui, il avait passé sa jeunesse à décortiquer des planches anatomiques et d'austères manuels de médecine, mais hormis cette dévorante activité, il avait négligé de se cultiver comme doit le faire tout honnête homme.

Ce matin-là, ils marchaient dans le jardin des Tuileries après avoir visité une nouvelle fois les salles consacrées aux civilisations égyptiennes.

— On rentre à l'appartement ?

— Non, maman m'a téléphoné ce matin, figure-toi qu'elle nous invite pour déjeuner, juste en face, au « Régina ».

— Le « Régina », mais c'est un hôtel ?

— Oui, c'est un hôtel, mais ils servent aussi les clients de l'extérieur qui souhaitent se restaurer. Dépêchons-nous, il va pleuvoir, tu as un parapluie ?

— Non, mais si on court un peu, on arrivera dans le hall avant d'être trempés !

En effet, la catastrophe fut évitée de justesse et ils s'engouffrèrent dans le tambour tournant de la porte d'entrée alors que la pluie crépitait sur l'asphalte.

Le père et la fille mirent un peu d'ordre dans leur apparence en riant comme des enfants et se dirigèrent vers la salle du restaurant. Ils ne furent pas longs à apercevoir May qui avait pu dégager deux heures pour déjeuner en ville ; elle avait été installée à une grande table ronde… et elle n'était pas seule.

— Bonjour, ma chérie. Docteur Trabert, quelle surprise, je ne pensais pas vous voir ici !

— J'espère que la surprise n'est pas trop désagréable. Maxime a deux heures de libres, j'ai pensé plus agréable qu'il se joigne à nous pour déjeuner au lieu de prendre un sandwich en bas de chez nous. Il apprend le même métier que nous, mais n'en est qu'au début.

May sentit un certain trouble chez son mari, mais celui-ci cacha très vite cet instant de surprise. Il s'installa et demanda à sa femme :

— Vous vous connaissez ?

— Quelle question ! Oui, bien entendu, mais jusqu'à ce jour, nous

nous étions rencontrées dans des circonstances moins agréables. Ce matin, comme j'avais moi aussi une heure à perdre… et, il faut le dire, un à deux kilos, j'ai décidé de rentrer à pied du bureau. C'est là que j'ai croisé le docteur Trabert, sous les arcades. Elle aussi prenait l'air et furetait à la recherche d'une bonne affaire en ce deuxième jour de soldes.

Hollestein tendit son trench-coat au maître d'hôtel et s'installa.

— Cette rencontre fortuite est bien agréable et sans vouloir aborder un sujet plus sérieux, nous vous remercions des soins que vous prodiguez à l'associé de ma femme, ce pauvre garçon paraît un peu perdu depuis le décès de son ami.

— Vous n'avez pas à me remercier, je fais mon travail et c'est tout.

— Gilda et moi avons passé la matinée au Louvre, cette étudiante en histoire de l'art décrasse son père qui est assez nul sur le plan culturel. À mon avis, elle aura plusieurs années de travail avant de me rendre présentable !

Ils commandèrent au maître d'hôtel un repas léger et la suite du déjeuner se poursuivit dans un climat agréable, May et Helena Trabert bavardèrent ensemble comme si elles se connaissaient de longue date et Marcelin, en lui-même, se posa jusqu'à la fin du repas une question, à laquelle il n'obtint pas de réponse :

Ce n'est pas la première fois que je m'interroge, mais, j'en suis certain, j'ai déjà rencontré cette Helena avant de faire sa connaissance il y a huit ans, mais où ? L'hosto ou peut-être la fac ? Et puis, ce parfum, cette senteur douce et insistante. J'ai le sentiment de les avoir toujours connus, elle et son parfum…

Helena Trabert paraissait enchantée de sa rencontre avec May, cependant, on le sentait bien, elle n'était pas totalement détendue. Elle laissait traîner un œil sur les deux jeunes gens qui semblaient très bien s'entendre ; son fils venait à l'instant d'inviter Gilda à une séance de cinéma, invitation qu'avait acceptée la jeune fille.

Mon Dieu, se dit-elle, *ces deux-là sont demi-frère et sœur ! Était-ce une bonne chose que d'accepter cette invitation à déjeuner ? Ma fille, tu joues avec le feu et n'oublie pas, ce sera à toi de prendre tes responsabilités, tu es la seule à savoir ! Si plus tard, tu as des problèmes à régler, là aussi tu seras seule.*

Marcelin leva la main pour commander des cafés. Il semblait satisfait des prestations du restaurant et demanda à ses convives la permission d'allumer une cigarette. Il eut droit à un regard incendiaire de sa femme, mais elle ne lui opposa pas de veto. Elle s'adressa à Helena pour lui demander ce qu'elle pensait de cette initiative.

— Hum, ce que j'en pense ? Le docteur Hollestein sait très bien ce que chaque médecin a constaté. À Saint-Louis, les salles consacrées aux malades atteints du cancer du larynx ou du poumon sont emplies de fumée… Eux, ils savent très bien ce qu'ils font et ils fument encore. Ils fument jusqu'au bout du chemin !

Marcelin écrasa sa cigarette et, pour sauvegarder sa dignité, tenta de dévier la conversation sur les aléas du temps.

Chapitre 44 – *Gérard*

1990 : l'ordinateur personnel se développe avec la diffusion de l'application Microsoft Windows. L'informatique révolutionne les rapports humains, le travail dans l'entreprise et la connaissance en général, grâce aux débuts d'Internet.

*
**

Ce matin, c'était « grande visite ». Une fois par semaine, en effet, le professeur Sicot rappelait à ses collaborateurs que c'était lui le chef du service ; il visitait tous les malades, accompagné d'un aréopage de médecins et d'infirmières, et distribuait conseils et réprimandes selon les cas.

La prestation, quelque peu solennelle, ne concernait qu'un seul étage et durait en moyenne deux heures. Pendant tout ce temps on discutait du dossier de chaque patient, du traitement que l'on pourrait lui appliquer et, lorsqu'on était sorti de la chambre, du pronostic que l'on pouvait craindre.

Sicot n'avait plus 20 ans, mais l'homme restait dynamique et curieux des nouvelles technologies. Helena Trabert, sa chef de clinique, était un solide pilier de son service. Il la savait rigoureuse, courageuse et, bien qu'intimement il s'en défende, ce professeur d'âge mûr ne restait pas insensible à l'élégance de sa collaboratrice.

Les stratégies thérapeutiques proposées par Helena étaient rarement remises en question par Sicot, ce qui faisait discrètement sourire la surveillante. Il se contentait souvent de hocher du bonnet à ses propositions et suivait le plan proposé par sa collaboratrice.

Alain de Broca était hospitalisé depuis quinze jours et occupait une chambre individuelle. Après avoir feuilleté son dossier, Trabert et Sicot convinrent de lui proposer un des nouveaux antirétroviraux à leur disposition et de le laisser sortir avec un rendez-vous de consultation dans dix jours.

— Monsieur de Broca, votre état est sérieux, mais il n'est pas préoccupant. Votre charge virale est modérée et nous n'avons pas à déplorer de complications. Vous pourrez sortir demain matin, le docteur Trabert adressera à votre médecin de ville un résumé de votre dossier.

Lorsqu'ils eurent regagné le couloir, Sicot demanda à Helena si elle connaissait le contaminateur. Elle lui rappela qu'il s'agissait probablement de Jacques Dutourt, cet avocat qu'ils avaient longtemps traité dans le service et qui était maintenant décédé. Dutourt était l'ami d'Alain de Broca. Le professeur Sicot fit la moue et déclara.

— Il a l'air bien, ce de Broca, j'espère que nous arriverons à le stabiliser.

Une heure plus tard, la visite était terminée et Sicot fit signe à Helena de le rejoindre dans son bureau.

La jeune femme avait terminé son service, elle passa donc au vestiaire pour récupérer ses vêtements civils et se rafraîchir, puis frappa à la porte du patron.

— Entrez, Docteur Trabert et installez-vous, j'ai quelque chose à vous proposer qui pourrait vous intéresser et qui m'aiderait certainement beaucoup.

Elle devint attentive en attendant la suite qui ne fut pas longue à venir.

— Vous savez tout le bien que je pense du nouveau traitement antirétroviral de MTD encore à l'étude ? Eh bien sachez qu'on propose à notre service un travail de niveau 3 qui sera suivi d'une publication en anglais sur le *British journal of pharmacology*.

Elle le coupa.

— Les publications sur ce support sont sévèrement contrôlées et je sais qu'ils n'acceptent aucune médiocrité.

— Exactement, la tâche sera donc lourde, et seul, je n'y arriverai pas. En plus, vous connaissez mes lacunes en anglais ! Si je ne suis pas assisté par un cerveau anglophile, je mettrai un temps fou pour rendre un travail correct.

Il expliqua à sa collaboratrice les modalités de l'expérimentation et précisa que l'article de niveau international serait signé de leurs deux noms.

— Seriez-vous d'accord pour que nous organisions quelques séances de travail chez moi le soir ? Il va s'avérer indispensable de construire un protocole rigoureux.

— Monsieur, je suis honorée de partager ce travail avec vous et j'accepte bien volontiers la proposition.

Un rendez-vous fut pris pour le vendredi suivant :

— 21 heures, avenue de La Bourdonnais à Paris, ce sera possible pour vous ?

Elle acquiesça d'un geste de la tête.

— Parfait, vous sonnerez en bas, c'est au 2ᵉ étage.

Le vendredi suivant, à l'heure dite, elle poussait le bouton de l'interphone. L'immeuble, dès l'entrée, était impressionnant. Le hall en était surdimensionné et il laissait place au fond à un escalier de marbre monumental orné d'une rampe ouvragée.

— Docteur Helena Trabert, pour le professeur Sicot.

— Très bien, Docteur, 2ᵉ étage, prenez l'ascenseur de droite, je vous en ouvre la porte.

La cabine, décorée de verres « art nouveau » était agrémentée d'une banquette recouverte d'un dralon rouge et un lustre à cristaux en assurait l'éclairage. Elle ne trouva pas de bouton de sélection d'étage, pourtant à l'énoncé de son nom l'ascenseur s'ébranla. Au 2ᵉ étage, la porte s'ouvrit automatiquement et Helena eut la surprise de poser les pieds dans un hall privatif meublé d'une commode Louis XVI et de deux fauteuils du même style. Elle était certainement à l'intérieur de l'appartement. Le majordome, entré par une porte à doubles battants, la salua et se chargea de ses vêtements ; d'un geste de la main, il lui indiqua un salon où Sicot lisait un magazine. Ce dernier l'accueillit en souriant.

— J'espère que vous n'avez pas eu de désagrément de circulation. Je vous en prie, installez-vous dans ce fauteuil. Au fait, avez-vous dîné ?

— Oui, bien entendu, j'ai eu largement le temps.

— Si cela ne vous gêne pas trop, je termine une petite collation, je suis rentré affamé de ma consultation du quai d'Orsay.

Il pénétra dans la salle à manger, suivi de sa collaboratrice. Helena resta discrète, pourtant elle était étourdie par le luxe de l'appartement.

— Comme vous pouvez le voir, tout ici est très beau, mais un peu triste. Je vis seul, aidé par Diego mon majordome, car je suis veuf et mon fils est loin. Il est médecin cardiologue à Bordeaux et je le vois en moyenne une fois tous les deux mois.

Un quart d'heure plus tard, ils prenaient place autour du bureau du professeur Sicot et travaillaient sérieusement au protocole. Bien plus tard dans la soirée, ils jugèrent leur tâche terminée et Helena se leva pour prendre congé. À peine franchissait-elle la porte de l'ascenseur que son hôte s'inquiéta de la savoir dehors dans la nuit, aussi lui proposa-t-il de l'accompagner à la voiture. Elle était garée à deux pas et le quartier était particulièrement calme. Il la salua alors qu'elle était installée au volant.

— Helena, nous avons bien travaillé et je vous en remercie. À demain matin dans le service. Vous permettez que je vous appelle Helena ?

— Aucun problème, Monsieur. Helena, j'y suis habituée, tout le monde me nomme ainsi.

— Je pense que nous serons amenés à nous revoir régulièrement pour la suite de ce dossier. Vous l'avez vu, ce ne sera pas une petite affaire, mais à deux nous y arriverons.

— Deux cents patients, c'est énorme, nous en avons bien pour un an à collationner les malades et il faudra compter six à huit mois supplémentaires pour finaliser le travail.

— Il est tard, soyez prudente en voiture !

*_**

Elle venait de terminer l'examen de ses malades hospitalisés et se sentait fatiguée. Songeuse, elle se lavait les mains avec une solution hydro-alcoolique dans le box des infirmières quand le patron entra dans la pièce. Il paraissait furieux.

— Les gens de chez MTD commencent à me casser les pieds, ils m'ont téléphoné vers 10 heures pour me demander d'ajouter des éléments nouveaux au protocole ! Je leur ai donné mon accord, mais je les ai mis en garde. On ne pourra pas travailler ensemble s'ils rajoutent chaque semaine une nouvelle procédure. Nous allons devoir nous réunir plus tôt que prévu, Docteur Trabert, cela vous sera-t-il possible ?

— Je suis libre demain soir, si mon fils peut me prêter sa voiture. La mienne est en réparation. Permettez que je l'appelle, il doit travailler à l'appartement.

— Si ce n'est pas trop indiscret, que fait-il, votre fils ?

Le visage d'Helena se rembrunit, elle se tourna vers Sicot.

— Il est étudiant et, demain soir, il assiste à une conférence de préparation au concours de l'internat. Vous connaissez les conférences « Laennec » ?

— Oui, très bien, j'ai moi-même usé mes fonds de culotte sur leurs chaises. C'est une préparation d'obédience catholique, j'en conserve un très bon souvenir. Mais, je pense à une possibilité… Je ne sais pas si votre fils sera d'accord, mais pourquoi ne vous déposerait-il pas ici avant sa conférence et ne passerait-il pas vous rechercher en fin de soirée lorsqu'il sera libre ?

— Oui, bien sûr, je le rappelle. En espérant qu'il n'ait pas prévu autre chose après son cours.

— Parfait, appelez-moi demain après-midi pour confirmer, je vous passe mon numéro personnel.

Le lendemain soir, elle se retrouvait dans le bel ascenseur de l'avenue de La Bourdonnais et confiait son manteau à Diego. Sicot commanda des cafés à son employé et lui demanda de sortir du réfrigérateur les gâteaux achetés rue de Montessuy ainsi qu'une bouteille d'orangeade. Les deux médecins s'installèrent dans le bureau attenant.

— Je suis bien conscient que j'exagère, j'aurais pu faire ces modifications moi-même, mais ce qui me gêne, c'est toujours cet anglais ! Vous l'avez remarqué, je suis incapable de rédiger dix lignes d'affilée. Vous par contre, Helena, vous êtes parfaitement bilingue, d'où vous vient cette facilité ?

— J'ai vécu deux ans à Londres à l'âge de 13 ans, dans une famille qui ne parlait pas un mot de français. Mes parents avaient considéré qu'il s'agirait d'une perte de temps dans mes études secondaires, mais certainement d'un gain très profitable pour mes études supérieures, et ils ne s'étaient pas trompés !

— Non, vos parents sont certainement des gens clairvoyants…

— Vous avez dit « clairvoyants », vous avez aussi raison. Et en plus, ils sont compréhensifs, par exemple ils n'ont pas bronché lorsqu'ils ont su que leur fille était enceinte et m'ont aidée du mieux qu'ils ont pu à assumer l'épreuve. Ce n'était pas facile, à la fin des années 60, une fille-mère et ça n'avait pas très bonne réputation. Fille-mère cela signifiait, fille facile !

— Arrêtez, je vous en prie, nous ne sommes plus au XIXᵉ siècle ! Et le père, il s'est défilé ?

— Le père, je le connais, et c'est d'ailleurs un de nos collègues. On s'est revus comme confrères, mais c'est tout, et il ne sait pas qu'est né un enfant de lui.

— Vous ne lui avez jamais dit ?

— Non.

Elle expliqua la soirée où elle s'était fait inviter pour approcher de plus près l'interne en médecine chargé de ses travaux dirigés. Puis il y avait eu ce slow dans le salon de l'appartement du rond-point des Champs-Élysées et enfin on devinait la suite. Sicot se dit qu'il était allé un peu loin dans les indiscrétions.

— Je vous oblige à parler de votre vie comme si elle m'appartenait, je deviens franchement indiscret.

— Non, vous ne m'obligez pas. Si vous m'obligiez, je ne vous répondrais pas, croyez-le bien.

Ils continuèrent à travailler sérieusement et, une heure plus tard, ils refermaient le dossier.

— Je vous en prie, ne m'appelez plus « Monsieur Sicot » pendant nos soirées de travail. Moi je ne vous appelle pas « Docteur Trabert », je vous donne sans difficulté du « Helena », faites comme moi. À l'hôpital, c'est différent, ce serait la révolution, mais ici… À tout hasard, si ma proposition vous convient, je vous informe que je m'appelle Gérard. Ce n'est pas trop démodé, Gérard ? Je vais redemander des cafés à Diego.

Il sortit de la pièce puis réapparut quelques instants plus tard ; il portait deux tasses fumantes.

— J'espère qu'il sera à votre goût, c'est moi qui l'ai fait. Diego a rejoint sa chambre, car depuis trois jours il est grippé. Nous avons de la chance, il reste deux macarons. Je vous en prie, servez-vous.

Helena sourit à la vue de son patron en bras de chemise et, à ce moment, il lui évoqua un garçon de café. Elle se leva et lui demanda où elle pourrait trouver le sucre.

— Le sucre ? Je n'en sais trop rien, dans le buffet de la cuisine, peut-être ?

Il revenait du salon dont il poussa la porte sans bruit.

— La vie de famille me manque. Le professeur Sicot, malgré les apparences, mène une existence bien loin d'être idyllique !

Un moment elle se demanda s'il n'allait pas verser une larme, mais il se ressaisit. Elle voulut l'aider et lui demanda :

— Votre fils cardiologue qui habite Bordeaux, il n'a pas d'enfants ?

— Si, bien sûr, il a deux filles, mais je les vois très peu, car sa femme est maladivement tournée vers sa famille et son beau-père ne l'intéresse guère. Ici, ce grand appartement est toujours vide d'enfants, ce qui le rend bien triste !

D'un coup, il sembla chasser ses mauvaises pensées et fit en marchant le tour de son bureau. Il expliqua à Helena qu'elle avait parlé de sa vie et que c'était son tour de raconter la sienne. Avant de lui narrer sa triste expérience, il voulut préciser :

— Moi je vous le dis, le père de Maxime est un gros balourd et ce petit monsieur a perdu l'occasion d'avoir à ses côtés une compagne exceptionnelle, tant pis pour lui ! Probablement ne la méritait-il pas !

— C'est très flatteur pour moi, mais comment lui en vouloir ? Il n'a pas su que j'étais enceinte puisque je ne lui ai jamais dit. Vous savez, mon éducation ne m'a jamais prédisposée à demander l'aumône.

— Oui, j'avais déjà constaté votre discrétion, mais je ne voulais pas parler de votre grossesse. C'est votre rencontre avec le père de Maxime qui m'intrigue et, ce qui me semble grave, c'est que ce jeune homme n'ait pas su reconnaître en vous la compagne de sa vie.

— À sa décharge, j'étais jeune et un peu folle. Ce soir-là, c'est carrément moi qui l'ai aguiché, et puis nous ne nous sommes vus qu'une seule fois à cette époque.

— Il n'a pas cherché à vous revoir ?

— Non, pas du tout. J'ai su bien après qu'il était marié à une juriste, une épouse belle et intelligente qu'il aime sûrement. Pour moi, c'est la femme idéale… alors vous savez, Helena Trabert ! Je sais tout ça, car je les vois de temps à autre à l'hôpital ou dans notre quartier, car figurez-vous… nous habitons à trois cents mètres les uns des autres ! En plus, le hasard a fait que je soigne dans notre service un ami du couple qui est avocat comme elle.

— Vous le revoyez et il ne vous reconnaît pas ?

— Non, j'ai changé depuis cette époque. Et puis, comme je vous l'ai dit, on ne s'est vus qu'une seule fois il y a une vingtaine d'années.

— Tout de même, moi je ne vous aurais pas oubliée.

Elle lui sourit affectueusement et se leva, Gérard Sicot déposa deux autres cafés sur la table basse et prévint qu'il s'agissait de décaféiné.

Enhardi par les confidences d'Helena, à son tour il raconta sa vie.

Il était veuf depuis cinq ans, son épouse s'étant suicidée au volant de sa voiture. Elle s'était jetée à grande vitesse contre un camion qui venait en face sur une route nationale.

Suicide, malaise ? Personne n'avait pu vraiment conclure, mais l'autopsie avait livré certains éléments d'orientation.

L'analyse biologique avait d'abord révélé une dose importante d'alcool dans le sang et la conductrice avait préalablement apposé sur le pare-brise de sa voiture une lettre fixée avec un papier collant pour expliquer son geste. Ces deux éléments avaient emporté la conviction des enquêteurs.

La santé mentale de sa femme s'était altérée depuis longtemps, la pâle bourgeoise de l'avenue de La Bourdonnais ne supportant plus sa vie larvaire aux côtés d'un mari dont la réussite sociale s'étalait dans la presse médicale.

De façon insidieuse et cachée, elle s'était mise à consommer du vin blanc en cuisine. Au début, ce furent les bons crus qui disparaissaient de la cave familiale et puis, peu à peu et craignant de se faire prendre la main dans le sac, elle achetait par trois des bouteilles de vin blanc ordinaire normalement destinées à la pratique culinaire, chez le caviste du coin de l'avenue Rapp.

Au départ, ce n'était pas un alcoolisme bruyant et générateur de paroles incohérentes qui eût été inadmissible dans ce milieu social : c'était plutôt une thérapeutique anxiolytique, un traitement sournois et doucement sédatif. Il n'aimait plus sa femme et n'avait pas été attentif à cette dérive.

Plus tard, l'évidence avait claqué comme un fouet cinglant sur le dos de sa responsabilité. Il lui arrivait de rentrer le soir de l'hôpital et de la trouver affalée sur la table de la cuisine, vêtue de son éternelle robe de chambre à fleurs. Elle était, ces soirs-là, incapable de lui parler calmement et niait violemment son intempérance. Pour ne plus entendre ses cris, il avait laissé faire. La déviance de sa femme était entrée dans les habitudes de l'appartement et lui, pour avoir la paix, faisait comme s'il ne savait rien.

Lentement le corps de sa femme s'était déformé. Au début, c'était une prise de poids incontrôlée, contrastant avec des jambes maigres et violacées, puis était apparu ce visage qui n'était plus le sien, ce visage couperosé et figé, coiffé d'un cheveu rare et cassant…

Sicot, affecté par l'aveu peu glorieux qu'il venait de livrer à Helena, releva la tête et la voix cassée par l'émotion ajouta :

— J'ai mis beaucoup de temps à m'avouer ce que je ne voulais pas voir. Ma femme était malade de l'alcool. Pensez, dans notre milieu, ce n'était pas possible ! Pourtant, lorsque son ventre s'est mis à grossir, j'ai compris qu'elle développait une ascite et là… c'était trop tard.

Ses yeux étaient humides et son visage, tendu et pâle. Helena posa sa main sur la sienne et tenta de le réconforter.

— Vous savez comme moi à quel point cette addiction à l'alcool est perverse et, comme tous les médecins, nous connaissons la fréquence de la dissimulation chez les femmes. Vous n'avez pas grand-chose à vous reprocher.

— Moi je vois très bien ce que je n'ai pas fait. Je ne l'ai pas suffisamment écoutée, je me suis plongé dans mon travail et, lâchement, je l'ai abandonnée à sa solitude et à ses démons.

— Le suicide fonctionne toujours avec le même ressort. C'est une flèche empoisonnée au poison de la culpabilité que la victime envoie à son entourage, et cette flèche reste plantée toute une vie dans sa poitrine !

Une sonnerie retentit dans la galerie de l'entrée.

— C'est sûrement votre fils, il a terminé sa conférence et vient récupérer sa maman.

— Oui, certainement. Vous savez, Maxime avec l'âge devient un peu tyrannique, il a tendance à remplacer son père et à me surprotéger.

— C'est plutôt sympathique, je lui demande de monter afin de faire sa connaissance.

Quelques minutes plus tard, le garçon faisait son apparition dans le grand salon, salon qui ne l'impressionnait pas le moins du monde.

— Enchanté de vous connaître, Maxime, votre mère m'a parlé de votre inscription aux conférences « Laennec », dont je suis moi-même un ancien. J'ai conservé un excellent souvenir de la sueur que j'ai pu y laisser. Nous avons terminé notre travail. Méfiez-vous, à cette heure dans Paris, on rencontre beaucoup de conducteurs avinés.

Après avoir salué le maître des lieux, Helena et son fils se retrouvèrent muets dans la cabine de l'ascenseur. Maxime semblait un peu tendu, comme si sa soirée de travail avait été une source de soucis. Helena s'en rendit compte et lui demanda :

— Tu en fais une tête, c'est le plaisir de me revoir qui te met dans cet état ?

— Mais non, pas du tout…

Il était inquiet car il se demandait comment se déroulerait la demi-heure qui allait suivre. Il se disait :

C'est la première fois que je lui présente une fille, comment va-t-elle l'accueillir ? Il faut bien pourtant qu'elle se dise que son fils est un grand garçon et qu'il y a belle lurette qu'il ne suce plus son pouce ! Ce qui est moins bien et que je ne lui dirai pas, c'est que ce soir, au lieu de bosser à la « conf » Laennec, nous sommes allés danser !

Dehors, ils retrouvèrent la nuit et cette pâleur blafarde dont seule la ville a le secret. En levant les yeux, Helena vit une silhouette sur le balcon du 2e étage, qui la saluait. Elle répondit d'un sourire et se dit :

J'ai de la chance, car ce soir, j'ai un nouvel ami. Quel dommage, nous avons été bien tristes pendant la soirée, j'espère qu'il n'en sera pas de même pour toutes nos rencontres !

Il lui sembla que le visage souriant, du haut de son balcon, lui répondait : *Helena, je vous promets le contraire.*

La tête dans les étoiles, elle s'approcha de la voiture pour s'asseoir du côté du passager, mais une silhouette lui apparut avec l'éclairage du bord.

— Gilda ! Si je m'attendais à vous voir ! Ce grand dadais de Maxime ne m'a pas prévenu de votre présence.

La jeune fille descendit et embrassa Helena. Elle semblait radieuse. La maman, quant à elle, prit les devants et posa la question qu'attendait son fils.

— Mais, dis-moi, mon garçon, cette conférence Laennec ?

— C'est demain. Ce soir, je suis sorti avec Gilda.

La voiture était serrée entre deux fourgons de livraison. Il la dégagea avec peine et constata que les deux femmes discutaient sans façon. Elles s'étaient l'une et l'autre installées à l'arrière de la petite Renault et les deux femmes percevaient son visage lorsqu'il tournait la tête en conduisant. Helena, une fois encore, constata que son fils ressemblait terriblement à son père et elle se dit en elle-même :

Que cherche-t-elle chez ce garçon ? Probablement la même chose que moi à son âge, il est beau, jeune et intelligent... irrésistible pour une jeune fille. Oui, la même chose que ce qui m'animait, avec cependant un détail, une différence que je ne peux pas oublier : Maxime est son demi-frère et je ne pourrai pas laisser évoluer plus longtemps une situation aussi scabreuse. Je suis la seule à connaître le secret de la naissance de mon fils et c'est à moi, et à moi seule, qu'il importe de régler ce problème.

Il la déposa devant l'immeuble rue du Louvre et lança cette phrase lapidaire.

— Je ramène Gilda.

Un peu agacée, elle lui rétorqua :

— Oui, je m'en doute, tu ne vas pas la laisser sur le trottoir en pleine nuit !

— Quel caractère ! À tout à l'heure, maman.

La voiture démarra et Gilda, qui avait regagné la place avant, ricana.

— À tout à l'heure, maman, je serai bien sage !

— Oui, tu as raison, je me conduis avec elle comme si j'avais 10 ans, mais il ne faut pas oublier que nous avons toujours vécu tous les deux en cercle restreint. J'en suis un peu marqué, et elle aussi.

Elle profita d'un feu rouge pour l'embrasser.

— Pardon, j'ai été stupide.

Maxime, pour faire le malin, lui déclara :

— Que fait-on, on rentre ou on prend une chambre d'hôtel ?

— Eh, dis donc, toi, tu ne manques pas de culot ! Il faudra, mon gars, que tu apprennes à parler aux filles. Dépose-moi rue de Rivoli, devant mon immeuble, je suis certaine que ma mère n'est pas couchée.

— Ah, toi aussi… ta maman !

⁂

Helena se tournait et se retournait dans son lit sans trouver le repos. La soirée avait été riche d'émotions en tout genre. D'abord, elle avait entendu la confession douloureuse de Gérard Sicot, en partie abandonné par son fils – en partie, seulement, car le Bordelais pensait sûrement à l'héritage qui lui passerait sous le nez s'il allait plus loin. Son patron, enfoui sous une montagne de travail, avait laissé sa femme partir à la dérive et se desséchait maintenant au vent de la solitude.

Elle sourit en se cachant sous son oreiller.

— Tu n'aurais pas un petit faible pour lui, toi ?

La réponse lui sembla évidente. Bien sûr qu'elle était éprise de Gérard Sicot ! Quant à lui, depuis qu'il collaborait avec Helena, il avait beaucoup changé ; il était plus souriant et s'habillait avec recherche, on avait la sensation en les voyant que ces deux-là, bien qu'ils ne se soient encore rien avoué, étaient faits pour s'entendre.

Elle pensa alors à Marcelin, le père de son fils. Pourquoi avait-elle eu à son égard ce comportement étrange, cette attitude aux limites de la folie pendant toutes ces années ? Elle s'était ingéniée à frôler son amant d'un soir dans tous les événements de sa vie sans lui dévoiler qui elle était, comme si elle désirait seulement être sa mauvaise conscience. Elle jugea son attitude stupide et s'endormit en pensant que demain, elle « ferait » les magasins.

Chapitre 45 – *Le verrou*

1990 : le 2 août, les troupes irakiennes de Saddam Hussein envahissent le Koweït. C'est le début de la guerre du Golfe (1990-1991).

**

Ce matin, le professeur Sicot était arrivé une heure plus tôt que d'habitude : il avait promis à l'un de ses malades de le voir avant son départ en radiologie, mais surtout – bien qu'il ne se l'avouât pas –, il lui tardait de revoir Helena. Après un moment d'hésitation, il se décida à la faire appeler dans son bureau.

— Allô, Madame Despois ? Bonjour, Madame, voulez-vous demander au docteur Trabert de me rejoindre dans mon bureau, s'il vous plaît ?

La surveillante attrapa une petite stagiaire par la blouse.

— Le patron demande Helena dans son bureau, file la prévenir et ne traîne pas, il n'a pas l'air de bonne humeur.

Quelques instants plus tard, le docteur Trabert frappait à la porte du chef de service qui la recevait en souriant.

— Asseyez-vous, je vous en prie. Je veille, vous vous en doutez, à ce que le service ne se doute pas de nos relations privilégiées, mais sachez-le, ça me coûte énormément. À propos de relations privilégiées, seriez-vous libre pour que nous nous rencontrions vendredi prochain au Louvre ?

— Les travaux du carrousel sont terminés ?

— Non, je ne crois pas, d'autant que le chantier a été retardé par des découvertes souterraines inattendues, mais tout cela ne gêne pas la visite du musée. D'ailleurs, si vous en êtes d'accord, on pourrait prendre un thé et une pâtisserie et puis visiter le département des peintures du XVIIIᵉ siècle. Tout ceci vous paraîtra certainement un peu austère, mais j'ai besoin de votre avis.

— Besoin de mon avis ? Je sens l'examen de passage… Au fait, où ça, le thé ?

— Je ne sais pas, peut-être chez Angelina, rue de Rivoli ?

— Angelina ? Non, je préférerais ailleurs.

— Aucun problème ! On trouvera autre chose dans le quartier. Alors, c'est d'accord ?

— Oui, avec plaisir. Il y a très longtemps que je n'ai pas fait de visite au Louvre, ce qui est scandaleux quand on sait que j'habite à cent mètres du musée. Je retourne en salle, j'examinais un malade lorsque vous m'avez appelée.

— Toujours aussi sérieuse, Helena !

— Pas toujours, mais ici, j'essaie.

Elle referma la porte avec un petit signe de connivence et rejoignit la salle où elle faisait sa visite. Sicot, lorsqu'il fut seul, se sentit heureux mais un peu inquiet.

Je ne sais pas où tout cela va nous mener, pour l'instant en ce qui me concerne j'ai la sensation de refermer la boîte noire de ma solitude et d'ouvrir celle du bonheur.

*

Ils s'étaient donné rendez-vous au 109 rue de Rivoli devant les guichets du Louvre. Helena stationnait sa voiture lorsqu'elle l'aperçut qui sortait du métro. Un thé brûlant et deux madeleines plus tard, ils présentaient leurs billets au préposé et rejoignaient le département des peintures où Sicot disait avoir un projet.

La salle dédiée au « siècle des Lumières » se trouvait au 2ᵉ étage et les deux visiteurs, impressionnés par la hauteur de la voûte, entrèrent muets dans l'immense pièce. Ils souhaitaient examiner de près un grand format que Sicot voulait faire connaître à son amie.

— Je souhaitais vous faire découvrir *Le verrou*, une scène galante de Fragonard, et vous demander ce que vous en pensez.

— Même ici, vous serez toujours le professeur Sicot ! Vous pensez que je suis dupe, vous me faites passer un test afin de mesurer mes connaissances culturelles !

— Pardon Helena, pour cette maladresse ! Bien sûr que non, et je serais d'ailleurs bien mal venu de me lancer dans ce stupide concours, car je suis moi-même totalement inculte. Je suis inculte, mais depuis peu, je m'intéresse à la culture et ne demande qu'à apprendre. Si je vous demande votre avis sur la scène galante peinte par ce peintre du XVIIIe siècle, c'est pour une raison qui fait débat depuis la mort de Fragonard… vous allez voir.

Ils se tenaient devant la grande toile appelée *Le verrou* et, soudain, Helena s'écria :

— Il va la violer !

Le tableau représentait un couple enlacé debout devant un lit dévasté. L'homme tendait la main pour tirer le verrou de la porte.

— Non, je ne crois pas, ils vont faire l'amour. D'ailleurs, cette pomme posée sur la table de nuit, c'est le péché originel !

Peu convaincue, Helena répliqua :

— Je persiste, elle aussi tend la main pour accéder au verrou, mais dans son cas, c'est pour l'ouvrir et appeler à l'aide.

Il riait, car il était arrivé à ses fins.

— Point de vue féminin ou point de vue masculin. Depuis deux siècles, les spécialistes se sont affrontés pour savoir si dans cette toile on surprend une scène entre un amant et sa maîtresse, ou si on assiste, impuissants, à la lutte inégale entre une femme et l'homme qui veut la violer.

— C'est en effet intéressant d'essayer de décrypter à distance les intentions du peintre.

— Oui, Helena, vous avez raison, mais on ne va pas passer notre soirée avec Fragonard ! Moi je pense surtout que le peintre exprime l'un de ses fantasmes personnels, celui de la femme soumise qu'il peut mettre dans son lit à sa convenance.

Ils s'intéressèrent à divers peintres, mais Sicot se rendit compte qu'il commençait à lasser Helena… Assez vite, ils regagnèrent la sortie.

— Je vous ai cassé les pieds avec cette histoire de tableau, n'avez-vous pas faim ?

— Si, un peu.

Ils sortirent du musée et traversèrent la rue de Rivoli pour gagner les jardins du Palais Royal.

Gérard Sicot le remarqua : ce soir, Helena était transformée. Elle s'était débarrassée de ses habituelles tenues noires qui lui donnaient une belle élégance, mais la figeaient aussi dans un uniforme austère et un peu triste.

— Elle vous va à ravir, cette petite robe rouge, et je n'étais pas habitué à vous voir maquillée.

— Vous aimez ?

— Oui, j'aime vous savoir gaie et féminine et j'aime aussi que dans cette transformation vous ayez préservé votre merveilleux parfum. À l'hôpital, je ne suis habitué qu'à la tristesse de la maladie et les femmes-médecins que je côtoie ont pour beaucoup perdu leur sensibilité féminine. Vous, ce soir, c'est différent, je vous avoue que je suis ébloui !

— Ébloui ? Tout de même pas à ce point !

Ils s'étaient naturellement assis sur un banc du jardin, alors que la nuit tombait. Gérard Sicot prit la main de la jeune femme et la regarda, les yeux emplis d'émotion.

— Je ne sais comment vous dire, car j'ai le sentiment d'être ridicule avec mes 55 ans. Vous vous rendez compte, j'ai onze ans de plus que vous, et je prétends vous faire la cour ! Si vous jugez mon comportement incongru, dites-le moi et envoyez-moi balader sans tarder !

Elle lui prit la tête à deux mains, le regarda intensément et l'embrassa avec fougue.

— Ce baiser, c'est uniquement pour t'empêcher de dire des bêtises.

— Uniquement ?

— Non, bien sûr.

Comme des adolescents et indifférents aux passants qui prenaient le frais, ils s'embrassèrent à nouveau et se caressèrent affectueusement sur le petit banc de leur bonheur.

Gérard voulut continuer ses explications, mais Helena à nouveau l'interrompit en lui demandant :

— Je commence à avoir sérieusement faim, as-tu vraiment l'intention de m'inviter à dîner ?

— Dîner, je ne sais pas encore. À tout hasard, entrons ici.

Dans la galerie du Palais Royal, il ouvrit la porte d'un restaurant et laissa passer son amie.

— Le Grand Véfour, mais tu es complètement fou !

— Tu as raison, je suis fou de toi. Pourvu que, bien longtemps encore, tu apprécies cette folie !

La salle brillait de mille feux et la richesse de la décoration paraissait inchangée depuis l'origine de l'établissement. Le maître d'hôtel les conduisit à leur table et Helena eut un sourire malicieux à l'intention de son compagnon.

— Dis-moi, Gérard, tout ceci ne serait-il pas un peu… prémédité ?

— Prémédité ? Oui, bien sûr, mais assorti d'une crainte terrible, celle de me faire renvoyer à mes chères études !

Elle saisit à nouveau la main de son vis-à-vis au-dessus de la table et l'embrassa.

— Je suis très heureuse d'être avec toi et je peux ajouter qu'il y a bien longtemps que je n'ai pas été aussi heureuse.

Il se leva pour l'embrasser, malgré la présence des quelques dîneurs qui sourirent, semblant applaudir l'initiative. Vers 23 heures, ils se dirigèrent vers la sortie. Tous les deux avaient la tête dans les étoiles.

Gérard ne conduisant pas, c'est avec la voiture d'Helena qu'ils s'enfoncèrent dans la nuit éclairée de Paris. Sur le pont de la Concorde, il demanda à sa conductrice :

— Et maintenant, où allons-nous ?

Elle stationna la petite Citroën au bord du trottoir et embrassa à nouveau son passager.

— Je nous ramène chez toi. À moins que tu ne souhaites pas m'accueillir dans ton appartement !

La bourgeoise avenue de La Bourdonnais, à l'image de ses habitants, dormait paisiblement. Ils se tinrent serrés l'un contre l'autre dans l'ascenseur et la jeune femme, posant la tête sur l'épaule de son ami, lui murmura :

— Tu vas me prendre pour une fille…

— Là, tu ne te trompes pas. Avec un garçon, j'aurais moins de facilités !

Elle se serra à nouveau contre lui, mais bien vite ils durent quitter la cabine et entrèrent dans l'appartement. Gérard se débarrassa de sa veste et demanda, en sortant de la cuisine :

— Je te sers une orangeade ou autre chose ?

— Je prendrais bien volontiers un verre d'eau, s'il te plaît.

— Je t'apporte ça tout de suite. Au fait, comment va Maxime ?

— Maxime se porte à merveille, il travaille et s'intéresse aux filles, cela me paraît naturel à son âge.

— Naturel, en effet, pour un garçon… et pas seulement à 20 ans.

Helena demanda à prendre une douche et Gérard lui montra la salle de bains en déclarant :

— Moi aussi, je prendrais bien une douche.

Ils se dévêtirent fébrilement dans le grand salon. Brusquement, Helena se couvrit de la chemise de son ami et, un peu paniquée, s'écria :

— Diego, je ne l'ai pas vu ! Et s'il entrait ?

Gérard la rassura.

— Diego dort au 6ᵉ étage et n'entre jamais la nuit dans l'appartement sans m'avoir prévenu par l'interphone. Tu ne crains rien, ma chérie.

La douche était chaude et confortable. Ils se savonnèrent et s'embrassèrent longuement, puis coururent s'allonger sur le lit.

Chapitre 46 – *Chant d'arômes*

1991 : le 17 janvier, début de l'opération « Tempête du désert » menée par une coalition internationale constituée pour chasser les troupes de Saddam Hussein hors du Koweït.

***

May rentrait à pied, mais ce n'était pas vraiment pour elle un grand parcours ; il lui suffirait de traverser le fleuve sur le pont des Arts, de marcher cinq minutes dans la cour du Louvre et puis de traverser un bout du jardin des Tuileries. Elle pousserait la grille et elle serait chez elle.

Sur le pont où déambulaient de jeunes couples, elle sourit en apercevant la place Dauphine, cachée derrière la statue du bon roi Henri, et pensa à la chance qui était la sienne de vivre au cœur d'un aussi bel assemblage minéral.

Elle consulta sa montre et constata qu'elle était en retard. Comme une adolescente, elle se mit alors à courir dans la cour carrée et bien mal lui en prit, car elle brisa l'un de ses talons sur les vieux pavés et termina pitoyablement son trajet en boitant dans le jardin des Tuileries.

Dans l'ascenseur, elle mesura qu'elle était essoufflée et se dit qu'elle ne marchait pas suffisamment.

— Tu ne fais plus assez d'exercice physique, il va falloir que ça change, ma vieille !

Marcelin, cet après-midi-là, était libre. Elle entra dans l'appartement, embrassa son mari et jeta ses clefs sur la commode. En feuilletant un magazine arrivé le matin, elle lui demanda s'il souhaitait l'accompagner.

— Te suivre ? Oui, bien entendu, tu sais que je souhaite être près de toi le plus souvent possible. Mais te suivre pour aller où ?

— J'avais l'intention de rendre visite à mon associé qui est hospitalisé à Saint-Louis.

— Ton associé, celui qui était le compagnon de Jacques Dutourt ?

— Oui, exactement, Alain de Broca. Je suis un peu inquiète à son sujet, car il ne me semble pas très en forme.

— Pas très marrant, ton après-midi, mais je t'accompagnerai. Comme je te l'ai dit tout à l'heure, je ne peux plus me passer de toi.

— Fous-toi de moi !

Alain était hospitalisé dans le même service que feu son ami, dans la chambre attenante à celle qu'avait occupée Jacques, ce qui n'était pas très rassurant. Lorsqu'ils se présentèrent, le malade travaillait sur un dossier juridique. Il parut agréablement surpris de les voir, avança des chaises et d'emblée leur annonça qu'il sortait la semaine suivante.

— Cette affaire passe au tribunal vendredi prochain et j'ai bien l'intention de la défendre moi-même.

Il semblait aller parfaitement bien, comme si ces quelques jours de repos forcé lui avaient tenu lieu de vacances. Soudain, son visage se rembrunit. Il se leva et se tourna vers ses visiteurs.

— Moi aussi, je suis positif ! Rien à voir avec Jacques, qui a fait l'autruche pendant de nombreuses années. Mais je suis tout de même positif et je relève d'un traitement. Idiot, non ?

Cette annonce plomba un peu l'atmosphère. On frappa à la porte ; c'était le médecin, et les visiteurs proposèrent poliment de sortir.

— Non, je vous en prie, vous pouvez rester, vous ne me gênerez pas. Je vais faire seulement quelques tests avant que n'arrive le docteur Trabert.

Une demi-heure plus tard, elle entra à son tour, salua les visiteurs et le malade. Pour la première fois, Marcelin prit le temps de la dévisager… Il ne comprenait toujours pas pourquoi il ressentait une étrange attirance pour cette femme et il finit par se répéter qu'il l'avait certainement connue bien avant leur rencontre du jardin des Tuileries. Il en était certain, mais cela ne l'avançait guère.

Il y avait d'abord ce parfum élégant dont il avait parlé à May – un parfum de chez Guerlain, lui avait dit sa femme – et il y avait autre chose, jusqu'ici enfouie dans les profondeurs de sa mémoire et qui surgissait pour la première fois. Cette Helena Trabert, il l'avait déjà vue au chevet de Jacques, mais aujourd'hui elle était différente. Elle avait changé de coiffure et sa façon de se vêtir était plus moderne, peut-être plus jeune et aussi plus féminine, en tout cas plus attirante… Ce serait quelqu'un qu'il aurait connu autrefois et qui lentement remonterait des profondeurs de sa mémoire.

Brutalement, comme un insecte qui l'aurait piqué dans le dos, il comprit. Il revit la scène de cette relation sexuelle derrière le rideau du bureau de son ami, cette fille qui s'accrochait à lui comme une liane, le caressait et le mordait en lui offrant ses seins.

Une incontrôlable montée de désir le cloua sur sa chaise. Il tenta de garder son calme et continua à observer la femme-médecin à la dérobée.

Elle examinait méthodiquement son malade et il se demanda :

Pourquoi ne l'ai-je pas reconnue plus tôt ?

Le docteur Trabert était aujourd'hui quelqu'un d'autre. Aujourd'hui, c'était une femme, comme la fille avec laquelle il avait fait l'amour il y avait si longtemps. Inquiet, il se dit :

Mais elle, m'aurait-elle reconnu ?

Bien difficile de répondre à cette interrogation. Le médecin examinait son patient avec application et rien d'extra-professionnel ne filtrait de son comportement.

— Si vous supportez bien le traitement, Monsieur de Broca, vous serez sortant mercredi prochain. Prenez rendez-vous auprès de la secrétaire, car je tiens à vous parler avant cette date.

Elle salua avant de sortir et Marcelin sentit posé sur lui, l'espace d'un instant, un regard qui le troubla… Beaucoup d'eau et de larmes avaient coulé sous les ponts, et pourtant il sentit qu'il ne pourrait plus bien longtemps garder son secret. D'ailleurs, il prit la décision d'en parler le soir même à sa femme.

Malgré l'heure avancée, il ne dormait pas. Il se tournait désespérément dans un lit hostile dont la moiteur des draps collait à sa peau. Cette histoire lui semblait maintenant invraisemblable. Cette collègue, il l'avait côtoyée au moins à trois reprises, et peut-être plus.

Il en était certain. C'était elle, la blonde cachée derrière son voile de deuil, avec son parfum de fleurs, dans l'église de Saint-Saturnin. Et c'était elle aussi, cette femme-médecin rencontrée au jardin des Tuileries. Elle portait en toutes circonstances ce parfum, cette fragrance élégante qui un jour l'avait accompagné jusque chez lui.

N'en pouvant plus, il décida de réveiller May.

— Ma chérie, il faut que je te parle.

Elle se tourna et plaça son oreiller sur sa tête.

— Demain !

Deux minutes plus tard, elle-même cherchait le sommeil. Elle se dit que ce devait être important, car il ne l'avait jamais réveillée la nuit pour lui parler. Elle s'ébroua et lui dit doucement :

— Marcelin, que souhaitais-tu me dire ?

— Ma chérie, tu as vu le docteur Trabert, Helena Trabert ?

— Oui, je l'ai vue, il m'aurait été difficile de ne pas la voir dans dix mètres carrés !

— Tu as senti son parfum ?

Elle soupira.

— Oui, je l'ai senti et je le connais bien. J'ai trouvé que cette femme était aujourd'hui, beaucoup plus… comment te dire, beaucoup plus femme.

— May, j'ai couché avec cette fille.

— Quoi, tu as couché avec elle ! Mais quand ça ?

Elle avait allumé et, comme un ressort, s'était assise sur le lit. Ses yeux lançaient des flèches.

— Il y a maintenant bien longtemps.

— Marcelin, tu as eu une double vie, c'est pitoyable.

— Oui, pitoyable et stupide, j'en conviens.

— Tu peux t'expliquer ?

Il commença à raconter son secret avec une faible voix. C'était il y a bien longtemps, une soirée chez David. Ce soir-là, May était retardée à la Sorbonne et il était prévu qu'elle se joigne à eux deux heures plus tard.

Cette fille, il l'avait rencontrée au bar, ils avaient bavardé en buvant deux ou trois coupes, et puis elle l'avait entraîné dans le bureau attenant et là, derrière un rideau de velours... elle était blonde...

— Je t'en prie, épargne-moi au moins les détails ! Tu l'as revue ?

— Jamais. Du moins, le pensais-je. Mais à plusieurs moments de notre existence commune, j'ai eu la sensation bizarre de croiser et d'être épié par une blonde en deuil. Souviens-toi en particulier de la sortie de messe à notre mariage. Je te l'ai montrée et nous avons convenu que c'était une dingue. Longtemps, j'ai cru que je délirais. Mais cette femme, je l'ai formellement reconnue aujourd'hui à l'hôpital, j'en suis certain. La blonde de la soirée est devenue le docteur Trabert.

— Tout cela me paraît rocambolesque. La seule chose qui soit vraie et que tu m'as cachée pendant tout ce temps, c'est que tu m'as trompée. Pourquoi l'as-tu reconnue aujourd'hui et pas hier, alors que nous l'avions côtoyée à plusieurs reprises lors de l'hospitalisation de Jacques ?

— Pourquoi ? Eh bien, je vois que tu n'as rien remarqué. Aujourd'hui, cette blonde n'est plus en deuil, elle est totalement transformée.

— Transformée, oui j'ai vu. Elle est habillée de façon plus moderne, sa coiffure est moins stricte, bref, elle semble plus heureuse. J'espère que ce bonheur n'est pas le résultat d'une nouvelle rencontre secrète avec Marcelin Hollestein ?

— Tu as fait le pari de me torturer et, dans ces circonstances, c'est facile.

Il est vrai qu'Helena, depuis le début de sa liaison avec Gérard Sicot, n'était plus la même. De petites boucles coquines tombaient sur ses oreilles, elle était vêtue d'une robe légère et colorée, et ses pommettes étaient relevées d'un élégant maquillage qui s'accordait avec son rouge à lèvres.

May s'allongea dans son lit et, malgré l'énervement, se décida à rechercher le sommeil.

— Tu fantasmes, Marcelin, et tu m'empêches de dormir. En fait, tu penses toujours à la gamine que tu as troussée un soir et tu la revois partout. La seule chose qui soit claire dans ton histoire, c'est que tu ne penses qu'à une chose… Me tromper une nouvelle fois avec elle. Mon cher mari, tout doux et tout gentil pour sa petite femme, je le sens bien, tu ne m'aimes plus !

— Jamais de la vie ! Mille fois, ma chérie, j'ai voulu te parler de ce pitoyable épisode. Par lâcheté et par crainte de ta réaction, je n'en ai rien fait… Je ne suis pas très courageux, mais je t'en supplie, ne m'enfonce pas la tête sous l'eau en me disant que je ne t'aime plus ! Non, ce n'est pas vrai, je ne pense pas en permanence à te tromper. Je ne dis pas que parfois, dans la rue, je ne suis pas sensible à une fine silhouette… mais pas plus ou pas moins que n'importe quel homme.

Elle semblait calmée ; il se rapprocha d'elle et l'embrassa. Il aurait tellement voulu clore définitivement ce mauvais passage, mais May était bien loin d'avoir tourné la page.

— Elle faisait bien l'amour, ta blonde ? Apparemment oui, car tu t'en souviens parfaitement.

— Oui, tu as raison, je me souviens assez bien, elle était pleine d'initiatives, le reste…

Il sourit, l'embrassa à nouveau et lui murmura à l'oreille :

— Tu ne peux pas savoir, c'est très vieux, mais je m'en souviens bien… Ce n'est pas moi qui lui ai fait l'amour, c'est elle. Une lionne insatiable qui s'enroulait autour de mon corps, que je trouvais brusquement à mes pieds et qui montait, montait et montait encore…

À nouveau, elle s'assit sur le lit.

— Maintenant ça suffit, encore un mot et je t'expédie la retrouver, ta lionne.

— Mais cette femme, c'est sûr, je n'en veux plus. Je t'ai et je considère que j'ai beaucoup de chance. Tu ne m'en as jamais parlé, mais peut-être que toi aussi, tu m'as trompé ?

— Jamais, Monsieur ! Je sais me tenir, moi !

— Même pas en pensée ?

— Oh, ça va. Toi, les pensées avec ta lionne, on sait ce qu'elles étaient.

— Je t'en supplie, ma chérie, ne nous faisons pas de mal. Dormons si nous voulons être en forme demain matin.

Ils tentèrent de se rendormir dans les bras l'un de l'autre, apparemment apaisés. Marcelin, avant de frapper à la maison des rêves, revit Helena dans une position qui le troubla. Sa femme, qui était contre lui, s'en rendit compte.

— Mon chéri, tu penses à qui ?

Chapitre 47 – *Le visiteur*

1992 : le 20 janvier, un Airbus A 320 s'écrase sur le mont Sainte-Odile dans les Vosges, faisant 87 victimes.

**

Depuis une semaine ou deux peut-être, il était d'humeur chagrine. Son entourage, rompu à ses caprices, portait sur lui un regard bienveillant et chacun se disait :

— On a l'habitude, ça lui passera.

Cette fois-ci, pourtant, l'affaire semblait plus importante et, en l'observant sans trop lui poser de questions, on le sentait désemparé. Manifestement, il était dans une impasse, un cul-de-sac, un chemin bouché par on ne sait quoi...

Le soir, dans la solitude de son lit, protégé par son drap qui lui recouvrait la tête, il continuait à chercher.

Chercher... plus tout à fait, car il avait trouvé. Il le savait, il devrait un jour franchir le pas et entrer dans l'histoire qu'il construisait. Pour cela, il lui suffirait de crever la cloison de l'imaginaire et de s'inviter discrètement chez ses personnages.

Le lendemain matin, alors qu'il se rasait avant de rejoindre les amis de son club, il avait déjà changé d'avis. Il murmurait, grognon derrière sa mousse à raser.

— Mais enfin, tout ceci est totalement prétentieux et ce n'est pas l'usage. Jamais on n'acceptera de savoir le père-fondateur d'un roman sortir de sa réserve pour se laisser entraîner dans le fil d'une histoire désormais sans conducteur !

À midi, nouveau changement de stratégie. Il lui paraissait

indispensable de se mêler à l'intrigue, mais il le ferait avec la discrétion que lui conférerait l'invisibilité, afin de ne pas en modifier le cours. Son souhait était somme toute assez simple : il voulait partager plus d'intimité avec ceux qu'il commençait à aimer et ne voyait pas comment le faire sans s'approcher d'eux… au moins une fois !

Le même soir, la cause était entendue et il s'invita en pensée sur le canapé de Gérard Sicot.

Il eut la surprise de constater que le professeur était négligemment vêtu d'une tenue sport de belle facture, et sifflotait en réglant le son de son lecteur de disques. Elle convenait parfaitement, cette musique de chambre des jeunes années de Brahms, et ses vibrations douces et sensibles s'accordaient particulièrement au bel immeuble de l'avenue de La Bourdonnais.

Il s'en assura à nouveau. Tout était parfait et rien ne traînait dans le salon. L'auteur, caché sur le balcon, épiait en souriant les moindres gestes de Gérard Sicot.

— Il attend quelqu'un et ce quelqu'un, c'est une femme, bien évidemment !

Au travers de la vitre, il le sentait déjà, la soirée ne serait pas ordinaire. De l'entrebâillement de la croisée, on percevait une délicate senteur s'échappant d'un bouquet de roses thé et, plantées dans un vase de Chine, des pivoines rouges semblaient poser sur les humains le regard de leurs pétales moirés.

Sicot n'était plus le même depuis quelques mois : ses tenues étaient plus décontractées, tout en restant élégantes, et s'il travaillait toujours beaucoup, on s'accordait à le trouver plus souriant avec le personnel.

Le visiteur accoudé au balcon regardait au-dessous de lui les réverbères qui lançaient leurs halos de lumière sur le trottoir et pensait.

Serait-il amoureux, ce Sicot ? Vraiment amoureux et pas seulement torturé à l'idée d'attendre le moment où il pourra enfin la déshabiller ?

Au travail, souvent il l'imaginait nue sous sa blouse et il en devenait jaloux. L'amour physique n'interdit pas l'amour tout court, peut-être l'aimait-il vraiment et, ce soir, il voulait lui dire… *Silence, taisons-nous et installons-nous dans le canapé, le spectacle va commencer, fermons les yeux. Bientôt l'interphone grésillera dans l'office et Gérard se précipitera... ce sera elle.*

La porte s'ouvrit et, en l'embrassant, il sentit déjà sur sa nuque le délicieux parfum qui ne la quittait jamais.

— Bonsoir, mon chéri, je ne te connaissais pas cette chemise, comme tu es beau ce soir !

Gérard Sicot reçut le compliment avec plaisir. Cette chemise, il ne l'avait pas sortie du dressing depuis six mois et, pour tout dire, ne croyait jamais la remettre. Alors qu'il servait une coupe de champagne, il entrevit le corsage de sa maîtresse, savamment échancré, et sentit la montée de son désir.

Lui, dans son canapé, il observait discrètement les deux protagonistes et se dit qu'une relation amoureuse n'était jamais simple lorsque l'on n'avait plus vingt ans. *L'âge est toujours l'artisan vétilleux des illusions perdues.*

Quel était son projet à elle ? L'aimait-elle vraiment ou souhaitait-elle se mettre au chaud en se glissant dans le luxe compassé du 7e arrondissement ? Elle lui appliqua une goutte de champagne sur le lobe de l'oreille et, un peu mutine, lui déclara :

— On ne sort pas dîner, ce soir ? Je te signale que j'ai une faim de loup.

— Non, ma chérie. Si tu veux bien, j'aimerais rester à la maison.

Il prit la main de sa belle et l'entraîna vers la salle à manger.

L'auteur, un instant distrait, eut juste le temps de retirer ses pieds afin de ne pas la faire tomber. Il sourit et se dit :

Méfions-nous, c'est périlleux, car si moi je la vois, ce n'est pas son cas, pour elle je n'existe pas !

Il se leva et gagna lui aussi la petite pièce plus intime où brillaient des verres de la cristallerie de Saint-Louis et les couverts « Vieux Paris » de la maison Havilland. Sans complexe, il s'installa à table et rumina.

— Ce salaud ne cherche qu'à la mettre dans son lit et fait de gros efforts pour l'impressionner.

La salle à manger n'était pas prévue pour dresser un dîner à deux couverts et Gérard Sicot se rendit compte du ridicule de l'ordonnancement. Il déplaça son assiette pour se placer aux côtés de sa belle.

— Aidé des conseils de Diego, j'ai fait livrer un dîner à la maison. Tu me diras ce que tu en penses, car tu t'en doutes, je suis totalement incompétent.

Il ne s'était pas trompé. Le menu, principalement composé d'une entrée légère suivie d'un poisson et d'un dessert fruité, convenait parfaitement à Helena et elle le félicita pour son choix.

Au bout de la table, l'auteur était un peu agacé, car lui non plus n'avait pas dîné et il n'était pas question qu'il participe aux agapes du couple. Il murmura dans sa barbe.

— Pourquoi pas, un peu plus tard, ne pas me glisser dans le lit de ces deux parfumés ?

Sa position était idiote, il n'avait pas compris à quel point cette situation de voyeur, incapable de guider les protagonistes de son roman, pouvait être frustrante et, surtout, il n'avait pas mesuré à quel point il pourrait en souffrir.

Il décida cependant de poursuivre l'expérience pour la soirée, mais jura qu'on ne l'y prendrait plus. Le pas lourd et le ventre creux, il se lova à nouveau dans le canapé et se mit à rêver. C'était un exercice dans lequel il excellait et qui lui faisait accepter la banalité de sa vie.

Il ferma les yeux et pensa à son prochain roman qu'il souhaitait planter en province dans le Royan d'avant-guerre, en ce lieu où la bourgeoisie bordelaise avait fait construire dans l'insouciance des années vingt de prétentieuses villas face à l'océan. Ces palais éphémères alignés face au front de mer, il les appelait les « briques du mur des vanités ».

Un moment, il ouvrit les yeux et sursauta. Devant lui, Helena évoluait nue et les cheveux défaits, et se penchait, parfaitement indécente, sur la table basse.

— Je t'apporte une cigarette, mon chéri ?

La situation dépassait les bornes, cette fille n'avait donc aucune pudeur ?! Elle, un médecin reconnu et respecté, la voilà qui se conduisait maintenant comme une fille !

Il jura encore une fois dans sa barbe, mais bien qu'il fût gêné, il ne bougerait pas de toute cette soirée... Ensuite, c'était certain, il reprendrait les choses en main.

Gérard Sicot traversa le salon pour aller voler un macaron dans une assiette du dessert et appela Helena qui se glissa hors du lit.

— Ma chérie, viens, je voudrais te dire quelque chose.

— Tu es sûr que c'est urgent ?

— Très urgent, une urgence de première nécessité !

— Dans ce cas, j'arrive.

Elle était vêtue d'une nuisette transparente, tenait une cigarette américaine et semblait heureuse. Elle s'assit sur un pouf, dans une position qui gêna à nouveau la pudeur du visiteur, et croqua dans un fruit.

Gérard avait réservé en cachette un deuxième bouquet de roses qu'il avait caché dans une chambre d'amis. Celles-ci étaient rouges. Il se pencha cérémonieusement et offrit les fleurs à sa maîtresse. Il sembla un peu ridicule au visiteur, car il n'était vêtu que d'un caleçon, d'une paire de gants blancs et d'un chapeau claque.

— Mademoiselle Helena Trabert, voulez-vous ce soir me faire l'honneur et aussi le plaisir de m'accorder votre main ?

Un peu ému par cette mise en scène inattendue, l'auteur se dit à nouveau qu'il n'avait rien à faire au cœur de cette intimité. C'était, de sa part, un abus de pouvoir intolérable, une situation malsaine qu'il se promettait de ne jamais renouveler.

Helena, les yeux mouillés, reçut les roses en tremblant de plaisir et embrassa son amant.

— Je vous accorde ma main de grand cœur, Monsieur Gérard Sicot, ma main et aussi mon amour. Je fais mon affaire de la réaction de mon fils qui, comme vous le savez, a pris de mauvaises habitudes et se considère comme le protecteur de sa mère.

— Ma parole, mais tu as peur de ton Maxime ? Tu exagères, ce garçon me semble sympathique et particulièrement sensible. Il est vrai que le bonheur de sa mère va seulement changer ses petites habitudes.

Sicot, au comble de la joie, esquissa un improbable pas de danse qui fit éclater de rire son amie. Le chapeau claque vola au travers du salon au risque d'atterrir sur la tête de l'auteur qui, de justesse, esquiva le coup. Les deux amoureux, en gloussant comme des adolescents, se glissèrent dans la chambre.

Sans faire de bruit, l'auteur – avec une pointe de mauvaise humeur – rejoignit l'ascenseur.

Chapitre 48 – *Le mariage serait donc interdit aux femmes médecins !*

1995 : accident massif sur l'autoroute A 10 au niveau de Mirambeau dans la direction de Poitiers impliquant 6 camions et 52 voitures. Bilan immédiat, 15 morts et 53 blessés.

**

Il avait deux heures à perdre et, comme le soleil brillait sur la ville, il décida de flemmarder sur un des fauteuils métalliques du bassin des Tuileries. Souriant, il ferma les yeux et se dit que dans la vie il était un homme heureux. Au bout de cinq minutes de somnolence, il ouvrit un œil, observa le jardin et crut qu'il rêvait… une femme élégante descendait l'escalier de pierre de la terrasse de l'orangerie, une blonde aux boucles tombant sur les oreilles, qui marchait souplement avec des chaussures à talons.

Il la reconnut immédiatement, mais décida de n'en rien laisser paraître et ne bougea pas. Au bout d'un instant, n'y tenant plus, il se leva et courut à sa rencontre.

— Docteur Hollestein ! Mais que vous arrive-t-il ? Vous voici bien essoufflé. Nous, les Parisiens, nous ne faisons pas assez de sport, et je comprends très bien que vous couriez pour améliorer vos performances cardiaques !

Il expliqua qu'il sommeillait sur un des fauteuils semi-allongés disposés autour du bassin et, l'ayant aperçue dans le jardin, il n'avait pas résisté au plaisir de se lever pour la saluer.

— Très gentil à vous ! Moi je ne cours pas, voyez-vous, j'ai seulement décidé de marcher dans Paris sous ce beau ciel bleu.

— Docteur Trabert, je voudrais vous dire…

— Oui, Docteur Hollestein, vous souhaitez me dire quoi, exactement ?

— Il y a si longtemps ! Au rond-point des Champs-Élysées, cette soirée chez mon ami David…

— Mais enfin, que s'est-il passé chez votre ami David que je ne sache déjà ?

— Nous avons dansé et puis…

— Et puis, quoi, vous ne finissez jamais vos phrases, c'est énervant à la fin !

— Nous avons…

Elle le coupa alors qu'ils sortaient du Louvre sous l'arche de la cour carrée. Elle ouvrit sa voiture et lui jeta un regard sévère.

— Si vous permettez, je dois rejoindre mon mari à l'hôpital et je suis en retard.

— Votre mari ?

— Pourquoi, le mariage serait donc interdit aux femmes médecins ?

— Au revoir, Helena. Je suis un grand idiot et cet idiot a compris bien tardivement qui vous étiez.

Elle semblait s'être adoucie et lui sourit.

— Croyez-moi, mon cher, le passé c'est le passé, et ne me parlez plus jamais de cette histoire. C'est une époque, si vous voulez savoir, où j'ai beaucoup souffert… Aujourd'hui, je regarde devant moi et suis pleinement heureuse. J'ai bien l'intention de profiter de ce bonheur avec mon fils et mon mari le plus longtemps possible, et de ne plus me laisser martyriser par ces vieilles lunes.

— Adieu, Helena.

— Adieu, c'est définitif, et ce qui est définitif est souvent idiot. Moi, je ne vous ai jamais dit adieu. Croyez-moi, soyons amis et peut-être même, avec les années, bons amis. Vous verrez, ce sera plus sain.

Elle consulta sa montre et tourna la clef de sa BMW.

— Mon bon souvenir à votre épouse.

Elle démarra prudemment pour s'insinuer dans le flot de la

circulation et, très vite, la belle voiture noire disparut dans le lointain. Marcelin se retrouva les bras ballants sur le trottoir. Un brin nostalgique, il pensa :

Elle ne manque pas d'audace. Pendant vingt ans, elle me piste dans tous les événements importants de ma vie et maintenant... au fait, que faisait-elle aujourd'hui aux Tuileries ?

Chapitre 49 – *Eye-liners et mascaras*

1996 : le 8 janvier, mort de François Mitterrand dans l'appartement de fonction qu'il occupe avec Mazarine Pingeot, sa fille cachée, et la mère de celle-ci, Anne Pingeot.

**

« Gérard, mon chéri, tu peux ouvrir ? C'est la gardienne, elle nous monte le courrier. »

Helena venait d'enfiler sa robe et allait commencer son maquillage. Ce passage journalier dans la salle de bains lui procurait un plaisir chaque fois renouvelé ; il lui rappelait qu'elle était une jolie femme et qu'il était possible de considérer ce fait en dehors de son identité professionnelle.

Elle commença le rituel par un nettoyage de la peau avec un liquide délicatement parfumé puis, après avoir constaté une ridule naissante, elle appliqua une crème anticernes sur le contour de ses yeux.

Elle terminait l'application de son fond de teint lorsqu'elle entendit son mari pester dans la chambre. Elle sourit en appliquant une fine poudre sur ses pommettes et demanda :

— Peux-tu me dire ce que tu cherches ?

— Mes chaussettes noires, je ne peux pas mettre des chaussettes beiges avec ce costume bleu marine !

— Elles sont sur l'étendoir dans l'office, tu peux les prendre, elles sont sèches.

La poudre avait discrètement rehaussé son teint et elle était satisfaite. Elle fouilla alors sa petite pochette pour trouver le fard à paupières, celui qu'elle adorait, car il soulignait la couleur de ses yeux.

Délicatement, elle en majora l'effet avec un trait de liner gris au ras des cils. Elle contempla le résultat dans une glace grossissante et jeta à tout hasard :

— Tu les as trouvées ?

— Oui, mais maintenant c'est ma cravate…

— Quelle cravate ?

— La bleu clair, elle va bien avec le costume.

— Regarde dans le dressing, je l'ai vue hier.

Elle se brossa les cils d'un mouvement doux et incurvé vers le haut avec son mascara et, comme à chaque fois, eut la sensation que le geste les allongeait. Son mari, l'air radieux, entra alors dans la salle de bains.

— Élégant, non ? Je me trouve même assez beau.

— Tu es trop beau, mon amour, et il va falloir que je surveille sérieusement les femmes dans le service !

— Tu n'as rien à craindre, car toi tu es la plus belle et en plus tu es à moi.

Elle sentit qu'il en faudrait peu pour qu'il mette à mal le maquillage du matin. Pour tenter de l'éloigner, elle lui lança :

— Tu as jeté un œil sur le courrier ?

Gérard avait rejoint le bureau au fond de l'appartement, il lui dit d'une voix forte.

— Je ne t'entends plus, je lis le courrier.

Elle en était au passage le plus délicat de son maquillage. Cette étape consistait à dessiner le contour de ses lèvres avec un crayon de la couleur de son rouge à lèvres. Elle se dit que ce geste lui faisait une bouche sensuelle ; elle mima la situation en faisant ressortir ses lèvres puis, satisfaite, appliqua le rouge avec un pinceau.

— Là, j'ai véritablement une bouche sexy.

Elle réparait sa coiffure lorsque Gérard fit à nouveau irruption derrière elle.

— J'ai reçu une lettre de mon fils. Il me dit qu'il vient à Paris pour le congrès de cardiologie et me propose de déjeuner avec lui au restaurant.

— Invite-le à la maison, ce sera plus sympa.

— D'accord, je lui téléphonerai demain, il ne consulte pas le mardi. Tu es prête, ma chérie ? On va être en retard.

— Une seconde, je suis prête.

Elle se parfuma avec son eau de parfum de chez Guerlain et sentit qu'il l'embrassait dans le cou.

— J'adore ton parfum, ma chérie, tu es tellement fidèle à sa senteur qu'il est devenu un peu toi.

— Je le porte depuis toujours, depuis que je mets du parfum, et suis contente qu'il te plaise.

Ils s'engouffrèrent dans l'ascenseur et se pressèrent pour retrouver la voiture au parking.

— Je t'aime, ma chérie, à un point que tu ne peux pas imaginer. J'aime tout de toi, tes cheveux, tes yeux, ton corps et ta voix lorsque tu me parles... et puis aussi ton parfum qui court à la racine de ton cou.

Trop tard, elle n'était plus capable de maîtriser quoi que ce soit. Il explora les dessous de sa robe et allongea les sièges de la voiture.

— Chéri, si quelqu'un...

Les caresses firent bientôt place au lent mouvement de va-et-vient que Gérard s'efforça de faire durer autant qu'il le put. Il lâcha prise lorsqu'elle l'implora en lui griffant le dos, puis il se détendit, submergé par le plaisir.

Il attendit alors quelques instants avant de se redresser, car il ressentait pour la première fois un étau sourd et profond dans la poitrine...

Il embrassa Helena sans lui parler de ce trouble. Il avait compris ; ses coronaires, usées par la vie, ne lui permettraient plus ce nouveau bonheur...

Après avoir stationné la voiture à la place de parking dévolue au chef de service, elle en ferma les portières et Gérard lui dit, en consultant sa montre :

— Nous n'avons que cinq minutes de retard, avoue qu'il eût été dommage de ne pas faire cette pause !

— Soyons sérieux, mon amour, ici nous entrons dans un autre monde. Au fait, tu n'oublieras pas de téléphoner à ton fils pour lui proposer de venir à la maison ?

Ils passaient devant le bureau de la surveillante qui lui proposa quelques papiers à signer.

— Je n'ai pas oublié, mais ce sera dans quelques jours, sa secrétaire m'a dit qu'il était absent.

**

La semaine suivante, il jetait les clefs de l'appartement sur la commode du bureau et détachait sa cravate avant de se séparer de sa veste.

— Cette consultation a été crevante, je vais demander à la surveillante de diminuer le nombre de mes patients. Je sais ce qu'elle va me dire : le sida explose en France et on ne sait plus comment recevoir tous les malades.

— Je fais moi aussi tout mon possible, mais nous ne pourrons pas longtemps, à quatre consultants, recevoir tout le flot qui pousse à la porte ! Au fait, as-tu eu pensé à rappeler ton fils ?

— Oui, je l'ai eu rapidement et il m'a dit qu'il n'aurait pas le temps de venir déjeuner à la maison.

— Dommage, nous aurions pu un peu mieux faire connaissance. Tu sais, je crois qu'il ne m'aime pas.

— Je ne sais pas s'il t'aime, mais si c'est le cas, il le cache bien ! Lui, je m'en fous et toi je t'adore, cela me semble essentiel.

Diego leur avait préparé un repas léger qu'ils engouffrèrent en silence en regardant la télévision. Après avoir bu un café, Gérard Sicot s'allongea un quart d'heure pour une courte sieste pendant qu'Helena classait le courrier.

Elle jeta un œil sur la lettre de son beau-fils et se dit que cet homme avait le cœur dur ; il ne faisait aucune allusion à elle et ne donnait pas plus de détails sur sa famille. Elle s'assit dans un fauteuil et prit un roman qu'elle avait décidé de relire. Elle murmura à sa seule intention en voyant une photo de l'auteur.

— Lui aussi, c'est un cœur dur.

C'était *Voyage au bout de la nuit*, de Céline.

*
* *

Gérard réapparut dans le salon. Le court sommeil postprandial, allongé sur son lit, lui avait redonné des couleurs ; il bailla et embrassa sa femme dans le cou.

— Tu t'es parfumée à nouveau ?

— Non, pas depuis ce matin.

Il avait pris rendez-vous sans plaisir avec son fils au restaurant Lafayette du Palais des congrès. Ce serait pratique, car le congrès de cardiologie se tenait dans l'élégante tour de la porte Maillot dont le restaurant occupait le dernier étage. Mardi en quinze, il avait noté la date du rendez-vous sur son calendrier, à la rubrique qu'il nomma « petit con ».

Chapitre 50 – *IDM*

1996 : le 3 décembre, vers 18 heures, une bombe artisanale confectionnée avec une bouteille de gaz explose dans une rame du RER B à la station Port-Royal, tuant 4 personnes et en blessant 170. Cet attentat est attribué au GIA (groupe islamiste armé).

*
* *

Installé à une table du restaurant panoramique, il attendait son fils qui assistait à un exposé sur les troubles du rythme ventriculaire. La vue était splendide en cette fin de matinée d'automne, un petit vent du nord balayait la pollution et la tour Eiffel semblait si proche qu'il avait envie de tendre la main pour en toucher le dernier étage.

Son fils fit irruption de la cabine d'ascenseur et se dirigea vers sa table.

— Je t'ai fait attendre ? Je te prie de m'excuser, je viens juste de sortir de la salle de conférences.

— Pas du tout, moi j'étais là en avance et puis, tu t'en doutes, je sais ce qu'est un congrès. D'ici la vue est fabuleuse, j'ai même repéré l'immeuble de l'avenue de La Bourdonnais.

— L'immeuble où se trouve l'appartement que vous habitiez, maman et toi ?

— Exactement ! L'appartement que j'ai acheté lorsque j'ai été nommé à Saint-Louis. Tu m'as dit au téléphone que tu souhaitais me voir ? Garçon, s'il vous plaît, deux coupes de champagne. Tu aimes toujours le champagne ?

Ils parlèrent de l'actualité, de propos banals touchant la politique du pays et les derniers exploits des Girondins de Bordeaux. Gérard Sicot se sentait un peu énervé et il posa la question qui lui brûlait les lèvres depuis son arrivée.

— Je ne doute pas que tu m'aies fait venir pour le plaisir de me voir, je suis ton père et tu peux avoir envie de me donner des nouvelles de ta famille, mais il m'a semblé que ton insistance au téléphone signifiait un besoin de me confier quelque chose d'important, je me trompe ? Que veux-tu me dire, exactement ?

Visiblement, le cardiologue était déstabilisé par la tournure des événements. Il sembla irrité et lâcha le morceau.

— Je trouve que tu as bien vite oublié maman et que tu n'as pas tardé à te faire prendre dans les filets d'une fille beaucoup plus jeune que toi qui t'a mis le grappin dessus.

Sicot était pâle de colère, mais il décida de rester calme.

— Ah, c'est ça ! Tu n'as pas supporté mon mariage avec Helena. À mon avis, cela ne nécessitait pas ce déplacement, car vois-tu, je ne suis pas stupide au point de ne pas m'être rendu compte que tu n'aimais pas ma femme.

Il leva sa coupe et émit un vœu de bonne santé pour toute la famille.

— Moi compris ?

— Oui, toi compris, tu ne penses tout de même pas qu'un père puisse avoir de mauvaises intentions au sujet de la santé de son fils ?

Il commençait à comprendre l'impensable. Son fils considérait Helena comme une ennemie postée sur les biens familiaux pour un jour mieux les ramasser. Elle profitait aujourd'hui de sa jeunesse pour envoûter son père et lui arracher progressivement tout son argent.

— Le suicide de maman... le coupable, c'est toi. Tu l'as abandonnée pendant des années et lorsque tu t'es rendu compte qu'elle était dépressive, tu n'as rien fait pour la faire soigner, au contraire tu l'as laissée s'enfoncer dans les sables mouvants de l'addiction sans lui tendre la main.

Sicot était pâle comme le marbre. Il répliqua, les lèvres serrées :

— Le pire, c'est que tu as raison, mon petit salaud. Je suis convaincu moi aussi que j'ai compris bien trop tard ce qui se passait.

— Elle était devenue moche et vieille et tu ne l'aimais plus. En ne t'occupant pas d'elle, c'est toi qui l'as tuée !

Il se leva, le bras tendu pour gifler son fils, puis s'effondra sur son fauteuil, terrassé par une terrible douleur qui lui serrait la poitrine et le bras gauche. À bout de forces, il lui jeta un regard et murmura avant de perdre conscience.

— Petit salopard.

Il rouvrit les yeux dans l'ambulance qui remontait les files de voitures avenue de la Grande-Armée. À ce moment, il ne percevait de la vie que le plafond du véhicule où dansait une perfusion au rythme des pavés.

Il était fatigué, mais ne souffrait plus. Il n'éprouvait maintenant aucune tristesse, car il était convaincu d'avoir dit à son fils le mépris qu'il lui inspirait. Surtout, ne plus le revoir. Il ne voulait plus entendre parler de cet être odieux qui ne s'était pas déplacé pour son mariage et n'avait jamais passé ne serait-ce qu'un seul coup de fil à Helena. Comment pouvait-il être le père d'un tel monstre ? Le médecin s'approcha de lui et lui injecta un sédatif dans le tuyau de perfusion.

— Vous allez dormir, car il est essentiel que vous restiez calme pendant quelques heures. Actuellement nous contrôlons la situation et vous pouvez être rassuré, encore un quart d'heure d'ambulance et nous serons à Broussais. La douleur, vous avez moins mal ?

Sicot ne répondit pas, il s'était assoupi, ballotté par les cahots de la rue.

C'est à l'hôpital où elle terminait sa visite qu'Helena apprit la nouvelle. Sans quitter sa blouse, elle fonça à Broussais dans la voiture familiale. À son arrivée, elle fut dirigée aux Urgences où elle s'adressa aux médecins qui s'affairaient autour du lit de Gérard. Le chef de clinique la prit à part pour lui résumer la situation.

— C'est un infarct antérieur assez étendu. Pour l'instant, le cœur semble assez bien réagir, on a discuté l'idée de lui faire une thrombolyse, mais on considère que la technique est encore trop peu fiable. On en a aussi discuté avec son fils, qui est cardiologue à Bordeaux. Il nous a dit que la décision vous appartenait.

Helena se tourna et demanda :

— Son fils est là ?

— Oui, vous le trouverez en salle d'attente. Je vous laisse avec votre mari, mais inutile de vous le rappeler, il ne faudra pas le fatiguer.

Elle resta quelques minutes au chevet du malade, qui dormait et semblait bien coloré. Le moniteur de surveillance lui apprit que les constantes cardio-vasculaires étaient satisfaisantes, ce qui la détendit. Elle sortit alors pour se rendre au poste des infirmières, auprès de qui elle se fit connaître en demandant où se trouvait la salle d'attente.

Un homme attendait, assis sur une chaise. Comprenant qu'il s'agissait certainement de son beau-fils, elle se présenta.

— Monsieur, je suis le docteur Helena Sicot.

Il se leva et se présenta à son tour.

— Laurent Sicot, j'étais au restaurant avec mon père lorsqu'il a eu ce malaise.

Il expliqua qu'ils n'avaient pas commencé le repas et n'avaient consommé qu'une coupe de champagne.

— Vous aviez à ce moment-là une conversation animée ou conflictuelle ?

— Toutes les conversations avec mon père sont conflictuelles, celle-ci comme les autres !

— Monsieur, je ne vous connais pas. Vous n'avez pas fait l'effort de m'accorder un seul entretien téléphonique et vous ne vous êtes pas déplacé pour notre mariage. Je n'ai pas l'intention de polémiquer avec vous, je voulais seulement savoir dans quel contexte psychologique votre père a subi cet infarctus du myocarde.

— Je vous l'ai dit, toutes les discussions que je peux avoir avec mon père sont conflictuelles et il en était de même avec ma mère.

Helena comprit alors qu'elle ne tirerait aucune information du personnage qui s'efforçait de ne pas la regarder en lui parlant. Elle s'installa à l'autre bout de la salle d'attente et patienta pendant que son mari se reposait. Au bout d'une demi-heure, le médecin s'approcha d'elle et lui signifia qu'il était réveillé. Il lui accorda dix minutes de visite en lui demandant de ne pas aborder de sujets pouvant comporter une charge émotionnelle. Elle se leva et Laurent Sicot en fit de même. Elle se tourna alors vers lui et lui signifia :

— Monsieur, si vous le voulez bien, pas de visite ensemble, vous avez entendu notre collègue, pas de conflit !

Elle trouva son mari conscient et calme, il semblait contrarié, car il était convaincu d'avoir laissé son manteau au restaurant.

— Aucun problème, mon chéri, je me rendrai au restaurant en sortant d'ici, je réglerai ce qui a été servi et je récupérerai tes affaires.

— Mon fils est là ?

— Il est dans la salle d'attente.

— Qu'il foute le camp, je ne veux plus le voir !

— Je vais lui dire, mais ne t'énerve pas, le médecin m'a dit de sortir de ta chambre si tu manifestais de la colère ou une angoisse.

Il sourit faiblement.

— Dans le service à Saint-Louis, tout le monde veut avoir de tes nouvelles. Peux-tu leur écrire un petit billet sur un papier pour les rassurer ?

Sur une petite ordonnance hospitalière, il griffonna ces quelques mots :

Mes amis
N'en profitez pas pendant que je ne suis pas là ! Je vais mieux et vous salue tous affectueusement.

À bientôt.
Professeur Gérard Sicot

Rassurée, elle embrassa son malade et enfouit le petit mot dans son sac.

— Je vais récupérer le manteau. Je passe par Paris, à cette heure inutile de penser au périphérique.

Chapitre 51 – *Je ne vivrai que si un autre meurt...*

1996 : le 5 novembre, réélection du démocrate Bill Clinton à la présidence des États-Unis d'Amérique.

∗∗

G érard Sicot mit longtemps à se confier à sa femme. Il s'essoufflait facilement et, depuis peu, un œdème marquait un pli à la limite de ses chaussettes. Il dut à nouveau consulter en cardiologie et suivre de façon rigoureuse les prescriptions du confrère. Celui-ci lui demanda de réduire sérieusement son activité.

Helena comprit assez vite que le vaste territoire de l'infarctus du myocarde de son mari entraînait maintenant une incapacité de son cœur à subvenir aux besoins physiologiques de l'organisme... il était devenu insuffisant cardiaque. Cet état nécessitait qu'il se ménage, qu'il suive un régime approprié et qu'il consomme chaque jour une quantité astronomique de médicaments. Elle fut très vite impressionnée par la docilité de son professeur de mari qui, soumis aux prescriptions de ses confrères, suivait à la lettre toutes leurs indications. Il eut cependant une seule exigence.

— Ma chérie, inutile de se cacher la vérité. Je suis devenu extrêmement fragile et le jour où les médicaments ne suffiront plus à compenser cette insuffisance cardiaque...

— Gérard, je t'en prie, tu me fais peur !

— Aujourd'hui, une seule chose m'importe, c'est de te mettre à l'abri et je ne crois pas pouvoir compter sur mon fils pour te protéger si je disparaissais. J'ai donc pris un rendez-vous chez notre notaire où je compte déposer un testament en ta faveur. Pour moi, c'est très important pour me sécuriser et me permettre plus sereinement d'affronter la suite.

Helena pleurait maintenant en silence. Son mari s'approcha d'elle et l'embrassa.

— Ne pleure pas, la partie n'est pas encore jouée et je vais me battre. Je vais en particulier rapidement consulter en chirurgie pour savoir si une transplantation sera envisageable lorsque le traitement médicamenteux ne sera plus suffisant.

Elle sembla à nouveau reprendre confiance.

— Si tu envisages ton avenir comme un combat, tu me trouveras à tes côtés pour t'aider !

Deux ans plus tard, Gérard Sicot dut passer les rênes de son service au jeune agrégé qu'il avait formé dans cette perspective, mais il ne décrocha pas totalement de Saint-Louis où il avait demandé à conserver un cabinet de consultation.

*
**

Les médicaments ne le soulageaient plus et, depuis six mois, il était inscrit sur la longue liste en attente d'un greffon. Il était maintenant tributaire d'un appareillage à oxygène et gardait le fauteuil une partie de la journée.

Sicot attendait l'intervention sans appréhension, mais son inquiétude se focalisait sur l'idée de savoir s'il devrait attendre encore longtemps. La nuit, il se réveillait en sueur après un cauchemar devenu rémanent.

C'était à un carrefour situé dans une ville inconnue. La nuit était noire, car les réverbères étaient éteints. Il attendait depuis longtemps à l'arrière d'une voiture conduite par une Helena bizarre. Sa femme était en costume d'officier et portait une fine moustache brune. Plus loin, un gros camion, les phares éteints, ronronnait comme un chat qui attend sa souris.

Que faisaient-ils dans cette voiture ? Il attendait l'accident, l'heure où un jeune conducteur ayant bu quelques bières de trop grillerait le feu à pleine vitesse et se jetterait sur le camion noir dans un fracas infernal.

Il l'avait, son cœur, tout chaud, tout neuf. Il battait maintenant calmement dans ses mains jointes... Puis il se réveillait et, rongé par le remords, il pensait aux parents du jeune automobiliste en chemin vers l'institut médico-légal.

Dans la nuit, il s'entendit murmurer :

— Je suis un receveur et dans ma tête je ne suis rien d'autre qu'un assassin, car je ne vivrai que si un autre meurt !

Chapitre 52 – *La chute*

1996 : le 5 juillet, présentation à la presse de la brebis Dolly, premier mammifère obtenu par clonage.

***

« Allô, Madame Leonardi ? C'est affreux, je l'ai trouvée ce matin en arrivant, là, au pied de l'escalier. Il n'y avait plus rien à faire, la pauvre, elle était toute froide !

— Mais, de qui parlez-vous ?

— De Madame Leonardi, votre belle-mère, je parle de feu Giovanna. Oh mon Dieu, elle était si bonne. Il faut que je fasse quoi ? Que j'appelle le curé ?

— Téléphonez à Monsieur Emmanuel, il saura vous aider. Nous prenons le train, ne touchez pas au corps. Il n'y a pas eu de violence ou de vol dans la maison ?

— Je ne sais pas, mais la chambre de Madame… Oh pardon, la pauvre Madame, sa chambre est toute en désordre, les tiroirs ouverts, les chaises renversées et je ne vois plus le cartel qui était suspendu près de la cheminée.

— Ne touchez à rien et appelez aussi le commissariat.

— Pour sûr, ils l'ont poussée dans l'escalier, le Bon Dieu les enverra cuire en enfer ! »

En fin de journée, Giaco et Anne-Marie ouvraient le porche du palais Leonardi et montaient l'escalier de marbre qui les conduisait à la chambre où Giovanna reposait dans la pénombre.

Ses traits, un peu atténués par l'obscurité du lieu, n'avaient pas changé ; elle semblait en paix. Le bouleversement des lieux était le témoin immobile qui criait la violence de la mauvaise rencontre, fatale à la vieille femme.

Anne-Marie, les lèvres pincées, murmura :

— Qu'ils crèvent, qu'ils crèvent tous, ces salauds, lentement et dans des douleurs atroces. Qu'ils crèvent sans le pardon des dieux et des hommes !

*

Quatre jours plus tard, elle fut déposée près de Georgio, son amoureux des années 20. À l'étage inférieur, juste sous eux, le cercueil d'Ettore était bien visible et, si ce n'était l'aspect plus terne du vernis, il avait conservé malgré les années la belle présentation de ses débuts.

L'émotion fut trop forte et Giaco s'effondra dans les bras de sa femme pour laquelle, malgré les ans, il conservait le même amour. Le jeune temps de cet amour, il le rangeait soigneusement dans les petites cases de ses souvenirs et parfois, le soir avant de s'endormir, il ouvrait un de ces épisodes et le faisait revivre pour son grand bonheur. Anne-Marie était un peu agacée par ce culte du passé, mais par respect pour son homme, elle écoutait en boucle des événements qu'elle avait entendus des dizaines de fois.

En descendant la ruelle en pente qui le mènerait sur la place, il lui montra du doigt la petite bicoque où il était né et où avaient vécu Marisia et Sylvio. Alors qu'ils passaient devant, la porte s'ouvrit avec violence et une femme jeune sortit en pleurant. Son compagnon était visible dans l'ombre de la vieille cuisine ; il avait encore le bras levé, ce bras qui venait de battre sa compagne. Anne-Marie se serra contre Giaco.

— Désormais, nous sommes trop vieux, nous ne pouvons pas prétendre intervenir dans des situations où nous aimerions pourtant rétablir un peu d'équilibre.

Ils se sentirent alors bousculés par un homme qui les doublait, armé d'un fusil de chasse ; ce dernier se cacha derrière le pignon de la petite maison et, à son passage, s'empara de la femme en hurlant en direction de l'autre.

— Si tu la touches encore une fois, je te crève !

*
* *

Toute sa vie, Giovanna avait vécu dans la douceur et, malgré son grand âge qui aurait dû la protéger, était morte dans la violence. Cette violence se poursuivait aujourd'hui devant le cimetière de Tende, le village d'enfance de la morte. Anne-Marie et Giaco prirent conscience, ce jour-là, qu'ils entraient dans une nouvelle époque ; un nouveau siècle se dessinait et ils surent que ce n'était pas le leur...

Chapitre 53 – *Le Champ-de-Mars*

1998 : le 12 juillet, la France bat le Brésil, 3 à 0, lors de la finale de la 16ᵉ coupe du monde de football. La France est championne du monde de football pour la première fois.

***

Depuis plus d'un an et demi, il vivait avec le cœur d'un autre. Les débuts n'avaient pas été faciles ; un mois d'hospitalisation à la Pitié pendant lequel il avait fallu adapter le traitement antirejet, mais pouvait-il affirmer qu'il avait été surpris ? L'utilisation de ces molécules, c'était la base de sa propre pratique hospitalière et, finalement, il avait fait face.

Ce qui le gênait le plus, c'était de se dire chaque matin qu'il vivait sur le malheur d'un autre : peut-être un garçon timide avec un A rouge sur le capot arrière de la voiture donnée par son grand-père, ou une fille sportive et pleine de vie aimant le ski hors-piste… une famille, surtout, des parents dont le deuil était peut-être amputé par ce prélèvement.

Ce matin, le soleil brillait sur le Champ-de-Mars et, comme il ne voulait pas déroger aux prescriptions du praticien de médecine fonctionnelle, il marchait et, tous les deux cents mètres, il trottinait pendant quelques minutes.

Il allongea le pas en souriant, avec cette fine attitude positive qui raconterait à ceux sachant l'observer qu'il était un homme heureux.

Ce matin, il s'était levé une demi-heure avant ses prévisions, avait enfilé un t-shirt pour cacher la longue cicatrice qui barrait sa poitrine et, sans bruit, avait fait un court passage dans la salle de bains. Un coup de peigne, deux pulvérisations d'eau de toilette et, comme un voleur, il avait regagné son lit sans réveiller Helena.

Quelques minutes plus tard, le radioréveil commençait à égrainer son lot habituel de mauvaises nouvelles. Elle s'était tournée doucement dans son lit et, les yeux embués de sommeil, lui avait déposé un baiser sur le front. Gérard, lui, était parfaitement éveillé. Il s'était approché d'elle, l'avait serrée dans ses bras et ce qu'elle avait immédiatement senti lui avait fait comprendre que son mari allait mieux. Elle l'avait chevauché, un peu étourdie par la senteur délicate qu'il dégageait, et s'était laissé caresser, doucement au début puis de façon plus insistante.

Gérard adorait sa femme, son sourire, son corps et il avait l'habitude de dire qu'il buvait la vie à la fontaine de ses lèvres.

Quelques minutes plus tard, les deux amants apaisés s'assoupissaient dans les bras l'un de l'autre... enfin Helena n'avait plus peur de faire l'amour avec lui !

La tête pleine de son bonheur et en pensant à ce moment heureux, il traversa le boulevard sans regarder...

*
* *

Une semaine plus tard, Helena Sicot accompagnait la dépouille de son mari dans l'allée gravillonnée du cimetière de Grenelle. Elle était vêtue de noir et son visage était recouvert d'un voile de tulle que Marcelin l'avait déjà vue porter.

En elle-même, elle enrageait. Le bonheur simple, durable et sans histoires, ce ne serait jamais un don que lui offrirait la vie... Qu'avait-elle fait pour ne jamais pouvoir prétendre à la sérénité des gens simples ?

Chapitre 54 – *Le dossier des casinos*

1998 : le 27 octobre, le social-démocrate Gerhart Schröder prend ses fonctions de chancelier en Allemagne. Le pays, à son arrivée au pouvoir, compte plus de 4 800 000 chômeurs.

*

Maître Hollestein occupait maintenant le poste d'avocate-associée au cabinet et on lui confiait des affaires mettant en jeu de gros chiffres d'affaires. C'était le cas de cette vente de casinos italiens, grecs et français sur laquelle elle travaillait depuis six mois. Les vendeurs étaient constitués d'un conglomérat de familles aux intérêts divergents qui cédaient leurs établissements plus par lassitude que par conviction. Les acheteurs, aux dires de leurs avocats, disposaient de capitaux italiens.

Il était difficile d'obtenir plus de précisions sur les mystérieux personnages pouvant se permettre une aussi grosse acquisition et Alain de Broca, qui avait passé le dossier à May, l'avait exhortée à prendre de grandes précautions concernant sa sécurité.

— Soyez concise et ne posez pas trop de questions. Je peux vous assurer de la moralité du groupe de vendeurs, mais je ne connais pas grand-chose des acheteurs, il se dit dans le milieu du jeu que le magnat susceptible d'acheter ce paquet serait Pascuali, un Sicilien affilié à la mafia ! May je vous en conjure, soyez prudente.

— Mais je ne suis rien de plus et rien de moins que l'avocate des vendeurs, et j'interviendrai dans le contrat de cession, mais n'entrerai pas dans les affaires des vendeurs.

— Bien sûr, mais restez cependant sur vos gardes.

Elle rangeait ses dossiers dans son sac et s'apprêtait à sortir. Elle salua Alain et se dit que, désormais, il lui paraissait en très mauvais état de santé.

— Alain, où en êtes-vous de votre traitement ?

— Je suis sous trithérapie, mais ça me crève !

— Vous avez revu Helena Sicot en consultation ?

— J'ai rendez-vous dans dix jours, elle s'est absentée deux semaines au moment de l'intervention de son mari.

— Il a été opéré ?

— Son cœur était au bout du rouleau et il a subi une transplantation, vous n'étiez pas au courant ?

— Non, je vais l'appeler. Au revoir, Alain, ne m'attendez pas lundi, car je serai à Marseille pour le dossier des casinos.

Elle décida de rentrer plus tôt chez elle pour s'occuper de Marc, dont la santé lui semblait fragile ; il se remettait mal d'une très importante varicelle qui l'avait couvert de croûtes. Dix minutes plus tard, elle refermait la porte de son appartement et se dirigeait vers les chambres. Elle frappa et entra dans le domaine de Marc qui, manifestement, sommeillait assis à son bureau en écoutant de la musique. Une pathologie virale éruptive, survenant un peu tard dans sa vie, demandait certes une convalescence plus longue que chez un enfant de 6 ans, mais la mère de famille avait la conviction que son Marc en profitait un peu.

Sans préalable, elle rouspéta devant le désordre ambiant.

— Mais ça s'aggrave de jour en jour ! S'il te plaît, mets de l'ordre dans tout ce bazar, je prépare le dîner et je reviens dans une demi-heure, j'espère que les lieux seront plus présentables. Pourras-tu m'expliquer un jour comment tu peux travailler dans une ambiance pareille ?

Marc jeta un coup d'œil douloureux autour de lui et prit, semble-t-il, conscience de la gravité de la situation. Le lit défait, des vêtements et des livres jonchant le sol et des photocopies, normalement rangées dans l'armoire, qui s'éparpillaient sur la moquette.

Soudain sérieux, il décida de se lancer dans un chantier de nettoyage de sa chambre.

De retour sur le lieu des grands travaux, May constata la bonne volonté de son fils et le félicita.

— Je me demande parfois si tu ne laisses pas traîner tes affaires uniquement pour me faire râler ! Bon, c'est bien, parlons d'autre chose. Je prends le train lundi pour Marseille, c'est pour le travail, mais sur place j'aurai du temps libre et on pourra visiter. Voudras-tu nous accompagner ?

— Oui, maman, ça m'intéresserait beaucoup et en plus je serai en vacances, mais tu oublies une petite chose… je suis invité cette semaine-là en Seine-et-Marne chez les grands-parents.

— Tu as un agenda de ministre, mon fils, j'avais en effet oublié !

Marc semblait regretter de ne pouvoir profiter de cette escapade avec sa mère.

— Tout à l'heure, tu me disais… nous accompagner, il y aura papa ?

— Non, il est trop occupé, c'est Gilda. Elle m'a dit qu'elle avait quelques jours de libre et elle ne connaît pas Marseille. Une autre fois, mon chéri.

— Gilda te colle, elle est toujours avec toi ! Elle n'a rien d'autre à foutre ?

— Marc, ne sois pas désagréable avec ta sœur, elle est assez grande pour gérer son emploi du temps.

— Assez grande pour son emploi du temps, peut-être, mais Mademoiselle n'est pas assez grande pour se balader sans sa mère !

— Marc, je t'en prie !

Le lundi suivant, les deux Parisiennes en tenue sport prenaient place dans le wagon de 1re classe du TGV sud-est, avec le sentiment de partir en vacances. Marcelin les avait accompagnées en voiture à la gare de Lyon et leur souriait sur le quai en agitant ironiquement son mouchoir. Sans bruit, le grand serpent bleu s'éloigna et le papa ressentit alors une incompréhensible angoisse qui disparut pourtant quelques minutes plus tard, lorsqu'il arracha de son pare-brise le rectangle stupide d'une contravention.

Dix minutes, ma voiture ne gêne personne et elle n'est pas là depuis plus de dix minutes ! Ils sont payés pour emmerder le monde et ramasser du fric.

Il lut le commentaire griffonné sur le petit rectangle vert.

« Enlèvement demandé » !

Je voudrais bien voir ça, une voiture de médecin avec son caducée !

Enfin, il se calma et repensa à ses deux femmes, douillettement installées dans le train. Elles étaient belles et on commençait à entrevoir chez Gilda une belle ressemblance avec sa mère, quoi qu'en dise May. Cette dernière avait pour coutume de clamer dans la famille que la jeune femme était le portrait craché de son père.

Chapitre 55 – *Personne au TGV*

1998 : le 8 novembre, décès de l'acteur, peintre et sculpteur, Jean Marais, à l'âge de 85 ans. Il est enterré dans le cimetière de Vallauris, patrie des potiers, une des dernières passions de sa vie.

**

Arrivé en avance, il prit soin de stationner sa voiture au parking pour éviter les conflits avec la police, et maintenant il attendait le train, le museau bêtement collé au panneau lumineux censé afficher le numéro du quai de chaque arrivée.

Dans le lointain, il aperçut les deux phares blancs qui se tortillaient, puis ce fut le long grincement des freins et enfin la libération du troupeau de voyageurs tirant leur valise et courant vers leur métro. Marcelin se frotta les mains, retrouver ses deux « femmes » était pour lui un réel moment de joie. Il n'avait jamais voulu se l'avouer, mais il aurait préféré que May vive à l'ancienne, qu'elle reste paisiblement à la maison et qu'elle élève ses enfants dans la bonne tradition familiale comme Giovanna par exemple ! Il murmura à sa seule intention.

— Finalement, tu es un beau macho caché derrière le vernis de ton éducation. Les femmes, tu les accouches toute la journée, et tu penses qu'elles sont faites en grande partie pour renouveler l'espèce !

Le flot compact des sacs à dos et des valises à roulettes avait perdu de sa densité et maintenant, ce n'étaient plus que personnes âgées et mères de famille pliant sous le poids des bagages et des gamins. Puis plus rien, personne, le train s'était vidé et il n'avait pas vu May et Gilda. Il pensa qu'elles étaient passées dans la foule sans qu'il les repère, il sortit donc son portable et appela sa femme… elle était sur messagerie.

Pendu à son téléphone, il refit en boucle le numéro de May et pesta contre cette voix qui répétait bêtement son discours formaté, en se souvenant enfin que cette voix, c'était celle de sa femme. En arrivant chez lui, et malgré l'heure tardive, il appela Alain de Broca et lui fit part de son inquiétude.

— À mon avis, votre épouse aura raté son train et n'a pas pu se servir de son téléphone, dont la batterie est déchargée. Libérez au plus vite votre ligne et vous allez avoir de ses nouvelles. Quoi qu'il en soit, appelez-moi demain pour me donner des nouvelles et, dès l'ouverture du cabinet d'avocats où elle a traité ses rendez-vous, j'appellerai mes confrères pour savoir comment se sont déroulés ces deux jours de négociation.

La nuit entière il ne put fermer l'œil et, le lendemain matin, la situation n'ayant pas changé, il décida de prendre l'avion et de se rendre à Marseille.

Chapitre 56 – *La nuit*

1998 : l'année aura été marquée par la mobilisation des chômeurs qui exigent une revalorisation de leur indemnité qu'ils souhaitent distribuée à chacun, à la hauteur d'un SMIC.

**

La nuit les entourait, une nuit lourde et hostile, et dans ce chaudron dont elles parvenaient à toucher les murs, elles étaient écrasées par une chaleur insoutenable. Pourtant, inlassablement, la mère s'efforçait de rassurer sa fille et elle lui dit à l'oreille après l'avoir embrassée.

— Je t'en prie, ma chérie, reste calme même si tu as chaud et même si tu as soif. Si on leur crée des ennuis, ils mettront à exécution la première punition dont ils nous ont parlé, ils nous sépareront. Tu veux bien que nous restions ensemble ?

— Oui, tu t'en doutes, c'est mon souhait le plus cher, car je suis certaine que nous serons plus fortes à deux, mais je voudrais aussi que cesse ce bruit de ferraille qui me casse les oreilles. Et puis je dois te dire que je meurs de faim !

— Patience, ils vont nous apporter à manger. Pour eux, nous sommes une marchandise précieuse et ils n'ont pas intérêt à nous laisser mourir de faim ou de soif.

Elles comprirent qu'elles étaient assises sur des paquets en carton, dont certains à deux mètres d'elles étaient entassés jusqu'au plafond et formaient un véritable mur.

À un moment, la jeune femme perdit la perle qui s'était détachée d'une de ses boucles d'oreilles. Elle ne vit plus la petite boule blanche, mais elle l'entendit ; elle roula d'un côté du sol et revint, puis repartit pour revenir encore, dans un lent mouvement de va-et-vient qui les fit réfléchir.

— Maman, je te le dis, nous sommes dans la cale d'un bateau et probablement dans le container d'un cargo. Tu entends ce bruit sourd ? J'en suis sûre, ce sont les machines du navire.

Une heure plus tard, elles furent réveillées par des pas et des voix dont elles ne comprenaient pas la langue. Un grincement de ferraille se fit entendre et un rectangle de lumière les aveugla.

Deux hommes déposèrent des assiettes contenant des boulettes et une cruche d'eau. Elles prirent grand soin de ne pas affronter leur regard et attendirent que la porte soit refermée pour se lever.

— Il faut rester fortes et pour cela il faut manger. Force-toi, ma chérie, même si tu n'aimes pas ! Je me sens terriblement coupable de t'avoir entraînée dans cette histoire, j'aimerais tant te savoir à Paris, à ton travail ou près de ton père.

— Ne te culpabilise pas, comment aurais-tu pu avoir la moindre idée de ce qui nous attendait ?

— À Paris, je ne pouvais pas me douter, mais à la dernière réunion que j'ai eue avec ces gens à Marseille, j'aurais dû me méfier. J'ai vite compris que c'étaient des voyous, et je pensais même que lorsque je serais de retour à Paris, je m'entretiendrais avec mes associés afin que nous nous dessaisissions du dossier.

— Tu rêves, ma petite maman, tu es naïve ! Lorsqu'on a mis le doigt dans un pareil engrenage, on ne le retire pas aussi facilement !

Elles s'efforcèrent de manger leurs boulettes, trop épicées et trop salées… Gilda, en grimaçant après la dernière bouchée, se dit qu'elle allait en faire le reproche à ses geôliers. Elle murmura dans le noir :

— Tu deviens folle, ma pauvre fille, où tu te crois ?

Plus tard, elles perçurent à nouveau des voix et la porte grinça. Les deux Arabes leur jetèrent un sac en plastique contenant du tissu et leur crièrent dans un mauvais français :

— Pour vous habiller, changer les habits…

Ils refermèrent la porte et May inspecta le contenu du sac. C'était deux grandes robes noires avec ce qu'elles comprirent être un voile pour le visage.

— C'est des fous, on n'est pas musulmanes !

— Ma chérie, ne contrarions pas ces messieurs. Si nous nous habillons de ces niqabs et hijabs, ils auront de nous une image plus respectable et, ne nous voyant pas comme des Occidentales, ils ne seront pas tentés de nous infliger des humiliations.

Brutalement, la porte s'ouvrit à nouveau sans qu'elles aient entendu arriver leurs tortionnaires. Cette fois, seul le plus jeune avait été missionné. Pour les deux femmes, il représentait le mal absolu. Fourbe et terriblement raciste, c'était un chien fou que son collègue plus âgé calmait du mieux qu'il le pouvait.

Il s'empara des vêtements occidentaux des deux captives, mais une des robes le troubla. Il la sentit longuement et s'approcha successivement des deux femmes… C'est dans le cou de May qu'il retrouva la senteur. Il s'attarda, embrassa la racine des cheveux, mais parut pétrifié par une voix qui hurlait devant la porte de la geôle. Il sortit et, lorsque la porte fut refermée, on entendit un hurlement de douleur ; les deux femmes comprirent qu'il venait de recevoir une correction. May dit à sa fille :

— Heureusement que son collègue nous protège, il le connaît et le surveille. Il m'est difficile de croire que cette brute soit sensible aux relents de mon « Chant d'arômes » ! Sensible ou pas, je n'en sais rien, mais ce qui paraît certain c'est qu'on ne veut pas notre mort sur ce bateau. On doit être livrées en bon état à nos destinataires.

Le temps parut très long aux deux femmes. Elles n'étaient pas capables de comptabiliser les jours, car on avait supprimé leur montre, et c'est en griffant une marque sur la paroi du container à chaque repas qu'elles estimèrent être en train de pourrir dans ce trou depuis deux semaines.

Une nuit, ou un jour peut-être, elles n'entendirent plus le bruit du moteur. Le ventre du bateau était devenu muet. Quelques instants plus tard, elles eurent une curieuse sensation de lévitation, comme si elles s'envolaient. Leur geôle se balançait et montait, comme aspirée par un vent mauvais. Dans la nuit, les deux prisonnières tétanisées par la peur se tenaient par la main et restaient assises pour ne pas heurter les parois.

May, sous son masque noir, prévint Gilda :

— Ma chérie, nous sommes arrivées.

Chapitre 57 – *Les retrouver...*

1998 : le 10 février, adoption en France du projet de loi sur la semaine de 35 heures.

******

Trois longs mois s'étaient écoulés et l'enquête confiée au commissariat de l'arrondissement où les deux femmes étaient supposées avoir disparu était au point mort, Marcelin, lors d'un déplacement dans la cité phocéenne, était entré en contact avec un enquêteur privé et l'homme, comme la police, suivait la piste d'un enlèvement en liaison avec l'affaire qui avait nécessité le déplacement de l'avocate à Marseille. C'était confirmé, Pascuali était bien le commanditaire souterrain de la transaction en cours. Tout le monde le savait dans le milieu, le parrain voulait mettre la main sur toutes les maisons de jeux du bassin méditerranéen, mais ça n'en faisait pas pour autant un séquestreur de femmes.

Le docteur Marcelin Hollestein, amaigri et le visage fatigué, marchait dans la cour du vieil hôpital Saint-Louis ; il se rendait dans les nouveaux bâtiments où Alain de Broca était hospitalisé depuis quinze jours. Il souhaitait rendre visite au confrère de May, auprès duquel il escomptait recueillir une ou deux informations qui pourraient peut-être l'aider à retrouver les deux disparues.

Il trouva le malade en bien meilleure forme qu'il ne l'avait craint et celui-ci lui annonça d'ailleurs qu'il sortirait dans une semaine. De Broca avait réfléchi à la disparition de sa collègue et il crut bon de donner son sentiment sur cette histoire.

— Je crois de moins en moins que votre femme et votre fille aient pu être séquestrées par le réseau Pascuali. De la part de ces gens, ce serait plus que risqué, car ils étaient les acheteurs potentiels des casinos et May était en négociations avec eux. Vous pensez bien que la police enquête en premier sur cette piste et va en explorer chaque élément !

— Oui, vous avez certainement raison, mais cet argument ne suffit pas pour les blanchir, on sait en étudiant leur passé de quoi ils ont été capables !

— Oui, mais le passé est le passé et s'ils ne sont pas devenus plus vertueux, ils sont maintenant mieux organisés. Et je ne crois pas qu'ils prendraient le risque de s'exposer sans raison valable.

Le docteur Helena Sicot entra dans la chambre pour vérifier une prescription du malade et fut surprise de découvrir son confrère.

— Bonjour, Docteur Hollestein, May n'est pas avec vous ?

Il lui expliqua, les larmes aux yeux, l'angoisse permanente qu'était devenue sa vie. Peu à peu pénétrait en lui l'atroce conviction que Gilda et May avaient été assassinées et qu'il ne les reverrait plus.

— Tout d'abord, je vous prie de bien vouloir m'excuser. Je connaissais vaguement par les journaux cette histoire de disparition de deux femmes, mais je ne me suis pas imaginé une seconde qu'il puisse s'agir de May et Gilda ! Tout ceci me glace les os, mais pour vous battre il ne faut pas d'emblée penser au pire. Le scénario que vous me décrivez est bien étrange pour penser à un enlèvement… Prendre la mère et la fille, ça n'a pas grand sens, pourquoi les deux ?

Chapitre 58 – فســـبحان الـــل *(Gloire à Dieu)*

1998 : le 10 décembre, dans le quartier du Mirail, à Toulouse, début d'une suite de dix nuits d'émeutes violentes au cours desquelles un jeune est tué, semble-t-il, du fait d'une bavure policière.

*

La disparition de deux femmes sans histoires entre Paris et Marseille en cette fin de XXe siècle agitait maintenant la presse et le pouvoir exécutif. Pour essayer de faire avancer l'affaire, Marcelin avait fourni des photos des victimes et s'était prêté à une interview avec une journaliste de *Paris-Match* à la clinique. La France était en émoi, chaque femme s'imaginant un jour prise dans le même piège au cours d'un voyage banal à quelques kilomètres de chez elle.

Les jours passaient et le dossier piétinait. De Broca avait tenu à témoigner et ses révélations avaient remis les enquêteurs sur la piste des casinos.

Un enlèvement pour faire taire l'avocate imprudemment mise au courant d'un secret était la thèse à nouveau privilégiée, mais la piste ne donnait strictement aucun résultat. Dans cette hypothèse, on continuait cependant à fouiller l'emploi du temps de Pascuali et de ses principaux lieutenants. Une brigade d'inspecteurs français en collaboration avec Interpol était postée en Sardaigne avec des collègues italiens, mais sur cette île, les rares regards levés sur les étrangers étaient toujours hostiles et les langues, avares de confidences.

Parmi les sbires proches du parrain sicilien, un personnage cependant intriguait les policiers. On connaît depuis longtemps le peu d'attirance de ces sombres insulaires pour les populations maghrébines et, contre toute attente, dans le staff de Pascuali un des membres influents était un Syrien. Personne ne connaissait son nom ; pour tout le monde, c'était Azeez ou « le Syrien ».

*_**

Cela faisait de longs mois que, désespérément, il attendait ; un matin, Marcelin fut appelé au téléphone par le rédacteur en chef d'un grand magazine d'information, qui lui demandait de passer au siège du journal.

— Docteur Hollestein ! J'ai trouvé ce matin en ouvrant ma boîte mail un message qui m'intrigue. Je suis convaincu qu'il est en liaison avec la disparition de votre femme, je ne peux pas vous le lire, c'est de l'arabe : فســـبحان الـــل. Mais c'est signé : May et Gilda.

— Vous savez ce que ça veut dire ?

— Oui, je l'ai fait traduire par un de nos agents qui parle arabe. La traduction, c'est « Gloire à Dieu ».

Chapitre 59 – *Elles sont à Lattaquié*

1999 : le 24 mars, l'incendie d'un camion frigorifique dans le tunnel du Mont-Blanc entraîne une catastrophe terrible, 39 personnes trouvent la mort dans ce piège et l'enquête mettra en évidence un déficit criant des normes de sécurité de l'ouvrage. Suite à cet accident, le tunnel sera fermé pendant 3 ans pour travaux

***

L'aube le trouva endormi sur le plateau de son bureau ; dans sa main, un stylo ouvert griffait encore une feuille de papier qui était couverte de ratures et sur laquelle on pouvait lire :

Mes amours

Je me tords de douleur de ne plus pouvoir vous serrer dans mes bras, je vous aime, je vous aime si fort que cet amour m'inspire une haine meurtrière que je ne me connaissais pas.

Toi, May, tiens bon, accroche-toi et aide-moi. Moi, je ne t'abandonnerai jamais car ton destin et le mien sont liés à la vie et à la mort. Si tu ne te bats pas pour toi et pour nous, fais-le pour notre fille qui a tant besoin de toi.

Toi, Gilda, tu es bien jeune pour affronter cette ignominie barbare que seuls les hommes sont capables d'inventer. Reste proche de ta mère et agissez l'une et l'autre avec intelligence dans le seul but de vaincre ces serpents et de sortir vivantes de cette nasse.

Je vous embrasse très fort toutes les deux et vous promets une chose simple : si nous sommes unis, nous vaincrons.

Il se réveilla, trouva la missive pendue à sa main et poussa un cri :

— Putain de bordel, mais je suis con ! Je n'ai pas d'adresse où l'envoyer !

Il se leva pour gagner la salle de bains où il s'aspergea d'eau froide. La nuit avait été insupportable, il avait dormi par bribes jusqu'à 3 heures du matin et se levait ce matin avec une fureur indicible qui lui serrait la gorge. Peu importait le moyen, il voulait récupérer sa fille et sa femme, et rêvait du jour où il pourrait abattre les ravisseurs.

Le désir de tuer, c'était pour lui une notion primaire, une attitude étrangère à son engagement de médecin et, d'ailleurs, il s'était prononcé couramment en public contre la peine de mort... Il se rendait compte aujourd'hui que ces nobles pensées étaient un luxe que l'on ne pouvait s'offrir que si l'on n'était pas soi-même confronté à l'horreur.

Marcelin était seul dans l'appartement, son fils Marc couchant chez ses grands-parents.

Il commença à se raser méthodiquement avec son traditionnel coupe-chou et, lorsqu'il eut terminé, il observa l'objet dont la lame brillait comme une menace.

— Je les tuerai, je les écraserai les uns après les autres. Ils sont barbares, mais ils ne savent pas que moi aussi je suis un monstre !

Dans sa poche, il sentit plus qu'il n'entendit la sonnerie du téléphone sans fil qu'il promenait à longueur de temps lorsqu'il était chez lui.

— Allô oui, qui est à l'appareil ?

Une voix étrangère lui répondit dans un mauvais français.

— Ne cherche pas à savoir qui je suis. Si tu veux les revoir, il faut te préparer tout de suite à rassembler la somme. On veut dix millions de francs dans dix jours. Si tu ne veux pas payer, ne te force surtout pas et garde ton putain de fric. Le quinzième jour, tu recevras un doigt de ta femme avec sa bague de fiançailles. Elle est belle, sa bague, comme ça tu n'auras pas tout perdu ! Dix jours plus tard, ce sera une oreille de ta fille, ou peut-être les deux !

Après suivirent quelques phrases dans un baragouinage sans intérêt.

L'homme raccrocha et Marcelin, les dents serrées, s'assit sur son lit et réfléchit. Dix millions de francs, il ne pourrait jamais. À force d'économies, ils avaient déposé en banque un beau matelas de cinq millions, mais au-delà de cette somme, il ne pourrait certainement pas souscrire aux prétentions des ravisseurs.

La rage au ventre, il se résolut à filer à sa clinique. Il allait sortir de l'appartement quand une nouvelle sonnerie le fit sursauter ; c'était l'inspecteur chargé de son dossier.

— Docteur, on a intercepté l'appel que vous venez de recevoir, car vous vous en doutez, vous êtes sur écoute. On a analysé la voix, on pense qu'il s'agit d'un individu originaire du Maghreb et on travaille pour savoir d'où a été passé le coup de fil. Ne bougez pas pour l'instant, dans une semaine on leur fera parvenir cent mille francs pour les calmer. Un instant, Docteur, un appel urgent sur une autre ligne… Docteur, vous êtes toujours là ?

— Oui, je suis là, mais cent mille francs, c'est beaucoup moins que leurs exigences.

— Ne craignez rien, ils ne vont pas casser la pompe à fric ! S'ils commencent à voir entrer l'argent, ils ne feront rien qui puisse faire cesser le mouvement. Une seconde, un autre appel.

Marcelin attendit peu de temps avant d'entendre à nouveau la voix de l'inspecteur.

— La Syrie, je viens d'avoir le résultat du labo, l'appel venait de la Syrie. Le type appelait de Lattaquié, une ville côtière au bord de la Méditerranée peuplée essentiellement d'Alaouites proches du pouvoir.

— Que peut-on faire ?

— Pour l'instant, attendre et les laisser venir, ils ne savent pas qu'on les a localisés et ils veulent de l'argent.

Son planning de consultation était chargé et Marcelin plongea dans le travail comme s'il s'immergeait dans un bain protecteur.

Le soir, il rentra chez lui après être passé rue de Seine où il retrouva Marc qui, malgré son jeune âge, avait passé la journée à calmer ses grands-parents. Ils étaient dévastés d'inquiétude et, pour ne pas ajouter à leur angoisse, il préféra taire les appels téléphoniques qu'il avait reçus.

De retour chez lui, il travaillait dans son bureau depuis une heure quand le téléphone retentit.

— Docteur Hollestein ? Helena Sicot à l'appareil, vous avez des nouvelles de l'enquête ?

Il raconta ce qu'il savait et eut la surprise d'entendre Helena lui raconter qu'elle connaissait assez bien cette station balnéaire syrienne pour y avoir séjourné à plusieurs reprises avec son mari.

— Nous avions pour habitude de louer un appartement donnant sur la Méditerranée et, si mon pauvre Gérard ne m'avait pas quittée, nous y serions probablement retournés plusieurs années consécutives.

— Contrairement à vous, moi je ne connais pas le Moyen-Orient, mais je vais me rendre à Lattaquié pour essayer de recueillir des informations.

— Je pense que vous avez raison. En Orient, on peut apprendre beaucoup de choses sur le terrain, surtout si on fait la connaissance d'un habitant susceptible de vous aider. Vous connaissez l'affection que je porte à May et, dans ces circonstances, je serais heureuse de l'aider. J'ai une semaine de libre, voulez-vous que nous y allions ensemble ?

— Merci, Helena, bien entendu. Je ne me serais jamais permis de vous demander ce service, mais je profiterai volontiers de votre connaissance du terrain et me sentirai soutenu si vous pouvez m'accompagner.

— Je serais très heureuse de vous rendre ce service. Mais finalement, dans le cas de cet enlèvement, je ne suis pas très inquiète : c'est une classique histoire de trafic d'argent.

— Vous avez certainement raison. Ce type de commerce, m'a t on dit, est très répandu dans ces pays du Maghreb. J'ai la sensation que May a été éjectée de la vente des casinos parce qu'elle connaissait un secret qui la rendait dangereuse et, par sécurité, elle a été cédée à une organisation spécialisée dans les enlèvements au Moyen-Orient. Ces gens n'ont qu'une ligne de conduite : se faire le plus d'argent possible sur le dos d'une femme pour laquelle l'État et la famille sont prêts à payer.

— Oui, bien entendu, c'est un enlèvement et c'est donc sérieux. Mais, vous en conviendrez, c'est certainement moins grave que si c'était un dossier politique !

Chapitre 60 – *Épilogue*

1999 : les tempêtes des 26, 27 et 28 décembre dévastent l'Europe qui est traversée par des vents de 170 km/heure, elles provoquent la mort de 92 personnes et entraînent des dégâts évalués à 20 milliards de dollars.

***

On était en automne et le grand oiseau blanc se dirigeait vers le sud, porté par la puissance de ses gros moteurs. Le décollage par cette grise matinée parisienne avait été morose ; l'avion était presque vide et, pendant toute l'ascension, les hublots ne renvoyaient aux passagers qu'un amoncellement cotonneux sans aucune perspective. Ce fut Marcelin qui prit la parole en premier.

— Maxime vit chez ses grands-parents ?

— Non, il est maintenant chez lui, il loue un deux-pièces rue de Rivoli. Vous savez, il se débrouille très bien tout seul, il cuisine et fait le ménage de son petit royaume… en fait, il est rarement chez lui.

— Il a quel âge ?

— 28 ans, c'est un homme !

— Il est médecin, comme vous ?

— Oui, il est docteur en médecine comme moi et aussi comme vous.

— Son père, vous n'avez jamais eu de nouvelles ?

Elle se cacha le visage et réfléchit un instant. Il ne s'était donc jamais posé de questions devant ce garçon qui était maintenant un homme, un homme qui était son troublant portrait ? Il n'avait jamais cherché à savoir pourquoi elle était restée discrètement à distance, mais si proche de lui toute sa vie ? Était-il naïf ou se moquait-il d'elle ? Et puis il y avait May et May, depuis longtemps, elle avait compris ! Elle décida de sauter le pas. Finalement, elle ne réclamait pas grand-chose… seulement un peu de reconnaissance pour son fils.

— Ah si ! Des nouvelles de son père, j'en ai tous les jours. Marcelin, vous vous moquez de moi ?

D'un seul coup, il comprit. En une seconde, il sut qu'elle connaissait une évidence que lui-même soupçonnait, mais qu'il avait occultée par lâcheté et peut-être aussi parce qu'il trouvait la situation confortable. Il se demanda si, tout au long de ces années, il n'avait pas laissé filer les choses par peur de la réaction d'Helena et de May…

— Vous voulez dire…

— Oui, je vous affirme tout simplement que Maxime Trabert est mon fils et aussi le vôtre, je n'ai aucun doute à ce sujet. Mais attention, il est maintenant adulte, je ne lui ai jamais parlé de son père… je ne suis pas certaine de sa réaction lorsqu'il apprendra cette nouvelle.

Marcelin était ému. Il revoyait très bien les traits de Maxime qui avait déjeuné, face à lui à l'hôtel Régina et pour lui, les dires d'Helena étaient incontestables. Il comprit aussi qu'une déclaration aussi tardive faite brutalement au jeune médecin ne serait pas forcément reçue avec le sourire.

— Helena, je vous affirme qu'il y a des jours comme aujourd'hui où je ne crois pas avoir le droit de me regarder dans une glace !

— Pourquoi ? Je ne vous ai jamais parlé de cette grossesse et, si j'ai intrigué pour faire de vous et de votre famille des amis, ce n'était pas pour en tirer un quelconque profit. C'est parce que j'ai toujours su que Maxime vous était apparenté.

Le visage d'Helena se rembrunit. Elle se tut un instant, puis se décida à parler.

— Ce qui me pose problème et me décide aussi à vous mettre dans la confidence, c'est que Gilda et Maxime ont une indiscutable attirance, et nous devons les avertir, nous devons leur dire qu'ils sont demi-frère et demi-sœur.

— May est au courant, elle sait que Maxime est mon fils ?

— Bien entendu, elle le sait depuis longtemps, nous avons parlé ensemble du risque représenté par une idylle entre les deux jeunes et elle pense comme moi qu'il faut intervenir sans tarder. Votre femme est un modèle d'intelligence et d'équilibre ! Mais sauvons-la d'abord, on verra le reste après.

Marcelin tourna la tête et fixa le fond de la cabine, il prit conscience que quelque chose d'impalpable avait changé dans la relation qu'il entretenait avec Helena. Il ne comprit pas immédiatement, mais bientôt ce fut une évidence… elle ne lui inspirait plus aucun désir.

Il comprit alors qu'elle était une autre car elle avait changé de parfum.

À propos de l'auteur

Le docteur Taurel, médecin-rhumatologue, écrit depuis plusieurs années, perché dans les hauteurs de son immeuble parisien.

Après *Soleil noir à la Palmyre*, un premier roman à forte connotation autobiographique, il a publié *Nous irons à Compostelle*, une fiction historique sous l'Inquisition espagnole.

Puis il s'est consacré à l'écriture d'une trilogie parcourant le XXe siècle, *Les Trois Âges*, publiée aux Éditions Hélène Jacob.

C'est d'abord *La marque du Lynx*, l'itinéraire souterrain d'un maître chanteur pendant les années folles sur la Riviera française.

C'est ensuite *L'ombre du Guépard*, ou comment une simple pâtisserie pendant la guerre de 1939-1945 aurait pu changer la face du monde. Ce roman, c'est aussi l'histoire d'un nourrisson au passé cruel et au devenir peu ordinaire.

Cette trilogie se conclut avec *La blonde au « Chant d'arômes »*, dont le fil rouge est un parfum qui, longtemps appliqué sur la peau d'une femme, devient une partie indissociable de son identité, une signature envoûtante et dangereuse si, un jour, elle décide de l'abandonner.

Retrouvez tous les titres et l'actualité des Éditions HJ :

Sur notre site Internet :
http://www.editionshelenejacob.com

Sur Facebook :
https://www.facebook.com/EditionsHJ

Sur Twitter :
https://twitter.com/EditionsHJ

www.ingramcontent.com/pod-product-compliance
Lightning Source LLC
Chambersburg PA
CBHW072054020726
47501CB00003B/592